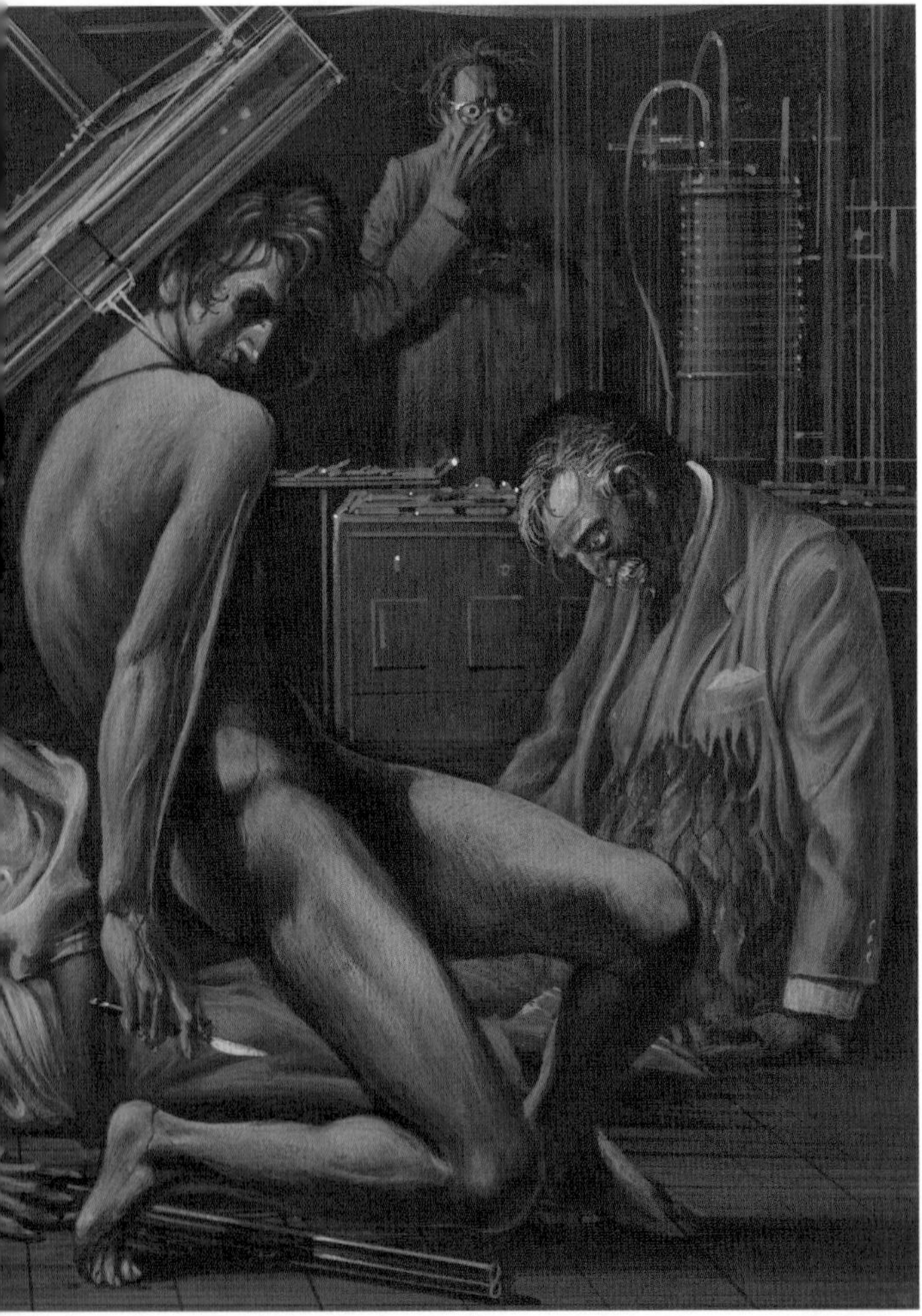

『狼の怨歌』

精神病院の地下、死から甦った“ウルフガイ”犬神明をめぐって、
酸鼻をきわめた地獄絵図が展開される！（188ページ参照）

ハヤカワ文庫JA
〈JA1312〉

ウルフガイ②

狼の怨歌《レクイエム》

〔新版〕

平井和正

早川書房
8123

カバー・口絵・本文イラスト／生頼範義

目次

狼の怨歌《レクイエム》〔新版〕

登場人物

犬神明……………………本編の主人公。狼男

神明……………………フリーのルポライター。狼男

青鹿晶子…………………犬神明の元担任教師

大和田
石塚 }……………………医師

三木……………………看護婦

野口……………………救急指定病院院長

西城恵
オブライエン
チーフスン }……………CIA 非合法工作員

ドランケ…………………CIA 極東エーリア責任者

林石隆……………………中国諜報機関〈虎部隊〉のボス

虎4（林芳蘭）……………同メンバー

1

爆音が轟いた。

北極圏の雪原を震わす飛行機の爆音だ。

不吉な赤い巨鳥のように、飛行機は低空で狼《おおかみ》の群れの上へ猛然と突っこんできた。

鋭い銃声がたてつづけにはじけ、二頭の狼が雪原に転倒し、狂ったように身をもがいた。

狼たちは蜘蛛《くも》の子を散らすように散開して逃走に移った。ジグザグを描いて、しなやかに身をおどらせ逃げる狼たちの周囲に、銃弾が小さな雪の噴煙を吹きあげる。

機上のウルフ・ハンターの放った銃弾が、三頭目の狼を射ち倒した。

少年は叫び声をあげて藪《やぶ》からとびだし、走り寄った。少年の大好きな老いた牝《めす》狼が殺《や》られたのだ。

純白の雪原を朱《あけ》に染めて、牝狼は身体を痙攣《けいれん》させていた。すでに黄色い目はどんよりと薄膜に覆《おお》われ、生の光を失っていた。

少年の胸郭をこじあけるようにして、怒りと悲しみの絶叫が喉《のど》の奥からほとばしり出た。黒い毛深い身体をまもるように覆いかぶさり、少年はありったけの憎悪と憤怒《ふんぬ》をこめて吠えた。鋭く旋回して舞い戻ってくる赤い飛行機に、威嚇をこめて小さな握り拳《こぶし》をふり、あらんかぎりの怒りを投げつけた。

おれは人間を憎む! 心の底から憎む! くそったれの人間どもめら! きさまらの卑劣《ひれつ》さ残酷さを、おれは忘れないぞ! 絶対に忘れるもんか!

思惟《しい》は激烈な怒号と化して荒れ狂う。

おい、やめろ、やめろったら! なぜ殺すんだ! やさしい狼たちをなぜ殺すんだ! おい、やめろったら、狼たちは、きさまら人間どもに、なにも悪いことをしてやしないじゃないか! 恥を知るがいい! こん畜生! たった五〇ドルぽっちの金めあてに、狼を皆殺しにする気か! 殺戮《さつりく》をたのしんでやがるのか! きさまら絶対安全なところから、無抵抗の狼を虐殺するのか! サディストの外道《げどう》! 悪鬼め! おれは人間を憎悪する! 赦《ゆる》すもんか! こんりんざい赦してたまるか!

「ストラップをもっときつく締めて……鎮静剤を注射」

と、だれかがしゃべっていた。

鉄のベッドが苦しげにきしんでいた。身体をベッドに拘束している頑丈な革《かわ》ベルトが、いまにもひきちぎれそうだった。

注射針の尖端が、腕に突き刺さった。

「このぶんだと、間もなく意識を回復するかもしれん」

と、声がいった。

「信じられないような生命力ですね、先生。百十六時間にわたる脳死状態から回復するなんて……」

と、別の声がいった。

2

少年……犬神明《いぬがみあきら》の脳神経細胞は、死から脱出したばかりであった。いや、その形容は正確ではないかもしれない。

ある種の桿菌《かんきん》の芽胞《がほう》は、数百年間にわたって活動を停止していることがある。そんな場合、生と死の区分はきわめて曖昧《あいまい》なものになる。生と死の中間の状態というべきだろうか。

生体が死亡したとき、数十分後に有機質の分解がはじまり、腐敗が進行する。が、いったい、いつ、死亡したのか、正確にいいあてることはだれにもできない。

臨床医による死の判定は、だいたいにおいて、自然呼吸の停止、心臓の停止、瞳孔反射反応の停止という程度でおこなわれてきた。まれに、その定義にあてはまらない例もあり、蘇生する者もいる。

そのため、埋葬に関する法規に、死後二四時間、死体の処理を猶予《ゆうよ》する規定がつくられたのである。

脳は、人間の身体器官中でもっとも酸素欠乏に弱い箇所だ。心臓停止によって血液の供給を絶たれると、数分で脳細胞は死滅し、分解がはじまる。それが、脳死という死の認定を生んだのだ。

しかし、脳皮質が死んでも、脳幹は生き残っている場合もある。心臓移植手術においても、真の脳死はなにかという問題が、ひとつの争点となったほどだ。

皮質脳波計では脳死が判断できず、脳幹脳波計を必要とするのだが、動物実験では可能であっても、人間についてはほとんど開発されていないのが現状である。

結局は、昔ながらの死の判定にたよるほかはないのだ。

すべての診断は、死を認定しているにもかかわらず、死後の分解が進行しないという状態をどう判断すればいいのか。

死と仮死——生命活動の停止と一時停止を区別するものはなにか。

手術台に革ベルトで拘束された少年の異常な死体は、医師に難問を突きつけていた。

少年の肉体における生命活動は、一時停止からゆるやかな進行に移り、加速をつづけ、奇跡の復活を、医師の眼前に展開した。

林立する心電スコープ、血圧計など計測機器に包囲された手術台上で、少年はすべての生命現象を力強く再開していたのだった。

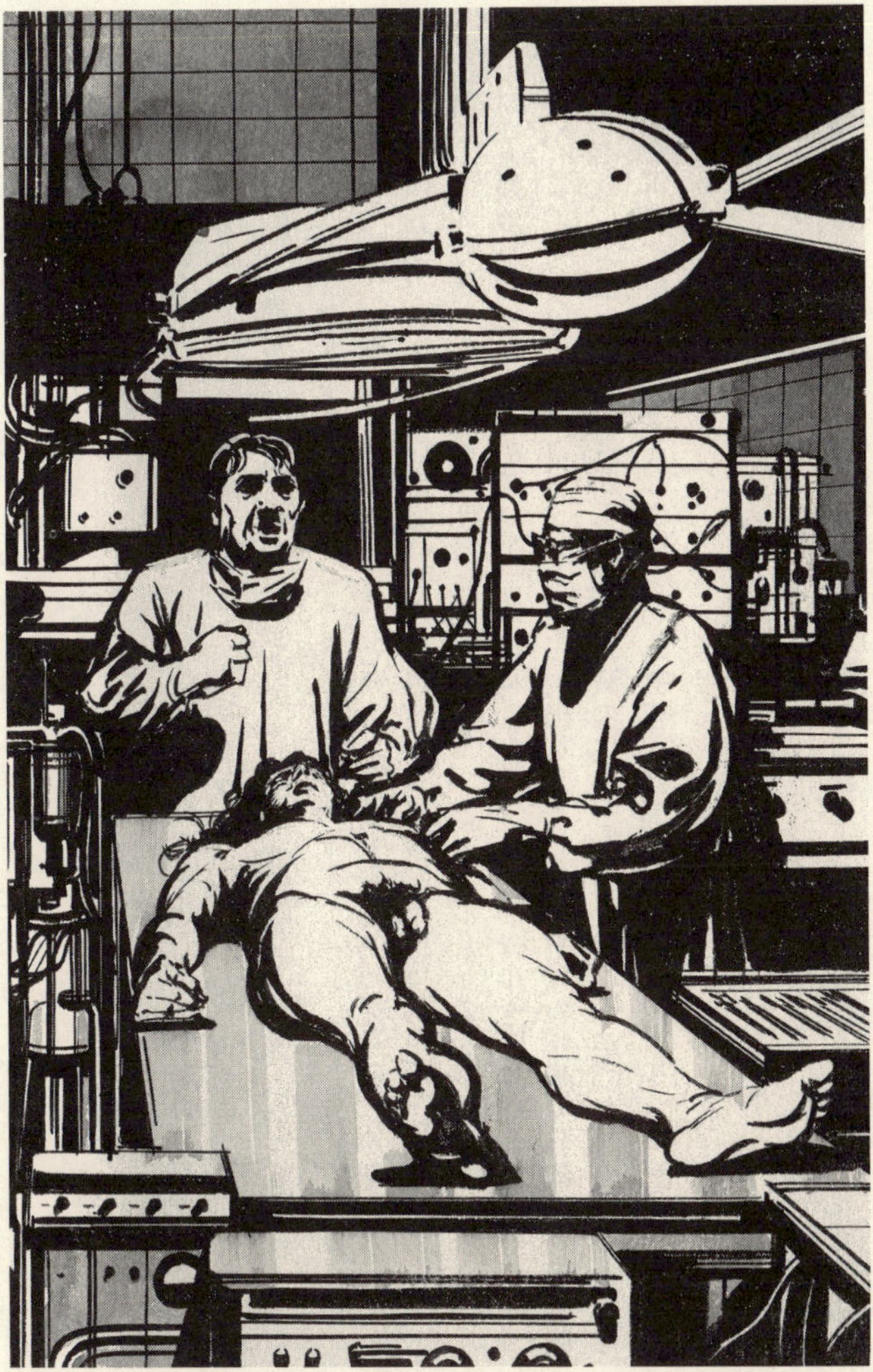

意識はまだない。

自分を見おろす医師たちの異様な、目から上だけをのぞかせた巨大なマスクに覆われた顔を、少年はまったく認識していない。

とうの昔に死亡して、重油バーナーの炎で焼かれ、死灰と化したはずの自分が、なぜこうして生きているのかと疑うことは、まだずっと先である。

ふたりの医師は、異常に興奮しきって、眼前の少年の肉体に生じた奇跡に目を奪われていた。

「石塚《いしづか》君、きみは幸運な男だ」

と、でっぷり肥《ふと》った年長の医師が、ぎょろりとした目を狂熱的に光らせ、声をふるわせた。

石塚と呼ばれたもうひとりの医師は、長身のひょろっと痩せた男である。

「石塚君、きみは新しい医学の夜明けに立ちあっているのだ。わかるか？　われわれはいままさに、人類の不死という輝かしい医学の勝利にむかって、第一歩を踏みだしたのだ！　見るがいい、この少年は、完全なる〈死〉から脱出した！　その不死の秘密をわれわれが解明したときこそ、人類は死神の鎌《かま》から逃れ、不滅の生命をかちとることができるのだ！　わたしは、いま非常に感動しておる。なんという歓喜か。おお、歓喜《フロイデ》、歓喜！　わたしは涙をとどめることができんのだ」

ぎょろっとした目玉から感涙がだらだら流出し、マスクの内側へ水路を作っていった。

「そのとおりです、大和田《おおわだ》先生。まったくそのとおりです」

長身の医師はやや大仰に共感の意を表し、ものなれた手ぎわで、ガーゼに小肥りの医師の感涙をしみこませた。手術時に、術者の発汗をふきとる仕草そのままだ。

ぎょろ目の医師は声をつまらせていった。

「わたしが医師として、最初の患者を死神の手から奪還したとき、わたしはこらえきれずに涙を流してしまったものだ。口さがない他人は、わたしを感激家と呼び、あるいは派手に泣いてみせる役者とそしる。だが、わたしは生命がいとおしくてならんのだ。ひとつの生命が健気《けなげ》に死と闘い、ついにはうち勝つのを見るとき、わたしは途方もない感動に心身を包まれてしまう。わたしは自分の感動に対して率直《そっちょく》であるだけなのだが……」

「先生は偉大です。医務家として偉大であるだけでなく、偉大なヒューマニストです」

と、長身で猫背の石塚医師は、臆面もなく讃辞を述べた。分厚い近視鏡のレンズの内側で、目がおちつきなく動いている。

「ありがとう、石塚君。きみの真摯《しんし》な讃辞にはいつも感謝しておる。しかしながらだ、いまはいたずらに名誉心や虚栄にとらわれているときではない。真の医務家としての道をまっしぐらに進むのみだ。世の中の愚物どもは、人権だ道義だとたわごとをいおって、つねに医学の進歩を妨害しおる。真に医学の進歩に貢献している人々を、人非人呼ばわりし、悪徳医師とののしる。ガレーノスがはじめて人体解剖をおこなったときも、パストゥールやコッホが細菌を発見したときも、無智蒙昧《もうまい》な輩《やから》から猛烈な迫害を受けた。畢竟《ひっきょう》、世の馬鹿どもにかかりあっていては、偉大な事業はなにもできんのだ。わたしはやる。断乎《だんこ》としてやるぞ。石塚君、きみはわたしに最後までついてきてくれるか?」

「おっしゃるまでもありません。ぼくは先生と一心同体ですから」

と、すかさず石塚医師。

ふたりの医師は、両手をとりあい感動をわかちあった。

「真に医学の進歩に献身するものが、悪徳医師と呼ばれる。なんというくだらなさだ。本当の医者であるならば、ひとりの患者を犠牲にしても、百人の生命が救えるとあれば、なんのためらいもないはずだ。いや、あってはならん！　実験を禁止された科学者はなにもできんではないか。医者にとって人体ほど最高にして最適の実験体《マテリアル》はないはずだ。それを、人体実験はおろか、動物実験すらも禁止せよという馬鹿どもがおる！　なんたる愚昧《ぐまい》さか。わしは馬鹿どもの作りおった法律など認めんぞ。愚かしい法律の手枷《てかせ》足枷をうち砕《くだ》いてやるまでだ！」

ずんぐりした大和田医師は、激昂してマスクをもぎとり、狂熱的にこぶしをうち振りながら怒号しはじめた。マスクの下から現われた、ちょび髭《ひげ》をたくわえた顔は、ヒットラーに酷似した風貌をそなえていた。

「悪徳医者、生体実験者、なんとでもいうがいい！　わたしはなにものをも恐れぬ。真の勇気をもって、不滅の生命に通ずる扉を押し開くのだ。人類の未来をかちとるのだ。わたしはほど人類をこよなく愛している者がいようか？　わたしは、自分の生命すら医学の進歩のために惜しみなくささげる者だ！」

激した感情のあまり、息をはずませていた。手術台上に眠る少年をくいいるような眼光で見おろす。

「どうしてもやらねばならぬことだ。決心はきまっておる。わしはこの少年を生体実験のマテリアルにする！　必要とあれば、生体解剖も辞さぬ！」

荒々しい語気でいいきった。小肥りの顔に狂気の形相《ぎょうそう》が浮かびあがってきた。それは、ある理念に憑《つ》かれて悪魔の所業をはたらいた人間との相似をさらに強めるものだった。

無心の赤ん坊のように、手術台上に全裸の肉体をさらし、少年は昏睡をつづけていた。

3

フライトをしらせるアナウンスが、英語と日本語で繰りかえされ、空港国際線出発ビルのロビーは騒然と人が動きはじめた。

ルポライターの神明《じんあきら》は、渡米する青鹿晶子《あおしかあきこ》を見送ろうとしていた。

青鹿は、まだ病《や》みあがりの気配をただよわせていたが、態度は落ちついていた。旅行用の黒いスーツを身につけてい、喪服の若い未亡人の翳《かげ》りのある美しさを感じさせた。

「そろそろ時間です。では、青鹿先生、ご無事で」

と、神明は足もとの旅行ケースを拾いあげ、青鹿に渡そうとした。青鹿晶子が握手の形に右手をさしのべているのを見て、あわてて左手に持ちかえる。

青鹿は、しっとりした膚触《はだざわ》りの手を、神明の掌中にゆだねた。

「あなたのしてくださったことすべてに対してお礼申しあげますわ」

と、感謝のにじむ声音でつぶやく。

「決して忘れません」

「あちらのわが同胞によろしく。狼たちは、きっとすぐにあなたが好きになりますよ。あなたには実績がありますからね。このぼくが保証するんだからまちがいない……いつかまたお逢いできるといいですな、先生」

青鹿のしなやかな手をはなすのが惜しかった。ややぎこちなく手をほどき、左手の旅行ケースを渡す。

青鹿はしとやかに一揖《いちゆう》し、それから過去のすべてと訣別するように、思いきりよく背をむけて乗客通路の人波に踏みこんでいった。通関のドアのむこうに姿を消す。

ちょっとうつろな気分を味わいながら、神明は混みあうロビーにたたずんでいた。

生涯にただ一度きりのすばらしい絵を画いて、それをすぐに失くしてしまい、二度と見る機会がない……そんな気分だった。

ひょっとすると、惚れていたのかもしれなかった。気だてのいい、すばらしい女性だった。この一週間、ボディガードとして身近につきあってみて、それがよくわかった。男を生命がけにさせるようなものが、青鹿晶子にはあった。

傷心のひしがれたような、頼りなさにぐっとひきつけられたせいかもしれない。いつもそうなのだ。狼の発達した保護欲のためか。

それに、喪服を着た若い女というのは、格別に美しく見えるものなのだ。惚れたとしてもふしぎはない。

よせやい。

神明は瘦せぎすの顔に苦笑を押しあげた。おもむろにハイライトをくわえ、紙マッチで指先を焦がしながら火をつけた。

くるりとふりかえると、神明はロビーを横切っていった。くわえタバコの顔には、悪戯《いたずら》っ子のような笑いがはりついている。

ロビーの片隅でスポーツ新聞をひろげ、立って読んでいる男の前で足をとめた。新聞にかくれて男の顔は見えない。

神明はタバコを口からむしりとると、なに気なさそうに、新聞紙にタバコの火口《ほくち》を押しつけた。ジリジリいがらっぽく紙が焦げ、ちょうど男の顔の目のあたりの部分に、縁の焦茶色に変色した孔《あな》があいた。

「こら、なにさらす」

男はうなって、手荒らに新聞をひきおろした。長いもみあげのヤクザっぽい顔が現われた。三白眼の凄味をきかせた顔だ。

「やあやあお見送りご苦労さん」

と、神明はなに食わぬ顔でいった。

「まもなく無事に出発するよ。あんたがたの手のとどかないところへな。お気の毒さま」

ヤクザはすごい目つきでにらみつけたが、神明はいっこうに気にしなかった。

「さっさと帰って親方に報告したらどうだ？　カモは飛び立っちまいましたとな」

「おどれなんか知らんで」

「とぼけるなよ。こないだうちから一生懸命尾《つ》けまわしてたくせに。早く神戸《こうべ》へ帰んなよ、山野《やまの》組のあんちゃん」

「おちょくるなこら、どづいたろか」

ヤクザの顔がどす黒く変色した。威嚇的に手をポケットにすべりこませる。神明は嘲笑《ちょうしょう》を浴びせた。

「空港警察を呼んでやろうか？　連中の金属探知器はすごく性能がいいという評判だ。銃砲刀剣類等不法所持でご用になるぜ。どうせ物騒なオモチャを持ち歩いてるんだろう？」

と、乗客通路に立つ警官に顎《あご》をしゃくる。

「去《い》ね！　去《い》にさらせ！」

男は小声で鋭くいった。身体を硬直させ、三白眼は憎悪に燃えていた。

「おぼえてけつかれ」

「これから警視庁へ行って、あんたの名前を調べてこようか。どうせ暴力団の写真台帳にのってるだろうからな。あばよ、山野組のあんちゃん」

男の凶暴な目を背中に受けて、神明は国際線ロビーを出た。くだらないことだが、これですこしは気が晴れた。

関西弁のヤクザが山野組の組員であることはまちがいない。

山野組としては、関東制圧の拠点、東明会《とうめいかい》を壊滅させられたことを、相当根《ね》にもっているのであろう。

その点、いち早く青鹿晶子を国外に出してしまったことは正しかった。いかに日本一の暴力団山野組でも、アメリカ合衆国までは手が届くまい。

神明は、自分の身については、あまり心配しなかった。今後、どこかで山野組とぶつかったら、むろんただではすむまいが、トラブルはかれの商売である。

むしろ、刺激があっておもしろい。

国際線出発ビルを出がけに、ロビーのヤクザをふりかえったとき、ふいに柔らかい身体が胸もとにつきあたってきた。

若い女の子だ。

「し、失礼」

ほっそりした身体つきの、髪を長くした娘である。エクセントリックな目の光の強い、猫みたいなつぶらな目が印象的だった。夜の山火事のようにまっ赤なパンタロン・スーツを着ている。思いきり奇抜な大ぶりのトンボメガネを前髪にはねあげている。

神明は眉毛の両端を垂れただらしない笑顔を赤いパンタロンの娘にむけ、駐車場に歩いた。

駐車場には、灰色のブルーバードＳＳＳがかれを待っていた。

車を出し、高速一号線にのせる。

肩の荷をおろした気分であることはたしかだった。ボディガードは気の張る仕事だ。が、まんざら楽しくないこともなかった。どんな場合でも、美しい女のそばにいるのは楽しいものだ。

いずれそのうち、機会があったら、青鹿晶子が落ちついたかどうか見にいってやろう。青鹿はコロラド在住のウルフマン、ジェファーソン夫妻のもとへ身を寄せることになっている。もちろん山本勝枝《やまもとかつえ》が世話したのだ。

彼女はそこで、十二頭の灰色狼《ティンバー・ウルフ》と暮らすことになる。狼たちにやどる犬神明の面影《おもかげ》が、青鹿の心をなぐさめるだろう。一度、狼の野性の神秘に憑かれた者は、二度とはなれられなくなるのだ……

神明はブルSSSをとばしながら、やや気落ちした思いをまぎらそうと、そっと口笛を吹きはじめた。

いっそのこと、おれも青鹿晶子に同行して、渡米しちまえばよかったと考える。きっと楽しい旅になったろう。コロラドの広大な自然の中で、野性味たっぷりの生活を……

だが、おれはじきに平穏無事な生活に飽きちまうだろう。なにしろおれは都会育ちの狼ときてるんだからな。

かれはゴミゴミしたほこりっぽい都会が好きなのだった。押しあいへしあいしてくらす人間たちが好きなのだ。ひっきりなしにおしかけてくるトラブルの数かずをむかえ討つのが格別に好きなのだ。トラブルのもたらす、荒っぽい刺激と緊張感を愛しているのだった。

持って生まれた性分《しょうぶん》というやつだろうか。もともと冒険家として生まれあわせたんだろう。だから、青鹿晶子との静かな生活は、おれをデクデクに肥満したまぬけ狼に変えちまう。おれはそれを恐れたんだ。

どんな女も狼男と生涯をともにするのは不可能だ。どんなにすばらしい女でも、そいつばかりは不可能というもんだ……

そのときだ、いきなり声が聞こえたのは。

「あんたに話がある、神明君。おっと、そのまま車の運転をつづけたまえ。よそ見運転は事故のもとだ」

だれもいない車内に他人の声を聞いたのだ。神明が泡《あわ》を食ったのは当然である。反射的にふりむいて声の主をさがし、ハンドル操作を狂わせてしまった。車が大きく蛇行し、ガードレールに接触しかけ、あわててハンドルにしがみつく。

「さがしてもむだだ。わたしを見つけることはできん」

声の主は、かれの醜態ぶりを見ていたようにいった。

「だれだっ」

誰何《すいか》せずにいられなかった。

「どこにいるんだ？」

「神明君、あんたと取引がしたい。このまま車を運転して、紀尾井町《きおいちょう》のホテル・オータニへ行きたまえ。フロントで名前をなのり、八一二号室のルーム・キイを受けとり、部屋へはいるのだ。そこであらためて連絡することにする」

「どこだ、どこにいるんだ。どこからしゃべっているんだ」

神明は毛を逆立《さかだ》ててわめいた。

「取引の内容については、いまはいえないが」

と、〈声〉は、神明の詰問にはとりあわずにつづけた。

「しかし、ひとつだけ、きみにも関心のありそうなことを聞かせよう。犬神明はまだ生きている」

「なにいっ」

神明は愕然《がくぜん》として叫んだ。ふたたび安定を乱してガードレールへつっこみかけてしまう。

「八一二号室だ、神明君」

それっきり声はとだえた。神明があせってどなりちらしても反応はない。

かれはハンドルから右手をはなし、あわてて身体中のポケットをたたきまわった。

そいつは、上衣の左内ポケットから出てきた。

細いアンテナを突きだした、ポケットライター・サイズの超小型無線器である。おそらくICを組みこんだ高性能のミニ・トランシーバーだ。これが正体不明の〈声〉のトリックだった。

いったい、いつ、だれが、どうやって？

狼の嗅覚《きゅうかく》が一瞬にして解答をもたらした。

あの娘だ、赤いパンタロン・スーツの。身体をぶつけた、一瞬間の早技《はやわざ》で、ミニ・トランシーバーをかれの内ポケットにすべりこませたのだ。

あざやかな芸当だ。ただものでないことはたしかだ。

神明の鼓動は速まってきた。

ひょっとすると、こいつはとんでもないトラブルの幕開《まくあ》きかもしれない。

かれはトラブルに対する自分の嗅覚のたしかさを信じていた。いつだって、それははずれたことはなかった。

4

〈声〉の言葉どおり、ホテル・オータニの八一二号室は、神明の名でリザーブされていた。

料金も支払いずみだという。

神明はフロントでルームキイを受けとり、ボーイの案内をことわった。このホテルは仕事で何度も使っているから、案内には通じている。

大ロビーは、例によって種々雑多な人種であふれかえっていた。ターバンのインド紳士、サリーをまとった美女、大男の黒人、ブレザー姿のソ連選手団などバラエティ豊富だ。しつけの悪い外人の餓鬼《がき》どもが奇声をあげ、猛烈な勢いでかけまわっている。日本国内の光景とは思えないほどだ。

神明は、プラスティック片のついたルームキイをくるくる指先でまわしながら、ロビーを一通り見わたした。格別に、かれに対して関心をはらっている人間はなさそうだった。監視がついていれば、勘がそれと教えてくれる。

おもむろに、エレベーター・ホールへ歩く。

八一二号室は八階だ。絨氈《じゅうたん》を敷きつめた廊下を、足音もたてずにそっと歩いていく。首をやや前方に突きだし、しきりに鼻孔をぴくつかせている。緊張したとき、無意識に出る癖なのだ。

キイを用いて、八一二号室のドアを開ける。

室内に人の気配はなかった。神明はますますせわしく鼻孔をぴくつかせた。

小さなテーブルの上のアタッシェ・ケースが目にとまった。

神明は、むっつり突きだした下唇を、左の親指と人差指でつまみあげ、考えこみながらアタッシェ・ケースを凝視《ぎょうし》した。どういうことなのか、さっぱり見当がつかないが、ともかくアタッシェ・ケースを開けてみることにする。

錠はおりていなかった。ふくらんだ茶封筒がはいっていた。

封筒の中をのぞいてみて、かれは思わずひゅうと呼吸をもらしてしまった。

一万円紙幣の束《たば》だ。数十枚ある。

「五〇枚はいっているはずだ、神明君」

と、〈声〉がおしゃべりを再開した。神明はあわてて内ポケットのミニ・トランシーバーをひっぱりだした。

「送受信器のボタンをおさえると送信になり、手をはなせば受信になる。どうぞ話したまえ」

と、〈声〉が教えてよこした。

「質問がある。まず第一に、この金はどういう意味か教えてもらいたい」

神明は、掌中にすっぽりおさまるミニ・トランシーバーのプッシュボタンを親指でおさえ、声を吹きこんだ。

「五〇万円は、あんたへの報酬だ。つまり、前渡金というわけだ。ぜひとも、われわれの提案に応じてもらいたいのだ。どうぞ」

答えが返ってきた。ホテルの隔壁のせいか、電波はやや弱い。が、発信者が近くにいることはたしかだ。神明は舌先で唇をなめた。トランシーバーを握った掌《てのひら》が汗ばんでいた。

「おたくはさっき、犬神明は生きているといったな？　取引とは、それに関係したことか？　どうぞ……」

ゆっくりきいた。親指をボタンからはなして答を待つ。

「そのとおりだ。犬神明は生きている。かれの居場所を、あんたにさがしてもらいたいのだ。どうぞ」

「おれにはどうも納得《なっとく》できない……犬神明が死んだのはまちがいない事実だ。それなのに、おたくは、犬神が生きていると思っているらしい。なにか根拠でもあるのか？　どうぞ」

「われわれは、犬神明の遺骨を調べたのだ。そして、遺骨は偽物で本人のものでないという結論を得た。なにものかが死体をすりかえたのだ。となると、犬神明生存の可能性は非常に大きい。神明君、あんたは人さがしにかけては、特殊の才能を持っている。成功した場合、さらに百五十万支払おう。どうぞ」

「それが、おたくのいう取引か？　もうひとつ質問したい。おたくは何者で、なぜ犬神明をさがしているのか？　どうぞ」

「その質問に、いまは答えられない。しかし、あんたも犬神明をさがすことに異存はないはずだと思うが。しかも、少くない金まで払うといっているのだ……どうぞ」

「じかに会って話そうじゃないか。どうぞどうぞじゃまだるっこしくていけない。どうぞ」

「あんたがそう思うのもむりはないが、いまはだめだ。秘密保持のためなのだ。なによりも、安全第一に行動しなければならない理由がある……」

そのとき、神明はすでに行動を起こしていた。トランシーバーをポケットにつっこむと、廊下にとびだした。

廊下をはさんだ各客室のドアの把手《とって》に鼻を近づけ、匂いを嗅《か》いでまわる。八一五号室のドアの前で足がとまった。

にやりとして、胸ポケットから、尖端を平たくつぶした二〇センチほどの針金をひきだした。鍵穴にさしこむと、ものの数秒であざやかにラッチをはずしてしまった。犬神明がそうであったように、かれも解錠にかけては天才的な技術の持主だった。

そっとドアをおし開く。こっちはトゥイン部屋だ。室内へ身体をすべりこませると、後手にわざと音高くドアを閉めた。カチッと自動ロックがかかる。

「やあやあ、さきほどは空港でどうもでした。どうぞ、どうぞ」

と、神明は陽気にいった。

部屋の中央に立っていた、山火事を想わせる色の赤いパンタロンの娘が、驚愕《きょうがく》の表情でふりかえった。ややつりあがったアマンド型のつぶらな目がけわしく光った。おどかされた猫の目だ。

「どうぞどうぞじゃラチがあかないから、こうやって出向きました」

「あんただれ？　勝手に侵入してきて失礼じゃないの。人を呼ぶわよ。出てってよ！」

険悪な声だ。神明は詰問などどこ吹く風という顔をした。

「どうしてここがわかったの……と聞かないんですか？　あたしもちょいと魔法というやつを使ってみたんですがね。しかし、おたくもどうして、あざやかなもんだった。内職にスリでもやってますか？」

「なんのことだか、さっぱりわからないわ。頭がおかしいのとちがう？」

娘はギラギラする光を残して目をほそめ、馬鹿にするようにいった。

「それとも色キチガイ？」

カバーのかかったベッドに横目をくれる。

「あたしをどうにかしようという気？　カギをこじあけて押し入ってきたんだから、そんなところよね？」

「またまた、とぼける……じゃ、タネあかしといこう。あたしはすごく鼻がきくんです。警察犬とおなじぐらいにね。そして、例のトランシーバーも、この部屋のドアの把手も、あなたの匂いがたっぷりしみこんでたというわけ。忘れられない匂いだった」

神明は、だらしなく相好《そうごう》をくずしながら、ニヤニヤ笑った。

「匂いを尾《つ》けてきたなんて、まるで犬みたいなやつね」

「犬といわず、狼といってもらいたいな。ご存知と思うが、あたしは神明。ルポライター仲間は悪漢ウルフなんて呼んでます。それほどの悪漢じゃないんだが、なにしろ赤頭巾《あかずきん》ちゃん以来、狼といえば悪役の代名詞でね」

「よくしゃべるわね」

「美人を見るとつい興奮してね。まあいい。もう一度話しあいをやりなおそうじゃないか」

神明はにわかに態度を変えた。でれっとしたところが消え失《う》せる。

「おたくたちは何者か？　なぜ、犬神明を捜しだそうとしているのか？　なぜ自分たちで捜さず、こんな手のこんだまねをして、おれに口をかけたのか？　おれの知りたいのは、まずそんなとこだ。おたくの相棒のおじさんはどこだ？　かくれんぼはもういい加減でやめてもらおう」

神明はしかめ面《つら》をした。なにかが腑《ふ》に落ちないのだ。

「むだなことよ」

と、娘が冷やかにうそぶいた。

「なにも話すことなんかないわ」

「どうもおかしい……」

と、神明がつぶやく。なにが気になっていたのかようやくのみこめた。

〈声〉の主の人物の気配が感じられないのだった。シャワー・ルームにでも身をひそめているのか……

「そのとおりだ。われわれはとてもいそがしいのだ。きみにかまっているひまはない」

突然、聞きおぼえのある〈声〉が背後からやってきた。神明は身体をこわばらせた。たとえようもない異和感が襲ってくる。

「よけいなことをしてくれたな、神明」

と、〈声〉がやや悪意をこめていった。神明はくるりとふりむき、〈声〉の主を求めて、娘に背中をむけた。

それがまちがいだった。

目の前にぱっと真白な閃光が走り、膝がたよりなく砕けた。娘が思いがけぬすご味のある動きで、神明の後頭部に、石みたいにかたい掌のへりをたたきこんだのだ。娘はさらにもう一度、手刀を同じ所に見舞った。

意識を暗黒に吸いこまれる直前に、神明は真相をさとっていた。

〈声〉の男がいたわけではなかったのだ。巧妙な腹話術だ。娘の一人二役にまんまとひっかかったのである。どうしても腑に落ちなかったのは、男の体臭が部屋に感じられなかったからだ。

5

気絶していたのは、ほんの十数秒の間だったろう。長くても一分とたっていまい。

だが、自尊心をずたずたに傷つけられるには、それで充分だった。

不死身のタフネスを誇る狼男ともあろうものが、小便くさいほんの小娘に、ノックアウトされてしまったのだ。ちょいとなでられただけで、他愛なく長々と寝そべってしまったのだ。

まったくもってご先祖さまに顔むけできない醜態だ。

神明は憤慨しきって、床の絨氈からはねおきた。こんな馬鹿なことがあるものかと思った。

これはなにかのまちがいだ。

娘はまだ遠くへ行っていない。廊下を走る足音がその証拠だ。

よし。とっつかまえてやる。このままひっこんでいるわけにはいかない。

神明はいささか逆上していた。部屋をよろめき出ると、エレベーター・ホールめざして廊下をかけだす。

目がくらんでいたし、足もともあやしかった。常人だったら一昼夜ほど目をさまさないような強烈な手刀打ちを二発もくらったのだ。ひょっとすると、頸骨が折れていたかもしれない。それほど獰猛《どうもう》な打撃だったのである。

かれはまだその事実に気づいていなかった。娘の外見にだまされて、相手が素手であっさり人を殺せる怪物だと思いもしなかった。すこし頭がおかしくなっていたらしい。

それで、娘のしかけた罠《わな》に、あっさりひっかかってしまった。

廊下の曲りばなに、ワゴンや手押し車のバリケードが築いてあったのだ。おそろしく抜け目のない娘だった。神明が、すぐに息を吹きかえして追ってくることを、ちゃんと計算に入れていた。

神明はまっしぐらに罠にとびこんだ。バリケードに勢いよく突っこみ、がらがらがしゃんとひっくりかえってしまう。

神明はもう完全に頭に来てしまった。血迷ってエレベーター・ホールでもう一度ころび、大きな観葉植物を押し倒した。

年配の外人夫婦があきれたような顔で見て、嘆声を発した。酔っぱらいとまちがえられたらしい。

こんなに馬鹿にされたのは生まれてはじめてだ。

「よし、おれはもう我慢できん」

神明は大声で叫んだ。

「よし、おぼえてろ。いまに見ろ、よし！」

目がいくらか中央に寄ってすわっていた。

一階ロビーに降りたとき、すでに娘の姿はなかった。タクシー乗場に車を待つ行列がある から、タクシーで逃走したはずはなかった。となれば、まだホテルの中か、自前の車という わけだ。

すばやく決断をくだすと、ロビーをかけ抜け、回転ドアを抜けるのももどかしく、外へ躍 り出た。ホテル正面から左右へ降る坂を、とっさに右を選んで走りくだる。

勘が的中した。露天の駐車場から、いままさにスタートした車が目についた。ありきたり の黒塗りのクラウンだ。運転席の女の服の赤い彩《いろど》りが視野をかすめた。

ただのクラウンなら逃しっこないと思った。こっちはチューンナップしたブルSSSだ。 ミッションはレース用五速、エンジンは百三〇馬力ほどひねりだす。

神明はすでに凱歌をあげていた。自分のブルSSSにとびこむ。さっき走ったばかりだか ら、まだエンジンは冷えていない。セル一発で豪快な排気音を轟かせた。

クラウンは、ホテル前広場の出口を抜けだすところだった。ブルSSSを猛烈にダッシュ させ、入口から進入してくるタクシーの鼻先をすりぬける。怒り狂う警笛を聞き流して黒い クラウンを追った。

荒っぽい運転はお手のものだし、職業から尾行には熟練している。苦もなく赤坂《あかさか》の交叉点でクラウンに追いついた。

娘の白い顔が、リア・ウィンドウごしに、ぎょっとした表情でふりむくのが目にはいった。

黒いクラウンは、右折して青山《あおやま》通りへ出た。どこへ行こうと、ダニのようにへばりついていてやる。

神明は、左手をあげてズキズキ痛む首筋をなで、闘志をかきたてた。

6

ひさしぶりの高揚感が神明をとらえていた。獲物を狩りたてる狼の、湧きたつような興奮である。この心身の高揚こそ、かれが愛してやまぬものだった。生きがいといっていい。

クラウンの娘は、ブルSSSの追跡をふりきろうと、懸命にあの手この手をこころみた。信号の変わり目を狙《ねら》ったり、信号無視の左折で逃げまわり、ブルをまこうと努力する。娘の運転技術は馬鹿にしたものではなかった。パトカー程度なら、造作なくまいてしまうだろう。が、神明はことごとく先を読み、ぴったりとクラウンの尻にへばりついて、娘の努力をせせら笑うようにクラクションを鳴らしてやった。娘の顔がふりむいて、怒りに燃える目でにらみつけてくるのを見ると、胸がすっとした。

娘は市街地レースを放棄した。無謀運転でパトカーに目をつけられるのを嫌ったのかもしれない。怪しげな素性《すじょう》の持主であることはたしかだ。

おとなしい運転ぶりで、ブルSSSをお供にしたがえ、玉川《たまがわ》通りから環状八号へ出ていく。

東名高速へはいる気らしい。

高速道路でブルSSSをふり切る魂胆か。それとも、ひと気のない場所へおびきだして、もう一度眠らせる気か。

神明は闘志満々で、歯をむいて笑った。

狼男を徹底的にKOできると思うなら、やってみるがいい。今度は、そうあっさりとはまいらない。

神明は、クラウンにつづいて、料金徴収所を抜けた。通行券をサンバイザーにはさみこむ。

クラウンはやにわに吹っとばしはじめた。神明がちょっとあっけにとられたほどの小気味いい加速ぶりだ。どうやらむこうも、羊《ひつじ》の皮をかむった狼だったようだ。見るみるひきはなされ、うろたえ気味にアクセルを踏んづける。

それが、そのへんのスピード狂を刺激した。サニー・クーペ、シヴォレー・コルベット・スティングレイ、ムスタング、スカイラインGTRなどをまきこんで、抜きつ抜かれつがはじまってしまった。

平凡なクラウンとブルーバードが、すご味のある排気音をたてて猛烈にすっとんでいくのを見ると、腕におぼえのある街道レーサーは、黙っていられなくなるのだ。

時速百八十をこすと、見かけだおしのスポーツセダンは続々と脱落していった。最高速二百二十キロのスカイラインGTRが、これを見よがしにパッシング・ライトを点滅させて、前方へ消え失せていく。

二百キロのすこし手前がクラウンのリミットだった。最高速のままカーブはまわりきれないらしく、渋々減速する。追いこしてしまうわけにもいかずに、ブルSSSもスピードをゆるめた。

減速したクラウンとブルを一気に抜き去ろうとしたムスタングがカーブのコーナリングを誤まった。胸の悪くなるタイヤの悲鳴をきしらせ、青い煙を路面から噴きだして、狂ったように回転する。コマのように旋回するムスタングを避けて、スティングレイがあやうくすりぬけた。

ガードウォールに尻を叩きつけてムスタングは道路に真横になってとまった。運転者は口から心臓がとびだしたかもしれない。

後続車は次々にブレーキを踏んだ。レースはこれで終了だ。

クラウンも、やる気を失くしていた。百三十キロ程度にスピードを落とした。神明としても文句はなかった。クラウンに事故を起こされては、追跡が無意味になってしまう。

スティングレイも、それ以上勝負を挑《いど》んでこなかった。ムスタングの死の舞踏を見て胆《きも》を冷やしたのだろう。ずっと後方にひきさがってしまった。

クラウンは、大井《おおい》松田《まつだ》インターチェンジで東名高速を降りていった。神明もそれにつづく。いよいよ追跡行も大づめに近づいたようだ。このへんで娘は決着をつける気になったのであろう。

クラウンは、神明の予想どおり丹沢《たんざわ》の裾《すそ》の原生林の中に進入していった。狭い林道につっこんでいく。むろん、あたりに人家は一軒もない。なにか手荒な真似をするには絶好の舞台だ。

クラウンがタイヤをきしらせてとまる。神明もブレーキを踏みつけた。これで、ようやく一息つける。ハイライトを口につっこみ、煙を貪《むさぼ》り吸いながら、娘がクラウンのドアを開放して、とびだしてくるのを眺めた。

娘は力まかせに車のドアを叩きつけた。唇をひき結び、目をランプみたいに燃やしている。ただではすまさないという凶暴な顔つきだ。

神明もブルから身軽にとびだすと、くわえタバコで車腹に寄りかかり、歩み寄ってくる娘を待った。目尻にシワをよせてにやにや笑う。

「あんたみたいな馬鹿、見たことないわ」

娘は数メーター手前で足をとめ立ちはだかると、言葉を叩きつけた。

「ほんとにしつこいったらありゃしない！」

「それはないだろう。ひとの首をへし折ろうとしたくせに」

「あんたが聞きわけのないことをいうからじゃないの。もっと念入りに気絶させてやりゃよかった。手加減《てごわ》するんじゃなかったわ」

「おたくが手強いのはよくわかった。なんならもう一ラウンドどうだい？　今度は、こっちもそう簡単にはまいらない」

と、神明はタバコの煙を威勢よくふきだした。

「あんたは、不死身かもしれないけど、ひどいまぬけよ！　あんな馬鹿みたいな大騒ぎをしたりして。もうだいなしだわ！　こんな低能と知ってたら相手にするんじゃなかった。このおたんこなす、とんちき！」

娘はたけりたち、地団駄ふんで罵倒した。

「なんとでもいってくれ。どうせおれはひどい悪口ばかりいわれてるんだから、なれっこさ。だけど、こっちの質問には答えてもらうぜ」

「しゃべるもんか馬鹿」

「そうか？　じゃおたくを警察につきだしてやる。どうせ、ただのネズミじゃないんだろう？」

「笑わせないでよ。あたしがなにをしたっていうのさ」

「おれの首をたたき折ろうとしたじゃないか。レッキとした暴行傷害罪だ。それに例のトランシーバーと五〇万をどう警察で説明する気だ？　どうやっていいぬけするか楽しみだな」

「なにいってるのさ。困ったことになるのはそっちじゃないの。動物園の檻《おり》の中にでもはいりたいの？」

娘はたじろぎもせずやりかえす。

「世界中大騒ぎになるわよ。ヒマラヤの雪男なみよ。なにしろ、あんたは人間じゃないんだからね」

神明は、うっといって呼吸をとめた。もう一度なぐられたような顔つきになった。

「そうよ。こっちはね、あんたの正体を知ってるのよ。狼男さん、犬神明もやっぱりそうだったのよ。人間そっくりのくせに人間でない狼人間……その秘密がバレてしまったら、どうするの？」

神明はあんぐりと口を開けた。が、タバコは下唇にへばりついて落ちなかった。

「これで、いよいよおたくをほっとけなくなったな」

と、かれはちょっとうつろな声音でいった。

「おたくが何者か、なにをたくらんでるのか、どうあってもしゃべってもらうよ」

無意識に唇にへばりついたタバコをはらい落し、娘にむかって足を踏みだした。

「やってごらん！」

娘が叫んだ。神明は動きをとめ、娘の右手に握られた拳銃を見つめた。二二口径の小さな拳銃だ。それを取りだす手際は目にもとまらぬ速さだった。どこから出てきたのかわからない。

「一歩でも歩いてごらん。遠慮なくぶっぱなすわよ」

「ネズミとまちがえないでもらいたいな。そんなもん、役に立つもんか」

神明はこわばった舌を動かした。腹が立ってたまらない。それも、ドジな自分に対してだ。

「あんたは不死身かもしれないけど、五発もおなかにぶちこめば動けなくなるわ。それに、いまは満月じゃないんだから、あまりむりしないほうがいいわよ」

娘はにやりと不敵な笑顔を見せた。狼男のお株をとられた恰好だ。

「いろんなことを、よく知ってるじゃないか……」

この娘はプロだ。それも一流のプロフェッショナルだ。まったく隙《すき》がないのだ。

「おれをどうする気だ？」

「悪いけど、あんたの足を射つわ。右の腿《もも》に一発。しばらく痛い思いをするだろうけど、他に方法がないものね」

娘はおちつきはらっていった。冷酷非情という形容がぴったりだった。

「おい、本気か？」

「ちっちゃな弾丸《たま》だわ。ポケットナイフをあげるから、自分で掘りだしなさい。ナイフはライターの火であぶって消毒するのよ……もっとも狼男のあんたなら、その必要もないわね。四、五日もすれば、象を射つ大口径ライフルで射たれても平気になるんでしょ」

なんでもよく心得ている娘だ。神明はげっそりしてしまった。手も足もでない。

「じゃ、射つわ。悪く思わないでね」

「思うよ！」

やぶれかぶれでわめいた。娘の銃口がさがり足を狙う。着弾の衝撃にそなえて、全身の筋肉が硬直した。反撃するにも、この距離では射ちそこなうはずもない。下手《へた》に動けば、別のもっと痛い場所に食らうかもしれない。

神明が渋面になる。と、鋭い音を発して、娘の手から拳銃が蹴とばされたようにとびだした。

銃声。

神明が射たれたのではなかった。

だれか第三者が、娘の拳銃を射ちとばしたのだ。

7

娘の顔が驚愕にゆがむ。が、ついで彼女のしめした反応は人間技と思えなかった。身体が後にそりかえると、足が地表を蹴る。赤い旋風みたいに逆とんぼを切って、四、五メーターはなれた倒木のかげにとびこんでしまう。一瞬の遅滞もない。条件反射の迅速さだ。

ズガガガッと度肝を抜くような銃声が連続し、娘の姿をかくした倒木の周囲に弾丸が射ちこまれた。激しく木《こ》っ端《ぱ》が飛散する。威嚇射撃で娘を釘づけにしたのだ。

「動くな！　動けば蜂の巣だ！」

すご味のきいた声がかけられた。

その声を耳にすると、神明は小指の先を動かす気も失せた。圧倒的な権威がこめられてい、ずしんと背骨にこたえた。

その命令にさからうには、満月の照りはえる夜でないと無理だった。

「逃げかくれしてもむだだ。きさまのうしろからも銃が狙いをつけてる。いま、証拠を見せてやるぜ」

言葉が終わると同時に、太い倒木が爆発したようにはねあがり、烈しく木っ端を噴出した。ドァアアン……と恐ろしい轟音。落雷とかんちがいするほどものすごい銃声だった。

倒木はまっぷたつにちぎれた。

「ただのライフルじゃない。ウェザビー・マグナムだ。ごらんのとおり、樹を楯《たて》にとっても紙のようにぶち抜く。おとなしく出てきたらどうだ？」

神明にむかっていっているのではなかった。狙われているのは娘と知って、神明は心の底から安堵した。そっと首だけをまわして、右の肩ごしに、声の主をふりむく。

革ジャンとジーンズをつけた、長身の壮漢だった。日本人だが上背と足の長さは白人なみだ。

岩みたいなごつい顔の、三〇代の男で、薄い口もとがなんともいえず酷薄であった。強靭《きょうじん》な肉体から、野獣のぎらぎらするような精気を発散していた。

どう見ても、おとなしい人間ではない。ヤクザが野犬なら、この男はさしずめ大山猫といったところだ。獰猛なことにかけたら抜群だろうが、この男は底なしのヴァイタリティを抑制している余裕を感じさせた。

神明は、ただの暴力人間なら食傷するほど見てきた。人殺しをなんとも思わない、しんそこ凶悪無残な極道《ごくどう》も知っている。が、目の前の壮漢はちょっとちがうようだ。なにかしら、戦車に似ていた。かけねなしの破壊力を蔵した迫力がある。おそらく戦車とおなじぐらい血も涙もないのだろう。

男は軽く股《また》を開いて立ち、がっしりした両手に米軍制式銃M16ライフルをかまえていた。堂に入ったかまえで安定感がある。大地に根が生《は》えていて、蹴とばしたぐらいでは倒れそうもない。でっかい鉞《まさかり》が必要だ。

神明はすっかり感心してしまった。どうこうしようという気も起きない。

娘も同様の印象を受けたのだろう。倒木のかげからそろそろと身を起こした。唇をかみしめ、追いつめられた牝猫みたいな陰惨な表情だった。両手を肩の高さに持ちあげている。

「ようし。こっちへこい。妙な考えを起こすなよ。うしろから狙われていることを忘れるんじゃない」

と、男が警告した。娘はのろのろと倒木をまたぎ越し、両手をあげたまま近寄ってくる。

娘の背後の木陰から、たくましいつくりのライフルを肩付けした男が姿を現わした。日本人ではなかった。黄色い髪に、灰色の目。こいつは、特殊部隊の精強な兵士を想わせた。灰色の目は北極海の氷みたいに冷やかだ。

「そこでとまれ」

と、日本人のほうが声をかけた。娘が命令にしたがう。

大仰な光景だった。強力な銃で武装したふたりの巨漢が、素手の小娘を、危険な猛獣でも扱うように、緊張しきって対処しているのだ。

が、神明は、後頭部に食った空手チョップの恐ろしい味を思いだし、認識をあらためた。外見にごまかされたら最後、身体中の骨をバラバラにされかねない。男たちは、それを知っているのだ。

「服をぬげ」

と、M16の男が命じた。

「下着もだ。全部ぬいですっぱだかになるんだ」

神明は目をまるくしたが、すぐに意図《いと》をさとった。男たちの表情は酷薄で、好色さは一片もうかがわれない。全身に警戒心がはりつめている。

娘を武装解除するのが目的なのだ。武器をかくし持っているかもしれないからだ。

「早くしろ。いわれたとおりにしないと、手足に弾をぶちこんでやる」

ただの威嚇ではなかった。

娘は青ざめた顔で、真赤なパンタロン・スーツをぬぎはじめた。衣服とファンデーションの小山ができる。全裸になると、痩せぎすの見かけより、胸と腰が豊かなのがわかった。乳房は色白にとがり、恥毛は可憐なほど薄い。真冬の寒気にさらされた肌がみるみるそそけだっていく。神明は気弱わに目をそむけた。木陰には雪が凍りついているのだ。

M16の男は、左手を銃からはずして革ジャンのポケットをさぐり、一組の手錠をひっぱりだした。そいつを、全裸の娘の足もとに投げだす。

「左の足首と右の手首をつなげ」

徹底したやり口であった。娘は身体を二つ折りにしたまま、身動きがとれなくなった。この姿勢では、反撃も逃走も不可能だ。娘の顔からは表情が失せていた。デスマスクみたいにうつろに硬ばっていた。

ウェザビー・ライフルを肩付けしていた白人が、ふうっと息を吐きだして、銃をさげた。額《ひたい》の汗がうっすらと湯気を放っていた。やはり、重量級の大口径銃を保持する緊張感がこたえていたらしい。銃の尻を地面につけると、タバコを出して口につっこんだ。深々と吸いこみ、大量の煙を吹きだす。日本人のほうは平然としていた。M16は軽量小型で有名だが、それだけでなく、神経のほうも強靭にできているらしい。

「すまんが、タバコをすってもいいかね？」

神明は、はじめて声を出した。

「喉がカラカラなんだ。手に汗握ってたもんでね」

ふたりの巨漢は、神明に注意を移した。つまらない犬ころを見る目だった。

「よかろう。どうぞご随意に」

と、M16の男がいった。

「ありがとう」

神明は一服することにした。ハイライトをパッケージからつまみだす指がわずかにふるえた。神明にしてはめずらしいことだった。

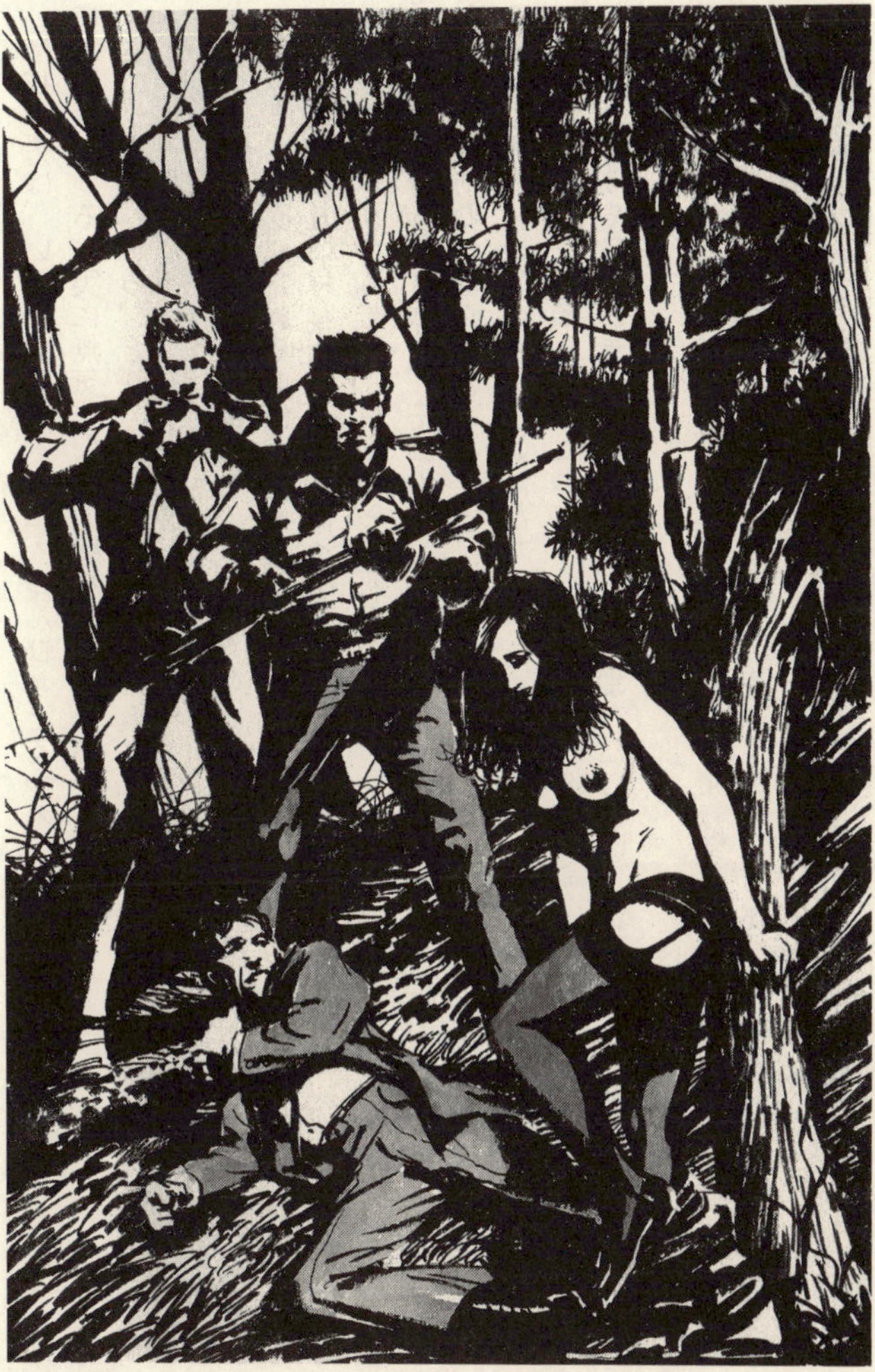

M16の男は、いかにも鷹揚《おうよう》そうに、のんびりとくつろいで見えたが、むろん見せかけだけにきまっている。実に無気味な圧迫感をそなえた男だ。

「さて……これから、どういうことになるんだろう？」

神明は心細い声を出した。

「このおれも、おたくらの捕虜というわけなのかな？」

「ほう？　捕虜にされるおぼえでもあるのかね？」

と、M16の男がおもしろそうにいった。だが、目は冷酷そのものだ。

「いや……おれとしては、おたくらが何者かも知らない。だいたい、このすっぱだかの女の子にしてもそうだ。今日、それもさっき会ったばかりなんだ。なにがなんだか、さっぱりわからんというのが正直なところだ……ただひとつわかったのは、その娘《こ》とおたくらが、あまり仲良しでないってことぐらいだな」

神明は、ますます頼りなげにつぶやいた。

「おれはどうやら、トラブルにまきこまれちまったらしい。状況としては、たいへん険悪らしいね」

「おれがあんただったら、さっさと自分の車に乗ってひきあげるがね」

と、M16の男は、苦味《にがみ》走ったごつい顔に苦笑を浮かべ、錆《さ》びた声でいった。

「そして、ここで見たことは、すべて忘れちまうね」

「じゃ、行ってもいいのか？」

神明は、意味のない手ぶりをした。男の言葉が信じがたい。拍子抜けというより、薄気味悪かった。

「さしあたって、あんたに用はない。局外者ということだな。他言さえしないと約束してもらえば、それでいい。あんたの名前も正体もわかってることだし、いずれ用事ができたら、またお目にかかるさ」

あっさりといった。害意はないとしめすように、M16の銃口をさげる。

「わかったら、退散したらどうだ？」

「わかった……」

神明は気が抜けたようにうなずき、M16の男に背をむけた。林道にとめたブルSSSにむかって歩きだした。足もとがへんに頼りない。

「馬鹿ね。背中を射たれるだけよ」

と、全裸の娘が冷笑を浴びせかけた。

「あんたを無事にかえすわけがないじゃないの。こいつらは正真正銘の殺し屋よ。CIAの非合法工作員よ、ふたりとも。日本人のほうは西城恵《さいじょうけい》、アメリカ人はパット・オブライエン。両方とも、極東エージェントのトップクラスだわ。ふたりだけでも、中国工作員を十六人も殺してるのよ」

神明はぎくっと足をとめた。背筋《せすじ》に氷が触れ、鳥肌がたった。額にねっとりと汗がにじみでてくる。

8

「特に、この西城の殺しの履歴はすごいわ。手にかけた犠牲者の数は、少くとも百人をくだらない……リストだけで一冊の本になるわ。こいつは人間じゃない。人間の形をしたおおきな蟹《かに》だわ。CIAで飼ってる人間蟹よ。アイスクリームを食べるみたいに、あっさりあんたを食っちゃうわよ」

娘の声音には苦《にが》いあざけりがこもっていた。袋のネズミの自嘲ともとれた。

「覚悟をきめたほうがいいわよ。あんたはもう死んだも同じなんだから」

「すると、おたくの身分は、中国工作員というわけか」

一同にむけた背中が板のようにこわばった。M16の銃口を灼《や》けつくように意識する。喉がザリザリといがらっぽい。鼻孔の奥に金属の味がした。死の味わいみたいだ。

「というわけだ。いま日本へ潜入中の中共スパイのなかで、一番手強いのがこの女というしだいさ」

M16の男、西城がかわって答えた。のんびりと楽しんでいる声音だ。

「暗号名は虎4《フースー》……中共情報機関に虎部隊というのがあって、この小娘はそこのトップ・エージェントさ。仔《こ》猫みたいに可愛い顔をしてるが、これがとんでもない猫っかぶりでな。中身は老練な人食虎そこのけされね。神出鬼没の味な魔法を使いやがる……さんざ手こずらされたが、あんたのおかげでやっと生け捕りにできたってわけだ。そこでお礼といっちゃなんだが、苦しませずにあの世へ送ってあげようと思ったんだが……」

虎4がからからとかわいた笑声をあげた。ユーモアもなにもない凄愴《せいそう》な笑いだ。

「なぜおれを殺すんだ？」

神明の声はひきつった。あぶない橋を渡るのは日常茶飯事《さはんじ》だが、これほどの切実な危機ははじめてだ。魂の緒が蜘蛛の糸みたいにもろく切れかけている。狼男だって死ぬときは死ぬのだ。今度ばかりは助かりそうもない。

「うるさがたのトップ屋さんは始末しなきゃならん。気の毒にな。おれだって、好きで人殺しをやるんじゃないが、これも任務なんだ。買収も脅迫もきかない人間は、消えてもらうほかない」

ぬけぬけした返事だった。この殺し屋は異常なユーモア感覚の持主だ。

「よしてくれ。おれだって死にたくない。買収してもらったほうがどんなにいいかわからない」

神明は、とめどもなく脂汗《あぶらあせ》をしたたらせた。ふりかえって逆襲するほかないが、万に一つの希《のぞ》みもあるまい。M16は一分間に千回転もする高性能の自動小銃だ。高波に呑まれるようなもので、とうてい逃げられない。しかもM16を握っているのは真正プロなのだ。

「あんたは、おっちょこちょいで好奇心が強すぎる。始末におえない一匹狼だからな。消すのが一番安全だ……背中から射たれるのがいやだったら、こっちをむいてもらってもかまわないんだぜ」

「くそっ、ご親切なこった。まったく胸が悪くなるよ……」

神明はうめいた。こいつは悪魔的なサディスト野郎だ。満月の夜にもう一度再会したいものだ……

「どっちにしても、一発で心臓をぶち抜いてやるよ。なに、楽な死にかたさ」

「勝手にしろ、くそったれ野郎」

絶望的な反撃にそなえて、神明は全身の筋肉に全精力を蓄《た》めた。すぐさま西城はそれを見抜いて、くっくっと笑った。

「やってみろよ。遠慮はいらねえよ」

目が苛烈な殺戮の光をおびて、すっとすぼまった。神明の背の一点にすえたM16の銃口は微動もしない。指は軽く引金にかかっている。一瞬の屈曲を待って指の関節が白くなる。

「動くなＣＩＡ！」

いきなり刺すような声がとんだ。西城とオブライエンは凍りついた。

「きさまたちは包囲された！　こっちは十人だ！」

男の声が威圧する。

「武器を捨てろ！　虎4《フースー》安心しろ、救援に来たぞ！」

神明は見破った。虎4《フースー》の腹話術だ。が、ＣＩＡ工作員ふたりは虚を突かれ、まんまとひっかかった。反射的に身体を倒しながら、声の方向に銃口をひらめかせる。それが神明の待ちに待った機会だ。跳躍した。身体が細長くのびて、頭上の木の繁みに消える。

同時に一転した娘の左手が地上のナイフをすくいあげた。さっき神明に投げあたえたポケットナイフだ。モーションは目に見えなかった。銀条がのびて、オブライエンの左胸部に吸いこまれた。とてつもない轟音が耳を聾《ろう》し、ウェザビー・マグナムが暴発する。オブライエンは強烈な反動を食って、馬に蹴られたように倒れこんでいく。

西城は獰猛に歯をむき、M16を掃射した。身体をスピンさせて周囲に弾丸をばらまく。勘のいい男で、すでに虎4のトリックを看破していた。が、神明を見失ってうろたえ気味だ。軽快な発射の連続音とともに、半円を画いてフルオート射撃が、ころがりまわる虎4にむいていく。

頭上から神明が落下した。靴先がM16の機関部を蹴りつけ、西城の手からはねとばす。バランスをくずし気味に着地した神明に、すかさず西城は猛烈な攻撃をかけた。猫みたいにしなやかに身をひねると、巧妙な激しい蹴りを放ってきた。重い靴先が凶器と化して神明の下腹部をとらえた。前かがみになる顔面へ、すさまじいスピードで膝がはねあがってくる。

神明は喉の奥でうなりを発し、とっさに肩で受けた。顔をしかめて、右のストレートを繰りだす。西城は薄笑いで形通りブロックした。左の前膊で受けておいて異様に関節の変型したタコで覆われた獰猛な手刀《しゅとう》突きを神明の胃袋に突き刺す気だったのだ。が、あいにく神明の力は常人のものではなかった。馬が蹴りつけるのをブロックしたような気がしたであろう。

左腕の筋骨がひしゃげるような異音を発した。軽々と五メートルほど後方へ飛ばされてしまう。暴力のプロの自信に満ちた薄笑いははげ落ちていた。顔色が変わっている。相手の超人的な強力さを理解したのだ。

だが、行動には遅滞というものがなかった。鋭敏な反射神経を見せて、ころがっているM16にとびついていく。神明も同時に反応し、一瞬早くM16を靴底に踏みつけた。西城はまにあわずと見て、横へはねとんだ。そのまま身をひるがえして、原生林の中へかけこんでいく。判断のよさ、反射神経の鋭さ、たいへんな男だ。敵ながら感嘆を禁じえないあざやかなかけひきであった。

神明はあえて後を追わなかった。しぶとい逆襲が待っているにきまっている。これ以上あのすさまじい蹴りを食ったら、身体のタガがはずれてしまう。なみの人間だったら、最初のまわし蹴りで内臓が破裂し、死んでいたかもしれないのだ。

金髪のオブライエンのほうも、ウェザビー・マグナムを落として逃走してしまっていた。ナイフを左胸部に突きたてられたというのに、すさまじい体力だ。タフさも抜群だが、もっともナイフが小さすぎたのかもしれない。

「虎4《フースー》。おたくは生命の恩人だ」

神明は娘をふりむいていった。

「このお礼は、させてもらうよ」

虎4は、すでに手錠から抜けてしまっていた。手錠をはずすのに用いたヘアピンを髪の間にもどすところだった。全裸を平然と神明の目にさらしながら、積みあげた衣服の山へ歩いていく。もう肌は鳥肌立っていない。下着をすくいあげると、手早く身につけていった。男の目を意識していないようだ。パンタロン・スーツを着おわると、はじめて神明に顔をむけた。やや頬が上気している。

「なにもはじめからおわりまで見物してることないじゃないの」

つっけんどんにいった。神明は、はじめてこの娘を可愛らしいと思った。頭のてっぺんから爪先まで傍若無人《ぼうじゃくぶじん》というわけでもないらしい。裸かを見られて照れているのだ。苦笑してかれは鈍痛を訴える腹をなでた。

「あいにく、つくづくと観賞する雰囲気じゃなかったな。荒っぽすぎた」

「馬鹿ね。でも、あんたもかなりうまくやったわ……まぬけ面《づら》のわりには」

虎4もようやく笑いを浮かべた。が、まだつぶらな猫の目から殺気が消えていない。

「お礼をするといったわね。その気があったら、犬神明をさがしてもらいたいわ。人さがしはうまいんでしょ」

「しかし、犬神明が生きてるってのは、たしかなのか？」

と、疑わしげに神明。

「どの程度信用できる？」

「こっちだって、信用できない情報に身体を張ったりするもんですか」

虎4《フースー》はにべもなくいった。

「こっちは毎日修羅場を生きてるのよ。くだらない時間つぶしなんかしていられないわ。その自動小銃をこっちにちょうだい」

神明は、靴の底に踏みつけたM16を見おろした。身をかがめて拾いあげる。小柄で軽量だ。口径は〇・五五六ミリと小さいが、高速弾を射ちだすので、威力はある。

かれは手の中の自動小銃に嫌悪の目をむけた。メカニックな非情美というい方もあるが、とうていそんな観賞のしかたはできない。銃器には生理的に嫌悪を感じてしまう。卑怯者の使う凶器だ。

「こいつをどうするんだ?」

「きまってるじゃないの。CIAの豚どもを追っかけて始末するのよ」

虎4は手をのばして、M16をもぎとっていった。

「やつらを殺す気か?」

「あったりまえじゃない。殺《や》るか殺《や》られるかどっちかだわ。ぐずぐずしてると逆襲してくる。相手だって素人《しろうと》じゃないんだからね」

虎4のほっそりした肉の薄い顔立ちに、なにかしら凶暴ないやらしいものが現われた。神明はかすかな悪寒《おかん》が走るのをおぼえた。

「オブライエンのやつ、怪我してるから、まだ遠くに行ってないわ」

なれきった手つきで自動小銃を点検する娘は、慓悍きわまる女狩人《かりうど》になりきっていた。

「逃がしゃしないわ。かならずつかまえてやる」

悪意をこめて、笑いに口をゆがめる。牙《きば》をむいたような笑いだ。それを見て、神明は娘がきらいになった。

西城もオブライエンも化物《ばけもの》みたいな人間蟹かもしれないが、この娘だってそうだ。見かけは可愛らしくても、蟹は蟹だ。人間の魂なんか持ってないのだ。

「犬神明はおれがさがす。だが、これだけは教えてくれ。中国情報部は、どんな理由で犬神明をさがしているんだ？」

虎４は、ちょっとためらいを見せて、ぎらぎら光る目を細めた。

「いいわ、教えてあげる。わけを聞けば、あんたもまぬけ面をしていられないだろうからね……あんたたち狼男は、とっくの昔に、国際諜報戦の渦中にあったということよ。われわれエージェント仲間で〈不死鳥作戦《フェニックス・オペレーション》〉と呼んでるやつにね……狼男は、ある意味で不死鳥みたいな不死身の存在だわ。その不死身性の謎を解くことさえできたら、冷戦は理論的根拠を失ってしまう。つまり、熱核戦争を起こしたがっている白人勢力にとっては、どんな犠牲をはらっても〈不死鳥〉を手に入れる価値があるってわけよ。だから、われわれは、犬神明がそいつらの手に落ちることを絶対に阻止しなければならない……わかる？　あんたにとっても、犬神明は貴重な仲間でしょ？　同じ狼男が、暴虐な白人勢力の手に落ちて、残忍な迫害を受けるのをだまって放置できる？」

虎４は、ちらっととがった糸切歯をのぞかせ血のように赤い舌で唇をなめた。

「あんただってマゴマゴしていられないわよ神明。あんたの尻尾《しっぽ》にも火がついているのよ。

犬神明が皮をはがれて煮られたら、次はあんたの番なんだからね。さかりのついた牡犬みたいにでれっとしてないで、すこしはしゃんとしたらどうなのさ」

せせら笑いを残すと身をひるがえした。赤いパンタロンが炎のように流れ、すさまじいスピードで原生林の奥へ消えた。足音はまったく立てない。たしかに虎4の身のこなしは、人間のものと思えないほどだった。西城の言葉どおり、痩せっぽちの小娘どころか魔法使だった。

「なにをいってやがるんだ！」

神明の怒声はむなしく木立に吸いこまれた。

「なにが不死鳥作戦だ」

歯ぎしりした。憤怒で顔が赤くなった。

「このおれに、薄汚ないスパイのまねをさせる気か馬鹿野郎。気ちがい変質者殺人鬼。ゴキブリ野郎。食人種。人でなしの人間蟹なんかどいつもこいつも共食いして死んじまえ」

わめきながら、オブライエンの落としていったウェザビー・マグナムをつかみあげた。怒りにまかせて手近の樹の幹に叩きつける。まっぷたつにへし折れる衝撃で、ウェザビーが暴発した。その反動で、残骸を放りだしながら尻もちをつく。

手がしびれ、頭が痛くなった。畜生とうめき声をあげた。どうにもやりきれぬ不快さだ。

「よし。犬神明。本当に生きているんなら、どこにいようと草の根分けてもさがしだしてやるからな。待ってろ」

神明は歯ぎしりした。やりきれないのは、嫌悪感の中にまぎれもない恐怖が宿っていることだった。

虎4《フースー》の女狐《めぎつね》は、こっちの正体を見抜いてやがった……いったいどうやって嗅ぎつけやがったんだろう？

こいつは、どえらいことになるぞ……

とめどもない悪寒が襲ってきた。それは破滅の予感であった。足もとに、ふいに底なしの暗渠《あんきょ》がぽっかりと口を開いたような気がした。

神明はうずくまったまま目を光らせ、ぶるぶる身体をふるわせていた。生れたての仔狼の無力感がかれをとらえていた。

9

意識がよみがえったとき、まっさきに脳裡に浮かんだのは、なにが自分の身に起きたのだろうという疑問であった。

だから、少年は吠えたてた。狼の遠吠えで叫んだ。

疑問にこたえてくれる者が近くにいなかったし、身体が鉄のベッドに縛りつけられ、窮屈だったからである。

周囲のすべてのものが、見なれぬものばかりで、陰険な敵意に満ちていた。打ち放しのコンクリートがむきだしの灰色一色の狭い部屋だ。天井《てんじょう》は低く、窓はひとつもない。一目で地下室とわかる。唯一の扉は灰色に塗られた頑強なスチール・ドアで、内側には把手もなく、外側からのぞける揚蓋《あげぶた》つきの隙間があった。

寒々とした裸のコンクリの床には、便器のかわりに一箇所へこんだ部分があって、穴があいており、排泄物の残滓《ざんし》がこびりついていた。水洗で洗い流せるようになっているが、悪臭がひどい。

光源は、天井にあいた小穴からもれてくる裸電球の黄色く鋭い光であった。唯一の調度は、薄いキャンバス・マットを敷いた鉄ベッドだ。

人間を収容する場所ではなかった。獄房でもこれほど人情味に欠けてはいない。

少年がしめした反応は、捕えられた野生の動物のものであった。しかも、厳重に拘束されて、身体の自由がきかず、攻撃に対してははなはだしく無力だという認識が、少年を恐慌状態におとしいれた。

少年は鋭く吠えたてながら、必死に身をもがき、容赦なく把握を加える強靭な革ベルトと闘った。捕えられてしまったと感じていた。

少年は、五歳の小児の段階に退行してしまっていた。しかも、かれは人間ではなかった。野生の狼だった。アラスカのツンドラを放浪する狼群の一員であった。

過去十数年間の記憶を失い、アラスカの雪原で、ウルフ・ハンターに発見されたときの状態に逆戻りしていた。

いまふたたび、「人間」に対する恐怖と憎悪が、少年を火のついたようなパニックにさそった。

いきなり、少年は叫ぶのをやめ、激しく緊張した。獣じみて上端のとがった耳朶《じだ》をぴくりとそばだたせる。部屋の外部に、人間の足音をききつけたのだ。コンクリの廊下を踏む足音は近づいてきて、鉄扉の前で停止した。ことりと鉄の揚蓋があき、白く光る巨大な目玉がのぞいた。少年は遠吠えではなく、すご味のある威嚇のうなりを喉の奥からしぼりだした。のぞき孔の隙間からかれをにらんでいるのが、異様な大目玉の怪物ではなく、眼鏡のレンズにすぎないと判断する知識すら、かれの記憶から脱落してしまっているのだった。

蓋《ふた》がおりると、鍵の音がした。錠をはずしてスチール・ドアをあけ、こっちに侵入しようとしているとさとって、少年のうなりは高まり、狂暴な怒りの調子をおびた。荒々しく上唇をまくれあがらせ、歯をむきだした。全身の筋肉の束が緊張してくっきり浮きだす。すべての人間は、かれの憎悪してやまぬ宿敵なのだ。凶悪な、狼殺しの敵なのだ。決して身辺に近づけてはならない。それが狼の掟《おきて》である。人間は狼にとって獲物どころか、凶運をもたらす危険きわまりない怪物である。

ついに外部の人間とかれをへだてる鉄扉は開放されてしまった。恐ろしい体臭とともに押し入ってくる。少年は狂気のようにあばれだした。猛烈に身をよじり、革ベルトをねじ切ろうとあがく。

小部屋にはいってきた白衣の看護婦は、唖然として立ちすくみ、ベッドの少年の狂乱に目を奪われた。

三〇がらみの冷やかな顔つきの女だ。皮膚は血の気がなく、脱色したように白い。ぎすぎすした痩身は氷柱《つらら》を想わせる。女らしい魅力など皆無だ。無粋な白衣と野暮《やぼ》ったい黒縁の眼鏡がよけいに中性的な味気なさを強めていた。人並みの化粧をして眼鏡をはずしてしまえば、あるいは美人なのかもしれないが、いまはどんな男も目をそむける、無細工な氷塊そっくりの、オールドミスの典型だった。

看護婦は驚愕にとらわれたが、義務感を忘れるほどではなかった。気をとりなおすと、いまいましいほど目ざとく、少年を鉄ベッドに拘束する革ベルトのゆるみを発見した。いそいでやってきて、革ベルトをきつく締めなおし、少年の努力を水泡に帰してしまう。

少年は怒りにかられて、近くに来た看護婦にくいつこうと首をよじった。わめきながら、がちがち歯を咬み鳴らす。よだれが白く泡立ち、口のすみからマットにこぼれ落ちる。看護婦が用心深く身を遠ざけているため、むなしい努力だったが、女がそそくさと部屋を出ていくのを見、おどかして追っぱらってやったのだと考えて、少年はわずかな満足感をおぼえた。看護婦が、かれの努力によって逃走したのではなく、上司に事態を報告するために去ったのだと考えるほど、少年の退化した思考力はさとくなかった。

ややあって、白衣の女が戻ってきたとき、彼女はおなじく白衣を着た男をともなっていた。むろん少年は知らないが、石塚という名の、痩せた長身の強度の近視鏡をかけた医師である。

石塚医師は、少年の覚醒を知っても、とくに驚きの表情は見せなかった。落ちつきのないうろんげな目つきは平常のものらしい。持参した診察器具で、手早く少年の血圧、脈搏、体温を測定する。

血圧一三〇、脈搏一一〇、体温三七・二度。少年の興奮状態のため、いずれも予期していた数値をうわまわっている。

「血液採取」

と石塚医師は甲高《かんだか》い声で看護婦に命じた。

看護婦は数値の記録を終えて書類ばさみをベッドのすそに置き、床の診察鞄《かばん》から血液採取用の注射器をとりあげた。抵抗を無駄と知った少年はもがくのをやめ、高く低くリズミカルにうなっていた。目を敵意に爛々《らんらん》と輝かし、歯並をずらりとむきだしている。反撃の機会を狙っているのだった。歯がとどくまで近寄るのを待って、手痛く一矢《いっし》をむくいてやろうという気だ。

消毒綿が左腕の肌を冷たい感触を残してこすり、ついで注射針が刺さった瞬間も、ぴくっと小さく痙攣したただけで、あとは身じろぎもしない。

「ヘマトクリットをテストしてきてくれ」

と石塚医師が頭のてっぺんから発声するような、い、い、きんきん声を出す。

「はい」

答えて、血液を移し入れた試験管を手に、小部屋を出ていきかけ、看護婦はふと石塚医師をふりかえった。

「あの、石塚先生」

と、ためらいがちにいう。

「この患者《クランケ》ですけど……どうして、こんなふうにうなったり吠えたりするのでしょうか？ まるで、犬かなにかみたいで……」

「ん？」

石塚医師は、深い立てじわを眉の間に刻《きざ》んで、看護婦を見た。

「さっき意識を回復してから、ずっと……気味の悪い声で、遠吠えみたいに吠えるんです」

「なにか、口をきいたのか？」

「いいえ。一言も……もしかすると、頭のほうがへんになっているんじゃないでしょうか」

看護婦は顔をこわばらせた。ふいに仮面みたいな無表情な顔つきになる。石塚医師に、よけいなさしで口をとがめられたと感じたようであった。

「申しわけありません。よけいなことを申しました……」

感情のないひからびた声音でわびた。

石塚医師は分厚いレンズの下の瞳を動かして鉄ベッドの少年に視線を移した。少年は蛇のように首をもたげ、ギラギラする憎悪の目で医師をにらみかえした。

10

「あきらかに、記憶の障害がみられる」

と、〈ヒトラー〉がいった。大学教授が医学生に講義する口調であった。権威が身についているのだった。

「記憶喪失――アムネジアと一般に呼ばれるものだ。古い心理学では、早発性痴呆《ちほう》症、新フロイト派では特発性ノイローゼ、現代心理学では多発性記憶喪失と呼んでいる。それも強度の失語症をともなったものだ。脳出血、一酸化炭素中毒、交通事故などが原因で大脳皮質の障害をおこすと、こうした失認症が発生する。

この症状は、当然予想すべきものだったのだよ、石塚君。この患者は、百十六時間にわたる脳死状態から奇跡的に回復した。ただでさえ酸素欠乏《アノキシア》に極度に弱い脳細胞が、破壊的損傷を受けたとしても、なんの不思議もない。完全に意識を持たない植物人間になっても当然なのだ。それが、この患者は、記憶障害はあるにしても、立派に意識を回復している。ということは、つまり、脳の中でももっとも高度の、大脳の意識中枢の細胞が蘇生したということになる」

ヒトラーばりの黒々としたチョビ髭に右の指先を触れた。自分の診断の正確さを誇り、学生の感嘆の声を期待するような気取り方だ。稚気たっぷりの自己顕示欲が小肥りの短軀にみなぎっている。

石塚医師は、背の高い人間によくみられる軽い猫背で、〈ヒトラー〉の講義を文字どおり拝聴していた。無意識的な追従の言葉を口ごもる。

「大和田先生。単なる失認症とは思えない感じがするのですが……いわば野獣の反応といいますか。インドに、野生の狼に育てられた、〈狼少年〉の実話があるそうですが、わたしそれを連想させられました」

と、ひかえ目に石塚が発言した。

「話しかけてみても、言葉の内容がまるっきり理解できないようです。ただもう、盲目的に逃げようとあばれるだけです。言葉は一言も口にしません。三木《みき》看護婦によると、はじめは狼みたいに遠吠えしていたそうです。感情の表出がとぼしく、泣きも笑いもしません……」

鉄ベッドをふりむいた。

「ああやって、敵意をこめてにらんでいるだけです。いまは割合におとなしいほうです」

「失認症にもいろいろあるからね。大脳皮質の障害をおこす場所によって、機能を失うところもちがってくるんだ。失語症もそのうちのひとつだ……」

〈ヒトラー〉はもっともらしくいってから、ふいにニタリと笑った。なにかしら邪悪なところのある笑顔だ。すると泥くさく戯画化されたナチ独裁者という感じが強まった。ヒトラーのパロディだけに、へんに毒々しい。

「ま、考えてみれば、そのほうが好都合じゃないのかな、石塚君。つまり、ラットやマウスなみの実験動物として扱いやすい。なまじ口をきかれると、こちらにも人間的感情が生ずることになる。人体実験においては、相手を人間と思ってはいかん。あくまでも、ただの物体として扱う冷徹な精神が要求される。この少年が、低級な動物のレベルに等しい知能しか持たんとわかれば、きみにも実験がやりやすかろう。どうだね、石塚君」

「はい、先生のおっしゃるとおりだと思います。いつも先生のご教訓を嚙みしめて、これではならぬと反省ばかりしています……」

石塚の口からは、阿諛《あゆ》のせりふがするりと抵抗なくすべりでたが、手のほうは額ににじむ汗をしきりにこすっていた。

〈ヒトラー〉は、ぎょろりとした巨眼をほそめて、石塚医師の動作を観察している。ひそかな悪意が目の底にひそんでいた。

「石塚君、きみに関して、わたしがやや危惧していることがあるんだがね。それがなんであるか、わかるかね？」

石塚はとびあがるように姿勢をただした。

「はっ、わたくしに関してでございますか？　むろん、いたらぬところばかりでつねづね反省しておりますが……」

顔中に汗が噴きだした。分厚いレンズが湯気でくもり、瞳が狂ったように動転するさまがぼんやりと透《す》けてみえる。

「なにぶん、わたくし軽率《けいそつ》ですので……あの、なにかお気にさわりましたでしょうか？　まことに申しわけありません」

悄然とうなだれた。泣きだしそうに顔がゆがんでいる。まるで主人の叱責を受けた犬ころだ。

「反省いたします」

「わたしのいっている意味がわからんのか？」

「はい、その……申しわけありません。反省します」

「あきれた男だ」

「はい。おゆるしください」

石塚医師はさらに萎縮した。顔面蒼白だ。〈ヒトラー〉は底意地悪げに、唇を曲げて笑った。たのしげな笑声をたてる。

「それだよ、石塚君。いままさにきみのとっているその態度だ」

「はい？」

「わたしが危惧しているのは、きみの、その気の弱さだ。石塚君。きみはまことに頭脳明晰《めいせき》、有能な医務家にちがいないが——また、それだからわたしの秘密研究を手伝ってもらうことにしたんだが——惜しむらく、あまりにも小心だ。気が弱すぎる。つねに右顧左眄《うこさべん》、きょときょとしすぎる。他人の意を気にしてうろうろする。その性格のひ弱さが、きみの最大の欠点たるものだ」

「申しわけありません。反省します」

「それがいかんのだ。きみには、もっと図太さが必要だ。だいたい、そんな弱気で外科医がつとまるかね？　患者《クランケ》の世迷言《よまいごと》をいちいち聞いておろおろしていては、第一メスを満足にふるえやせんだろうが？　患者に同情してもらい泣きしているうちに、当の患者が死んでしまう。いまは、患者のひとりふたりという問題じゃない。われわれには、人類全体を救済し、人類の未来を勝ちとるという大目的がある。かりそめにもためらったり恐れたりしてはならんのだ。鉄の不動心、不退転の意志をもって、断乎として、この人体実験をやりぬかねばならんのだ。いい加減なえせヒューマニズムを心からはらいのけることこそ、もっとも肝要なのだ。それこそが、真に鬼手仏心というものだ。凡愚の馬鹿どものいうことなど心にとめてはならない。一度偉業が成った暁《あかつき》には、そうした非難悪罵のかぎりをつくした愚民どもは、手の平かえして尻尾をふってくるものだ。やかましく吠え騒ぐ犬畜生のごとき低級なやからを相手にしてもはじまらん。現代医学を育てあげた偉人たちは、例外なくそういった強固な信念にささえられてきたのだよ」

と、重々しい口調で諭《さと》す。

「はい。よくわかっております。以後、この患者《クランケ》を扱う際は、私情をきっぱりと捨てます。そして、不束《ふつつか》なわたくしを偉大なご研究の助手に選んでくださった先生のご厚情にむくいる決心でおります」

石塚医師は直立不動だった。

「よろしい。では今後、この少年を患者と呼ぶことを禁止する。私情をふり捨て、実験動物として割りきるためにだ。そうだな、犬《ドッグ》……いや狼《ウルフ》だ。ウルフと呼ぶことにしよう。石塚君、きみのいった狼少年のエピソードにちなんで、な」

「わかりました。以後ウルフと呼ぶように、三木看護婦にも徹底させます」

それは偶然の一致であった。もとより、医師たちが、少年にまつわる異常な出生の秘密や経歴を知るはずもなかった。が、少年にみなぎる荒々しい野性味と〈ウルフ〉という命名は、いかにもふさわしいようであった。

「異常な回復力だ」

と、〈ヒトラー〉は、〈ウルフ〉のむきだしの胸部の皮膚に、指先を走らせながら、感嘆した。

「まったく傷痕を見わけることもできない。〈ウルフ〉の細胞再生力は、まさに驚異というか、常識をくつがえすものだ。皮膚や筋肉だけでなく、損傷を受けた内臓器官も完全に機能を回復している。不死身とは、まさにこのことだ……この不死身性の秘密の根元をつきとめるのは、おそらく大仕事だぞ、石塚君。なすべきことは山ほどある。まず血液にはじまって、血清蛋白《たんぱく》、血液化学、診断学的検査、酵素、ステロイド、ビタミン、尿……すべてを徹底的にやるんだ……データ自動分析機のメドコム・プログラムがここで使えればなあ……外部の実験室に出せない実験作業が多いからなあ……」

〈ウルフ〉は、じっと機会をうかがっていたのである。興奮にわれを忘れた〈ヒトラー〉の、胸部をなでまわす手が、不用意に近づいた一瞬、蛇のすばやさで頭をもたげ、白い歯をひらめかせた。寸づまりの肉厚の手の甲に思いきり一咬みくれる。

あぶないという叫びと、ものすごい悲鳴があがった。狼狽して力まかせに手をひっこめたのが被害を大きくした。大きく咬み裂かれ、血が流れだした。

「せ、先生、大丈夫ですか」

石塚医師がうろたえきってわめく。

「大丈夫だ。腱《けん》まではやられておらん。手当を……」

〈ヒトラー〉は、右の手首を左掌で握りしめた。血がコンクリの床にポタポタ音をたてた。

石塚は小部屋をとびだしていく。

「ふん。油断のならんやつだ。狼とはよくいったもんだ」

苦痛に歯をギリギリくいしばった。目に執念深い光をよどませて、〈ウルフ〉を凝然《ぎょうぜん》とにらんでいる。顔になんともいえず凶悪な表情が浮かんだ。

「わしの血を流しおったな……この貸しは大きいぞ」

歯の隙間できしるような声をもらした。悪鬼の形相が透けて見えた。〈ウルフ〉は不敵な眼光でにらみかえしている。

「ようし、待っとれ。貸しはかならず取りたてるからな」

低く陰険に笑う。

小部屋をあわてふためいてとびだしていった石塚医師が診療鞄をつかんでかけ戻った。

「先生、いま手当を……」

〈ヒトラー〉は悪鬼の形相を消していた。平然と傷口の処置を受ける。

「口輪をはめる必要があるな。さもないと危険で近寄れん」

包帯を巻かせながら、〈ヒトラー〉は考え深げにつぶやいた。

「それに、恐ろしく力が強そうだ。拘束衣を用意したまえ、石塚君」

「はい？　拘束衣ですか？」

「凶暴性のある狂人に使うやつさ。上に行けば、いくらでもころがっとるだろう」

〈ヒトラー〉は、悪意たっぷりに口をゆがめて微笑した。

「貴重な実験動物だ。せいぜい丁重に扱ってやらんとな……」

11

無灯火の超小型ヘリが、密雲のたれこめた東京上空を横断していく。

四サイクル空冷八気筒二リッター百三十馬力、ミニコプターと呼ばれる一人乗りの軽便ヘリだ。重量七〇キログラム、分解すると車のトランクにあざやかにおさまってしまう。

航空灯を消しているのは、フライト・プランを管制機関に提出しない、もぐり飛行だからだ。

機体が軽量なので、最高速二百キロをオーバーする。むろん最大の利点は、離着陸が自由自在だということだ。

ミニコプターは、官庁街の上空で高度をさげた。八階建てのビルのひとつを選び、屋上に接近した。やや小雨の舞う空中で停止し、ホバリングして待つ。グリーンの標識灯が屋上に点灯し、小雨ににじんだ。進入OKのサインである。

屋上の床面二十メーター四方ほどがすべりだし、四角い口を開けた。ミニコプターはその開口部を通り、降下していく。床は電動機のうなりとともにふたたびすべり、口を閉ざした。

八階と七階は、全フロアが発着施設になっていた。床には十数台のミニコプターが並んでいる。

接地を終え、エンジンを切ったミニコプターの主回転翼が動きをとめると、フルハーネスの安全ベルトをはずして、大柄なたくましい体格の男がとびおりた。雨を吸った革ジャンが黒々と変色している。

マスクつきのヘルメットとゴグルをはずすと、岩みたいなごつい顔が現われた。

CIA非合法工作員の西城恵だ。

かけ寄ってきた米人の係員にミニコプターをまかせ、西城は湿った革手袋をぬぎながら、場内を横切り、エレベーターにむかって足ばやに歩いた。アメリカ・ライオンのようにたくましく、しなやかな足どりである。

場内の係員はみな腰の革ホルスターに拳銃をぶちこんでいた。ちょっと異様な目の色で西城を眺めるが、視線が合うとあわてて気味に目をそむける。放し飼いのでかい虎を見るような表情である。西城の名は知らなくても、うすうす正体をかんづいているからだ。

西城は傲然と歩く。他人が自分にどんな感情を抱こうと関心はない。

エレベーターの天井近くには、監視TV《モニター》カメラがとりつけられていた。もちろん痴漢防止のためではなかった。エレベーターにかぎらず、建物全域にくまなく監視が行き届いている。

そのままB3のボタンを押し、地下三階までまっすぐ降りた。

地下施設はすべて鋼鉄製だ。天井、壁、床、扉、鋼鉄で装甲され、灰色に塗りたくられて、建築物というより戦艦の内部そのままだ。

情報機関の中枢部だけあって、いい加減な破壊工作は通用しないようになっている。

エレベーターを出た廊下には、二重の分厚い鋼鉄扉でつくられたエアロック・タイプの関所がある。両方の扉が同時にスライドすることは決してない。

外部から来た人間は、徹底的な検査を受けなければ、中枢部へ進入を許可されないのだ。

理由は破壊工作の防止である。

退出時も同様の検査がある。機密の持出しを防ぐためだ。

廊下にそった壁の内側に防弾ガラスをはめこんだ検問所がある。係員との対話はマイクとスピーカーでおこなわれる。用心深いのも、こうなるといささか滑稽だ。

西城は、検問所でいっさいの所持品をいったん召しあげられた。拳銃ナイフはいうにおよばず、シガレットケース、ライター、時計、鍵、ベルトから靴までだ。革ジャンパーもぬがされた。武器はどんな品物にも偽装できるからだ。しかし、粘土のような可塑性《かそせい》のプラスティック爆弾はどこにでもかくせる。肛門の奥に押しこむことだって可能なのだから、この仰々《ぎょう》しい検査システムも実効はたいしてない。

被害妄想的な老嬢的感覚だと西城は内心馬鹿にしていた。

それに武器は、いわゆる凶器類だけではない。生物兵器というのがある。目に見えぬ微細なバクテリアやウイルスを持ちこまれたら、どうやって探知するのだ。

召しあげられた所持品を、壁に開口した隙間に押しこむと、そのあとエアロックにはいってX線検査を受ける。武器を他にかくしていないかどうか、身体の内部までのぞかれるのだ。X線照射で異物が透視されると、すかさず警報が鳴りだす。で、破壊工作者は、鋼鉄の密室に閉じこめられたまま、御用になるという寸法だ。

三〇センチもある分厚い鋼鉄扉がスライドし、西城を封じこめた。ブザーが鳴り、X線照射を合図する。

三秒とたたぬうちに、海獣の吠え声に似た警報がけたたましくわめきだした。

西城は顔をゆがめてののしった。鋼鉄製の義歯の提出を忘れていたのだった。

「畜生。うっかりしてた」

エアロック内のTVカメラに苦笑を投げる。右の親指と人差指を両顎の間につっこみ、大臼歯に偽装した鉄の義歯をはずした。エアロックの壁にポカリとあいた孔の奥からのびてきたマジックハンドに手渡す。係員に操作されてロボットの手みたいなマジックハンドはひっこんでいった。

「こいつはなんだ?」

と、壁のスピーカーが質問する。

「気をつけて取り扱ったほうがいいぜ。そいつは、なりはちっぽけだが、レッキとした爆弾だからな。おまえさんを粉々にするぐらいわけはねえ」

「義歯爆弾ってわけか。どうやって使うんだ?」

と、係員が好奇心からきいた。

「力いっぱい嚙むんだ。すると極小の信管が働いて、ウロにぎっしりつまった高性能爆薬がどかんといく」

「すると、自決用か……」

係員の声がやや怯《おび》えを見せた。

「しかし、自決用なら、青酸カプセルでたくさんじゃないか」

「てめえだけくたばるんじゃおもしろくねえからな。そいつなら敵の五、六人は道づれにしてやれる。いうなら無理心中だ」

西城は無気味《ぶきみ》な笑顔になった。

「おれを怒らせたやつは災難だぜ。うっかり歯ぎしりするかもしれねえからな」

係員は恐れをなしてだまってしまった。

エアロックからようやく解放されると、西城は内側の係員から、モカシンの靴をもらってはいた。外側の検問所とちがって、こっちは制服姿の若い女だ。廊下に開放されたデスクの中にすわっている。

ブラウンの髪、そばかすを散らせた顔のアメリカ娘だ。たいした美人ではないが、防弾ガラスの内側で不信の目を光らせているのとは雲泥《うんでい》の相違だった。

西城は好色漢の笑いを浮かべて、女係員の量感たっぷりの胸のあたりをじろじろ眺めまわした。娘は顔を赤くして、そばかすを際立《きわだ》たせ、インターカムのキーを押した。

「暗号名《コードネーム》、〈ワイルド・キャット〉が到着しました。指紋および声紋を確認。通行させます」

西城にむかってうなずいてみせる。

野生動物の精気を発散して歩き去って行く、猛烈な感じの大柄な日本人を見送り、娘はそろそろとためていたいきを吐きだした。男の目つきに、思わずこちらも反応して情欲をそそられたが、やはり相手にするには恐ろしい。暗号名からして、特殊な工作員とわかるし、CIAの数多い要員の中でも、あれほどすご味のある男はめったにいない。山猫《ワイルド・キャット》どころか、虎みたいな男だ。それも、ただの虎ではない。人食い虎《マン・イーター》だ……

12

西城がはいったのは、思いがけずに豪華な調度をととのえた応接室であった。すべて重厚な造肘掛《ひじかけ》つきのゆったりしたソファがあり、絨氈はくるぶしを埋める厚さだ。

りで、無味乾燥な鋼鉄で装甲された他の部分と対照的である。西城ほどタフな人間も、気がやすまるのを感じるほどであった。

壁際には酒棚までついていた。遠慮なくスコッチを頂戴することにする。グラスに半分ほど注ぎ、アイスバケットから大ぶりの角氷をとってほうりこんだ。細巻の葉巻シガリロも見つけて、やや満足した。身体検査の不快さも多少うすらいだ。テーブルの上に両足をのせ、のんびりとグラスを空にしはじめる。シガリロは口にくわえっぱなしだ。くつろいで喉を鳴らす大山猫というポーズだった。

西城が三杯目のオン・ザ・ロックをつくりあげたとき、部屋のむかい側にあるドアが開いて、気球のように肥満した初老の白人が姿を見せた。すさまじい肉のひだが波打っている。巨大な禿頭《はげあたま》が海坊主《ぼうず》を想わせた。巨《おお》きな黒いサングラスが、冷たい皮肉な表情を強調していた。

百数十キロの体重に加えて、ひどいビッコをひくので、巨体を踊り狂わせんばかりにして、ようやく特大の肘掛椅子にたどりついた。右手の太いステッキがなければ歩行は困難だろうと思えた。

椅子に坐りこむと、喘息病《ぜんそくや》みのようにぜいぜいとあえいだ。厖大《ぼうだい》な肉がぷるんぷるんと震えた。大事業をなしとげたのだ。そのうちに一日中プールに浸ってくらさなければ、鯨《くじら》みたいに窒息死することになるだろう。

ＣＩＡ極東エーリア責任者のヘルベルト・ドランケだ。

世の中に、ドランケに匹敵するほどいやなやつを探しだすのはむずかしい。腐汁をどっぷりつめこんだ醜怪《しゅうかい》な肉袋だ。銃弾を面《つら》のどまん中にぶちこんでやると破裂しそうだ。

西城はやにわに、口にくわえたシガリロをドランケめがけて吐きつけた。シガリロは二メートほど空を飛び、ドランケの禿頭をめざしたが、途中の空間で、ぱっと火の粉をまきちらしてはねかえった。テーブルの上のクリスタルの灰皿に落ちこむ。

「なんのまねだ、西城」

と、ドランケがザリザリした不快な声でうなる。西城は、新しいシガリロに卓上ライターの火を近づけた。

「気にくわんですな」

と、穏やかにいう。依然としてグラスを左手に握ったまま、両足をテーブルの上に投げだしたままだ。

「たとえ相手が部下でも、特殊ガラスのバリヤーごしでないと安心ならんのですか」

応接室の西城とドランケの間を特殊ガラスの一枚板がへだてているのだ。むろん防弾ガラスである。

「それに、あの身体検査も頭に来る。おれはプロなんですぜ。武器を身につけていないと、すっぱだかで街なかを歩くような気分になる。いらいらしてあたりちらしたくなっても当然でしょうが」

「わしは、だれも信用せん」

と、ドランケが冷やかに応じる。豚のように貪欲《どんよく》な小さい目は濃いサングラスに隠されて見えない。

「信用するにたる人間は、ひとりもおらん。人間はたやすく裏切者になる。脅迫と買収、それがきかない人間は数少いが、そうした連中には洗脳という手がある。キリストだってここへ連れてくれば、一ヵ月で裏切者にしてみせる。おまえが不平をいった身体検査だが、わしはさらに新しい検査法をつけ加えようと思っとる。薬品を使用する精神テストだ。さらに、物騒なウィルスや細菌を外部から持ちこまれないように、対策を講じているところだ。すでにCBW関係の保安部では、閃光殺菌など滅菌消毒法を採用しとる」

被害妄想もここまでくると立派なくらいだ。西城はにやりとした。特務機関のボスが人間恐怖症というのは傑作だ。噂《うわさ》によると、ドランケの性生活の相手は、精巧なダッチワイフだという。生身の女は恐ろしいというわけか。

「そいつはいい考えだ。まず、あなたから、よくきく自白剤を呑むんですな。ひょっとすると、あなたこそかの中共スパイの大ボス、林石隆《リンシールン》かもしれん」

林石隆は中国保安省の大物で、謎の人物だ。同じ共産圏の情報部ですら、顔も身許も正確にキャッチしていないといわれる。超人的な虎ナンバーの中国工作員は、林石隆によって育てられたのである。

「くだらんことをいうな。わしは冗談が嫌いだ」

ドランケの声音がさらに不快さを増した。

「虎4《フースー》を逃がしたな、西城」

西城ほどのしたたか者でも、ひやりと背中に冷気を感ずるほど、冷酷な表情だった。フリーザーのドアを開放したみたいだ。

「いや」

西城はシガリロの吸口をぎりっと嚙みつぶした。灰皿に投げこみ、けろりとした表情でドランケを見返す。

「嘘をつくな、西城。おまえのミスだ。オブライエンから報告がはいっておる」

「ほう、あの死にそこない野郎、まだ生きていたのか。てっきり虎4に殺《や》られたと思ってたが」

「重傷だが、生命はとりとめた。西城、おまえは虎4を逃がしたうえ、重傷を負った同僚を見捨てた。そのうえ、嘘までついた」

「嘘はいってない」

と、西城はふてぶてしい笑いを浮かべて、うそぶいた。

「おれが虎4を逃がしたんではなく、虎4からおれが逃げだしたんだ」

「くだらんいいのがれだ」

「ちがう。虎4は林石隆の育てたエージェントだ。ただの人間じゃないんだ。虎4にかぎらず、虎ナンバーの中共エージェントは魔法使だ。お望みならＥＳＰとやらの超能力者といってもいい。林石隆が支那に昔からある仙術を使うといっても、おれは疑わないね。まともにやりあったら、おれだって自信はない。だから逃げたんだ。おれの仕事は殺《や》ることで、殺られることじゃない」

「それが、おまえの弁解か、西城？」

ドランケは肉の大波をうねらせ、肘掛椅子の背によりかかった。ちっぽけな豆粒のような爪が埋りこんだ太い指先で、椅子の肘を叩いている。悪意をこめた目は黒眼鏡の下で見えないが、ひきしまった小さい口もとは残忍そのものだった。

「なんとでも思うがいい。だが林石隆の虎部隊はなみの人間じゃないんだぜ。虎部隊の工作員は、いままでだれひとり捕まったことも殺されたこともない。もしおれが無能でやり損じたと思うんなら、だれでもいい、かわりのやつにやらせてみろ。００７でもナポソロでもマックス・スマートでもスカウトしてきたらどうなんだ」

西城の言葉づかいが粗放になった。目はすぼまってギラギラ光りだした。

「おれはプロだ。だから相手が真正のプロだったら、それなりに敬意をはらう。プロ同士でないとわからんかもしれん。だが、それがわからんやつは、あっさりくたばっちまう。檻の中のでくでくに肥ったぐうたらな虎を殺《や》りにいくのとわけがちがうぜ、ドランケ。相手は攻撃も防禦もエクスパートの人食虎なんだ」

低くおさえた凶暴な声音が、くいしばった歯の隙間から洩れ出した。たくましい顎の筋肉が怒張している。殺気立ってきた。

13

ドランケは平然としていた。間を特殊ガラスがへだてているかぎり、西城は檻の中の猛獣だからだ。どんなに西城がいきりたっても襲ってくる気づかいはない。

が、これ以上西城を刺激しても無意味だ。この巨蟹みたいな日本人《ジャップ》の殺し屋に、譴責《けんせき》は通用しない。恐れを知らないほど低級な存在だからだ。爆発物みたいに危険だが、使い方によっては実に有能である。非合法工作員のような暴力のプロはみなそうだ。

むろん、西城をかたづけることは容易だった。椅子の肘についたボタンのひとつを押せば、遠隔操作でガスボンベのヴァルヴが開き特殊ガラスのむこう側に、致死性神経ガスが噴出する。西城は十秒と生きられない。

殺す必要がなければ、麻酔ガスでも嘔吐ガスでも好みのままだ。これまでに何度もためしている。

椅子の肘を這ったドランケの人差指がプッシュボタンのひとつを選んで圧迫を加えた。

ガスは噴出しなかった。

かすかなモーター音とともに壁にかかった百号の平凡な風景画が横に移動し、アイドホールのスクリーンが現われた。すでに資料はセットずみだったらしい。

痩せぎすの男の上半身がスクリーンに投射された。ジャン・ポール・ベルモンドを戯画化したような顔をしている。街中で盗み撮りしたらしく、商店のショウウインドウをバックに気取って立ち、突きだした分厚い下唇にタバコをはりつけている。滑稽感が強い。

「この日本人《ジャップ》か？　虎4《フースー》を捕えるとき妨害したというのは？」

ドランケがたずねた。西城の前でも平然とジャップという蔑称を使う。

西城は三本目のシガリロに火をつけた。殺気はぬぐったように消えていた。

「名前は神明。トップ屋です。フリーランサーというやつで、特定の雑誌社の専属ではない。あだ名を〈悪漢ウルフ〉といって、風変わりな男らしい。表むきはルポライターだが、要するに事件屋で、大がかりな脱税や汚職をやってる連中、大物の詐欺師や地面師が、この男に痛い目にあわされてます。こいつをブッ殺したがっている連中は山ほどいるが、まだだれも成功してない。現在は神戸の山野組ともめてます。原因は、神が山野組の下部組織の東明会をブッつぶしたためだそうで。とにかく神出鬼没、恐ろしく抜け目のない食わせ者ですな。常に単独で行動し、仲間はつくらない主義の一匹狼。甲賀《こうが》忍者の子孫で、忍法を使うともいわれます。チンケな顔をしてるが、甘く見ちゃいけない。こっぴどい目にあわされること受けあいでね。おれももうすこしで腕をへし折られるところだった……」

西城は苦笑して、思いだしたように左の前膊部の筋肉をもんだ。なみの人間の脛《はぎ》よりも太い。もう痛みはないが、神明の猛打の味はいまだに生なましかった。フェザー級の西城と同姓の世界チャンピオンでも、あんな気ちがいじみた強打はふるえまいと思える。拳法《けんぽう》の受けでみっちりきたえぬいた左前腕があっさりへし折れたと感じたほどだ。木刀で打たれても、折れるのは木刀のほうなのだが……

「虎4《フースー》がなぜ神と接触をこころみたのか、知りたい」

と、ドランケがいった。

「虎部隊が、この神のやつをスカウトに来たとしても、不思議はないですがね」

西城は答えた。

「こいつなら、虎部隊にはいっても充分やっていける。化物みたいなやつだから」

「神を捕えろ。殺さずに生きたまま連れてこい。虎部隊を相手にするのは荷が重かろうが、この程度なら、おまえにもなんとかやれるだろう」

皮肉たっぷりだった。

「それとも、五〇人ほど助《すけ》っ人《と》をお望みかね？」

西城はまたたきもせず、ドランケを見返した。

「結構。そちらでとっておきなさい。そのうち虎部隊が、ここへなぐりこみに来たときに役に立ちますよ」

腹の中で嘲笑する。虎ナンバーの超人部隊をなににもまして恐れているのは、ドランケ自身だ。どんなに警備を厳重にしても、枕を高くしては寝られぬというのが本音だろう。

はたしてドランケは露骨にいやな顔になって、椅子の肘のプッシュボタンをふたたび押した。

神明の顔が消え去り、かわって若々しい顔がスクリーンを占めた。美少年タイプではないが、力強く引締った未完成の顔だ。野性味と孤独な陰翳が混在していた。

「だれです、これは？　まだガキみたいだが……」

西城がきいた。ホモの気《け》はないが、写真の少年の一種沈痛な魅力は認めていた。もうすこし成長したら、女たちが放っておかないだろう。

「姓名は犬神明。年齢十六歳。合衆国と日本の二重国籍者だ。くわしいことは後で資料部に照会しろ。そして行動中に、この少年に関する情報を入手したら、ただちにわしに報告しろ」

「このガキが、虎部隊になにか関係でもあるんで？」

「あるかもしれんし、ないかもしれん」

素気ない返事だった。

「神明との関係は？　名前が似てるが……」

「とりたてて、関係はないはずだ」

「では、なぜおれの任務に、このガキが関係してくるんです？　奥歯にもののはさまったようないい方はやめてもらいたいですな。虎部隊がからんでいるとなれば、おれの任務は生命《いのち》がけだ。どうせ、いわくがあるんだろうが、そいつをぜひとも教えていただきたいもんだ」

西城の頑丈な顎の筋肉が隆起した。要求が容《い》れられないかぎり、命令を拒否する気だ。

ドランケはそれを見てとった。西城は暴力のエクスパートだが、頭のほうもまるきり空《から》っぽというわけではない。むしろ、人一倍奸智《かんち》に長《た》けた方だ。

ボタンに手を触れて、映像を消した。風景画がスライドして、アイドホールを覆い隠す。

「西城、おまえは〈不死鳥作戦《フェニックス・オペレーション》〉というのを聞いたことがあるか？」

と、ドランケはザリザリ声でいった。西城は一瞬とまどった顔を見せた。記憶をさぐって眉を寄せた。それから、唇がゆがんだ。思いだしたらしい。

「ああ……〈不死鳥作戦〉ね、そういえば耳にしたことはありますな。ありゃ、冗談じゃなかったかな？　アメリカのどこだかの大学教授がいいだしたことで、絶対に死なない不死身人間が実在するとか……たぶん怪奇映画マニアで、吸血鬼や狼男、フランケンシュタイン、ミイラ男の映画ばかり見ているうちに、頭がおかしくなったんでしょうな。大学教授本人が、気違い科学者《マッド・サイエンティスト》ってわけだ」

西城は強そうな歯列をむきだして笑った。ドランケは笑わなかった。ゆっくりとしゃべる。

「生物分類法を考えだした博物学者、カール・フォン・リンネによると、ホモ・モンストローズス（怪物的ヒト）という項目がある。人間に似て人間でないもののことだ。怪物人間が存在するという信念は、ヨーロッパでは二〇〇〇年以上もつづいていた。むろんリンネもそれを確信していた。いまいうヒマラヤの雪男のようなものだが……なにしろゴリラやオランウータンの存在が確認されない時代のことだ。リンネが考えたホモ・モンストローズスという種《しゅ》は、現実には存在しないものとして、後年けずられた。しかし、いつの時代でも、科学の最尖端というものは、はなはだしく不明確なものだ。世の常識というのは、つねにくつがえされていくのだ……」

ドランケの講釈はだれかの受け売りだろう、と西城は思った。

「一億年前に死滅したはずの怪魚シーラカンスが二〇年ほど前に発見されたときもそうだ。人間の遺伝子を組みこんでいるのは、生殖細胞にかぎらず、ふつうの皮膚細胞もそうだとわかったのは、ほんの数年前だ。これは常識が簡単にくつがえるという実例だ……」

「じゃ、その怪物人間が実在するとでもいうんで？」

と、西城は小馬鹿にしたようにニヤニヤ笑いながらいった。

「異常なほど生命力の強い人間は個のレベルで存在する。たとえば、オブライエンのように野獣のしぶとい体力をそなえた人間だ。西城、おまえもそのひとりだ。俗に殺しても死なないというが、文字どおり、生き返ってしまうとなれば、これは〈不死身〉だ。ホモ・サピエンス以外の存在だ。やはり、ホモ・モンストローズスと呼ぶほかはあるまい」

「そんなとんでもない野郎がいたら、ぜひともお目にかかりたいもんだ」

西城の薄笑いは消えない。

「いたのだ。十年前のことだ。それをきっかけにして〈不死鳥作戦〉は構想された。ホモ・モンストローズスが戦略的な価値を有するとみなされたのは、怪物人間の最大の属性、すなわち、〈不死身性〉が、正常人にも転移可能だと、生化学の専門家が考えたからだ。怪物人間の血液かなにかに、〈不死身〉の秘密があるらしい。〈不死身〉を他に転移できれば、人間は不死の存在になる。すべての疾病《しっぺい》は克服され、事故で怪我をしても、たちまち欠損した身体器官は再生される。死者を蘇生さすことも可能だという……」

「そいつはいい。絶対に死なずにすむなんて、おれみたいに危険な稼業の人間にはぴったりだ」

西城は依然として不信の笑いを消さない。そんな他愛ないおとぎ話をだれが信用するものか。人間、一度は死ぬもんだ。気ちがい学者のご託宣を真に受けやがって、この馬鹿が。

「それで、十年前の怪物人間とやらは、その後どうなったんです？　国防省御用の学者先生たちは、まだ不死身の秘密をとけずにモタモタしてるのかな？　それとも研究最中にうっかり死なせちまったのかな、その貴重な不死身人間を……」

こらえきれずに哄笑してしまう。

「知らん。逃がすかどうかしたんだろう」

ドランケは仏頂面《ぶっちょうづら》でいった。西城の冷笑に心を傷つけられたらしい。

「が、怪物人間は、まだ他にも存在する。その推論をもとに〈不死鳥作戦〉は動くのだ。ある人間が、怪物人間の可能性があるとわかれば、自動的に動きだす。フェニックス警報はすでに発令ずみだ」

「すると、犬神明ってガキが、怪物人間ってことかな？　いや、あのトップ屋の神明かもしれんな。それより、虎部隊なぞまさに怪物人間そのものですぜ。もうひとつ、虎4《フースー》の魔手を逃れて奇跡の生還をとげた、わがオブライエン氏だって有資格者だ」

西城が嘲弄《ちょうろう》しにかかる。

「ためしにオブライエンの首をちょん切ってみたらどうです？　怪物人間だったら、スペアーが生えてくるはずだ」

「おまえが怪物人間の実在を信じようと信じまいと、どうでもいいことだ」

ドランケは冷やかにいった。

「そんなことにおまえの頭を使う必要はない。大事なことは、ワシントンのコンピュータが考えてくれる。何十億ドルもする機械がな」

「わかってるよ」

西城は鼻で笑い捨てた。

「どうせおれは、使い捨ての末端工作員だ。なさけ知らず生命知らずの殺人機械だ。いずれ死ぬときが来たら、いつでもきれいさっぱりくたばってやるさ。不死身になって、いつまでも未練たらしく生き伸びようとは思わねえ。おれがこれまでに手にかけた何十人もの亡霊どもが怒って騒ぎだすからな」

「その心がけを忘れんことだ。妙な気をおこしてはならん。もしも、不死身人間を一人占めにしようなぞと考えると……」

「たちまちＣＩＡの死刑執行人がたばになって追っかけてくる……いうにゃおよばねえよ」

西城はソファからゆっくり身を起こした。もう笑っていない。目を落として、おのれの黄色く光るタコに覆われた両の拳を見つめる。

「おれは、金で買われた身だ。気前よく金をはらってもらい、おもしろおかしく生きていけりゃ、どんな悪どいまねでもやってみせる」

目をあげて、ギラギラ底光りする瞳をドランケの顔にすえた。おとなしくつづける。

「安全な場所におさまりかえったおたくの命令どおり、危険を冒してね……」

壮絶な気合が西城の唇から噴いた。獰猛な動きで腰がまわり、右拳がドランケにむかって突きだされた。ドランケが反射的にのけぞる。

鋭い音を発して、透明なガラス面にまっ白な曇りが生じた。左の拳が襲って、無数のガラス片をまきちらした。巨大な一枚ガラスが粉々に砕け散っていく。

「な、なにをするっ」

ドランケはバランスを失い、肘掛椅子ごと横転した。河馬《かば》のように太い四肢をもがかせるが、起きあがれない。黒いサングラスが顎の下にずり落ちて、小さな目が恐怖に輝いていた。

「気でも狂ったか」

「もっと頑丈な防弾ガラスととりかえるんですな。ミスタ・ドランケ」

と、西城はくそ丁寧にいった。床で醜態をさらしているドランケに、苦味走った笑顔をむける。

「これじゃ、あなたもあまり安全な場所におさまっているとはいえないですぜ。虎部隊が襲撃してきたらどうするんです？　ガラスの代金は、おれのボーナスからひいといてもらいましょう」

くるりと背をむけて、部屋を立ち去る。その後を、意味をなさない、息のつまったようなドランケの罵声が追ってきた。

14

氷柱《つらら》に似た三木看護婦は、意外といえるほど〈ウルフ〉に愛情をしめした。〈ウルフ〉の飼育をまかせられると、愛着が湧いてきたようだ。すべての記憶を失い、口をきくことすらできぬ〈ウルフ〉に憐愍《れんびん》をそそられたのであろう。

「ほら、ウルフちゃん、あーんとお口をあけて……おいしいのよ、食べてごらんなさい。いい子ね……」

と、顔に似ぬ甘い声であやしながら、〈ウルフ〉の口にスプーンを運び、まめまめしく面倒を見る。血の色の薄い痩せこけた顔に、とろけるような表情さえ浮かべている。ペットを溺愛する調子に近い。

〈ウルフ〉は、三木看護婦の声の調子になれ、やや警戒心を解いていた。むしろ、三木の姿を見ると、喜びと親愛の表情で迎える。

しかし、背の高い石塚医師がやってくると、たちまち形相を変えた。目がつりあがって、歯をむきだし、凶暴なうなりを発して挑みかかろうと身をもがく。敵意のかたまりだ。

頑丈なキャンバス地の拘束衣がいつも〈ウルフ〉の邪魔をする。首だけ出してズタ袋をかぶせられたようなもので、上体の自由はまったくきかない。足首をがっちりととらえた枷は、鉄鎖でコンクリート壁に埋めこまれた金具につながれている。

〈ヒトラー〉や石塚が姿を見せると、〈ウルフ〉は麻酔薬を注射され、抗拒不能にされて手術台にのせられてしまう。そして血液や骨髄液を採取されたり、皮膚や粘膜を切りとられたりして、さまざまな不快な扱いを受けることになるのだ。

だから、〈ウルフ〉は医師たちをひどく嫌っていた。咬みついてやろうとこころみるのだが、相手は抜け目なく〈ウルフ〉の口に革のサルグツワをかましてしまう。あとは医師どもの思いのままである。

だが、〈ウルフ〉はそんなことで元気をなくしはしない。日一日と、体力が充実してくるからだ。不可思議な精力の横溢感がいやましてくるからだ。いつかきっと、この身体を締めつけるいやらしい布袋を引き裂き、鉄鎖をちぎれるような気がする。そしたら、この穴蔵から脱走して、雪原で待つ仲間の狼たちのもとへ走り帰るのだ。

それを思うと、渇望と期待で心がうずいた。はるかな凍原のかなたから呼びかける狼の唄が聞こえるような気がする……

いきなり〈ウルフ〉が身体を緊張させ、威嚇のうなりをあげた。石塚医師が、独房の鉄扉をきしませて現われたのだ。

「三木君、危険な真似はよせ！」

戸口に立ちすくんだ石塚は顔色を変え、金切声を出した。

「ウルフは危険だ！　馬鹿なことはやめろ。咬み殺されたいのか」

三木看護婦は驚いたように石塚をふりかえった。

「〈ウルフ〉が危険だなんて……そんなことございませんわ。とてもおとなしくてお利口……」

目に愛情をこめて〈ウルフ〉を見やる。

「もう、あたくしのいうことが、だいぶわかるようになりましたのよ。このぶんだと、もうじきかたことがしゃべれるようになると思いますわ」

石塚は溜息をついて、手の甲で額の汗を押しぬぐった。奇妙な目の色で、看護婦と興奮しているうなっている少年を見くらべる。

「〈ウルフ〉は、きみにだいぶなついたようだな、三木君」

「ええ。とっても可愛いんです。こんなに澄んだ美しい目は見たこともありませんわ。見ていると悲しくなってくるくらい……あんまり綺麗なので……」

いとしして、小娘のように感傷的な声を出しやがる、と石塚は思った。三木看護婦はまるで〈ウルフ〉に夢中だ。

「あの、石塚先生、この拘束衣、なんとかならないものでしょうか？」

と、三木看護婦がおずおずといった。

「なんの罪もないのに、こんなものを、ずっと着せられていては、〈ウルフ〉があんまり可哀そうですわ」

石塚はきびしい顔をした。この、相手の目をまともに視《み》て話せないほど引っこみ思案の老嬢看護婦が、こと〈ウルフ〉になると、へんに強気になる。よくない徴候だ。この調子でごてられては、行く先きわめて実験がやりにくくなる。口が固いのと余計な口出しをしない、という理由でこの三木看護婦を選んだのに、まったく意外なことになりそうだ。

このへんで、ガンと一発かまして、差し出口を封じておかねばなるまい。

「そんなことができるわけはないだろう！」

石塚は荒い声を出した。頭頂から出るような威厳にとぼしいきんきら声だから、さして効果的な一喝ではない。大声を出すと、石塚はいつも自己嫌悪におちいってしまう。

「きみはいったいなんだと思ってるんだ？　〈ウルフ〉に拘束衣を着せたのは、大和田先生のご命令だよ！」

虎の威を借るなんとやらだ。石塚は自分のせりふにいささか幻滅した。たかが、小心者の看護婦ひとりを叱りつけるのに、大和田教授の名を持ちだすなんてなさけない話だ。
たちまち、白い無表情な仮面が三木看護婦の顔を覆った。ダンゴ虫が身体をまるめてしまうのに似ている。これが、この無器量な三〇女の防禦のやり口だが、あまりにも白じらしく無感動なので、叱責するほうが徒労を感じてしまうのだ。

「申しわけありません」

と、三木が抑揚のない声でわびる。

「三木君、きみが〈ウルフ〉をペット扱いにして可愛がるのはかまわん。しかし、大和田先生のご意向に対して云々《うんぬん》するようなことは沙汰《さた》のかぎりだ。まして、きみは先生に大恩があるじゃないか。きみや、きみの弟さんが生きていけるのは先生のおかげだ。先生のお力ぞえがなければ、きみは看護婦免許を取りあげられて、病院をほうりだされるはずだったんだ。そうなれば、きみは不治《ふじ》の難病の弟さんをかかえて路頭に迷う……そういうことをよく考えてみるんだな。先生に楯突くとどんなことになるか……先生のおっしゃることは絶対だ。もちろん、ぼくにとってもそれはおなじだが、われわれは黙って大和田先生のご命令にしたがっていればいいんだ」

「はい。よくわかっております。申しわけございませんでした」

三木看護婦は、うなだれて低い声でつぶやいた。げっそりと頬肉がこけて、骸骨に皮を一枚はりつけただけのように見える。石塚はやりきれなくなった。まったく無器量な女だ。胸は薄く、乳房などあるかなしかだ。手足は棒みたいで、ずん胴の腰から腿にかけて厚みがまるでない。

この貧血症の女には、青春というものがあったんだろうか？　娘時代が想像できない女だった。〈氷柱〉というあだ名はいいえて妙だ。

「わかったね」

索然と念を押す。

「では、〈ウルフ〉を手術室に移す。先生がごらんになるそうだ。〈ウルフ〉に麻酔をかける」

石塚は、三木看護婦が〈ウルフ〉の気をそらしているすきに拘束衣にあいた小穴から、注射針を〈ウルフ〉の腕に突き刺した。〈ウルフ〉は怒って身をもがいたが、麻酔がきいてくると、身体を弛緩《しかん》させ、ぐったりと頭を垂れた。

「拘束衣をぬがす。三木君、手伝ってくれ」

「はい」

三木看護婦が、拘束衣の背中の留具をはずした。強靭なキャンバス地の両袖の先は袋状になってい、腕組みの形で緊縛されると、いかにもがいても脱出不能だ。

ふたりがかりで拘束衣をひっぱると、最後に両腕が抜け出してくる。

石塚が激しい驚愕の声を放ったのはそのときだ。

「指が……指が生えてる！　両手ともだ！　三木君、見ろ、欠損してた〈ウルフ〉の手指が再生してるぞ！」

十日前、羽黒獰の凶刃によって切断された、左手首から先と、右手の四指が、甦《よみがえ》っていた。赤ん坊のそれのように新鮮なピンク色を呈し、完全な形状を備えて再生していたのである。

15

〈ヒトラー〉の熱狂ぶりは猛烈だった。手の舞い足の踏むところを知らず、といった有様だ。

わめくたびに唾《つば》がしぶき、充血した顔は紫色に近くなった。いまにも脳卒中を起こしそうだ。額に青筋が隆起してくる。

「これはすごい。まったくすごい！」

ほとんど絶叫に近い。

「なんという驚くべき細胞の再生力だ。この目で見なければ、とうてい信じられなかった。完全だ。完全に再生しておる。これはどうだ、爪も指紋もちゃんとそろっとるぞ！」

「一度切断されたのに、また生えてくるなんて、まるでトカゲの尻尾なみですね」

石塚医師が、ようやく冷静さをとりもどした声で感想を述べた。

「そうだ。原始的な動物は、失った器官を再生する能力を持っている。トカゲの尾、カニやエビのハサミ、タコの足……だが、高等動物となると、そうはいかん。とくに人間の場合、神経細胞は分裂能力を持たず、再生することは絶対にない。ところが、この〈ウルフ〉がやってのけたのは、科学的常識の破壊だ……まっぷたつにちぎれても死なぬ原生動物かヒトデなみの生命力だ。ランセット……おい、ランセットをかせといっとるんだ、ぼやぼやするな！」

〈ヒトラー〉は、どなりつけられてうろたえる三木看護婦の手から、器具をひったくった。包帯を巻きつけた手につかんだランセットの鋭い尖端を、再生したばかりの〈ウルフ〉の右手の甲に突き立てる。

〈ウルフ〉は、ピクッと反射をしめし、顔をしかめた。麻酔がかかっているので、意識はないようだ。

「うむ。痛覚も回復しとるようだ」

〈ヒトラー〉は、満足げに鼻息を鳴らした。

「先生、〈ウルフ〉に、だんだん麻酔がきかなくなっているのですが……」

と、石塚がチャートに目を通しながらいった。

「いつからだ？」

「昨日からです。プロカイン麻酔の量をふやしているのですが、それでも浅くしかかかりません。手指の再生現象となにか関連でもあるんでしょうか」

「うむ……再生のしかたも急激だったからな……再生の経過が観察できずに惜しいことをした」

「とにかく、先生、〈ウルフ〉の身体メカニズムは謎だらけです。八日前の、最初の血液標本を調べてみたのですが、白血球も赤血球もまだ生きているし、血液の凝集力も失われていません。正常の血液だったら、せいぜい保《も》って三日ですから……」

「そこが不死身たるゆえんだ」

〈ヒトラー〉は顎をしゃくった。

「石塚君、来たまえ。興味深いものを見せよう」

ずんぐりした肥満体に似ぬ早い足どりで、手術室を出ていく。石塚はとまどった顔で後につづいた。

〈ヒトラー〉は、一匹の白ネズミを左掌の上にのせて持ちあげた。

「これは、一番の年寄りネズミだ。昨夜、〈ウルフ〉の血漿《けっしょう》から分離したガンマグロブリンを注射したんだが……」

白ネズミは〈ヒトラー〉のまるまっちい掌の上で、鼻をひくつかせていた。

「元気そうですね。若いネズミと見わけがつかない」

「ところが、こいつは昨夜、老衰で死にかけていたんだ……」

〈ヒトラー〉は得意げに目をぎらつかせた。白ネズミを大きな空《から》の檻に押しこむ。

「石塚君。ネコをつれてきてくれ。右端の檻にはいってる三毛《みけ》だ。二日前から食事抜きにしておいたやつだ」

「すると、このネズミを餌《えさ》にくれてやるわけですか？」

「まあ、見てるがいい。それよりネコだ」

「わかりました」

石塚の手で、やかましく啼きたてる大きな三毛猫が白ネズミの檻に押しこまれた。

白ネズミはけろりとして、侵入してきた巨大な敵を迎えた。せわしく鼻をひくつかせ、やにわに後足で立ちあがる。

腹を減らして獰猛になった猫は、一気に餌に躍りかかった。ひとたまりもなく、白ネズミは絶命する——が、そうはならなかった。自己に数十倍する強敵にひるみもせず、白ネズミは猫の鼻面《はなづら》に猛反撃を加えたのだ。ぎゃっと仰天の悲鳴をあげ、猫が檻のすみに跳びのく。気ちがいじみた逆転だった。今度は白ネズミに追われて猫が逃げまわる番となった。猫は嵐を吹き、狂ったような金切声でわめいていた。怯えきってしまっている。

「こいつはどうだ」

石塚医師の口はあんぐりあいてしまった。

「マンガだ！　まるでトムとジェリーだ」

「石塚君。猫を檻から出したまえ。ネズミの餌にならんうちに」

と、〈ヒトラー〉。

石塚にひきだされた猫は面目《めんぼく》を失し、気息奄々《えんえん》だった。啼く元気もない。それにひきかえ白ネズミのほうは、猛《たけ》りたって檻じゅうを走りまわっている。

「先生、これは、〈ウルフ〉の血液から分離したガンマグロブリンのせいなのでしょうか？」

石塚は信じられぬという面持《おももち》だ。

「他に考えようがあるかね？　〈ウルフ〉のガンマグロブリンは、死にかけていたヨボヨボネズミを、恐ろしく強壮な、いわばスーパーマウスに変えた。ガンマグロブリンというのは、血液中の免疫因子だ。ジフテリア、猩紅熱《しょうこうねつ》、チフス、麻疹、急性灰白髄炎など多くの病原体に対する抗体だ。そして〈ウルフ〉のガンマグロブリンは、それ以上のものだ……恐らく〈ウルフ〉の手指の再生も関連している。わしが発見したのは、いわば〈死に対する抗体〉

だ」

石塚は息を呑んだ。信じられない。だが、信じようと信じまいと事実は歴然としている。まるで白日夢さながらだ。

〈ヒトラー〉が小鼻をふくらませて、石塚の賞讃を待っているのに気づくと、かれははじけるように跳《と》びあがって讃辞をならべたてた。

「これは恐るべき大発見です。空前絶後の超大発見です。現代医学はすべてご破算になります。医学書は紙くずになり、先生の名は、キリストと同じく救世主の代名詞になります。ノーベル賞はまちがいありません」

「馬鹿な。ノーベル賞など問題外だ！」

〈ヒトラー〉はいいすてた。

「人類が、不死性を獲得するかどうかが、わしの発見にかかっておるのだ！」

興奮しきって、あえぎが喉にからまる。この熱狂はほんとに脳卒中を招くかもしれない、と石塚は思った。大学病院の内科の連中は、大和田教授の脳の血管が破裂する時期を賭けているくらいだ。このとほうもない熱狂癖が生命《いのち》とりになるだろうと噂されている。

「それは、ひとえに〈ウルフ〉がどこまで死に対抗できるかによって決まる。〈ウルフ〉の不死身性には、はたして限界があるかどうか。たとえば、猛毒を投与され、身体をずたずたに切りさいなまれても、生きのびるかどうかだ！」

ものの怪《け》がとり憑いたようだった。鬼気迫る形相だ。石塚の背筋に悪寒が走った。

「が、それより先に実験したいことがある。ネズミなどを使った動物実験ではとうてい満足できん！　人体実験だ！　わしの発見した〈抗体〉が、人体にどのような影響をおよぼすか、それが知りたい！」

鬼火のようなものが、目の奥に燃えたった。正常な眼光ではない。狂人の目つきだ。舌なめずりするように、石塚を凝視する。

石塚は顔面蒼白になった。氷柱を呑みこんだように身体を硬直させた。震えだした。

「せ、先生、そんな目で僕を見ないでください」

石塚は声をうわずらせた。蛇に睨まれた蛙《かえる》だ。〈ヒトラー〉の目の奥から磁力のようなものがとびだしてくる。

「い、いやです。先生、そ、それだけは勘弁してください」

石塚は、死にもの狂いで首をふった。歯がカタカタと音を立てる。

「科学の進歩のためだよ、石塚君。そのためなら生命さえ惜しまないといったのは、だれだったかな？」

〈ヒトラー〉は、おそろしくやさしい声をだした。慈悲深いといえるほどだった。

「そ、それは先生です……」

石塚は首筋からだらだら汗を流した。

「そうだったかな？　石塚君、きみには、これまでずいぶん目をかけてきたつもりだったがね。この秋には、助教授の昇格問題もあることだし、できるだけのことはするつもりでいたんだが……」

「た、助けてください」

石塚は悲鳴のような声をあげた。

「け、決して忘恩の徒になる気はありません。先生、信じてください！　し、しかし、ぼくは先生の助手です。先生の秘密研究に協力するたったひとりの助手です。だれにでも、すぐにかわりが務まるわけじゃありません。その大事な助手の身に、ま、万一のことがあったら、お困りになるのは先生なんですよ。ね、そうでしょ？」

汗まみれになって、必死に説得しようとつとめる。

「うむ。ま、それはそうだが……」

〈ヒトラー〉は首をかしげた。

「では、三木看護婦はどうだ？」

「そう、そ、三木君なら最適です。三木君にしましょう」

石塚はとびつくように声をはりあげた。

「彼女なら口もかたいし、安心できます。ボーナスさえはずめば、喜んで先生の偉大な実験に献身するはずです。それに……そのうえ三木君の血液型はＡＢですから、〈ウルフ〉と同じです。血液からガンマグロブリンを分離する手間がいらずに、直接輸血して効果がたしかめられます」

「都合がいいわけだな」

「そうです！　たいへん好都合です」

石塚はハンカチを出し、ぐしょ濡れの後頭部をふいた。まだ鼓動が恐怖に高鳴っていた。危いところで切りぬけたのだ。安堵の汗が噴きだして、分厚いレンズを曇らせた。身がわりに〈ヒトラー〉に差しだした三木看護婦が、どうなろうと知っちゃいない。

16

〈ウルフ〉から採取された二百CCの血液が、プラスティックのチューブを通って、ベッドに横臥した三木看護婦の肘の内側の正中皮静脈に流れこんでいた。金具につりさげられた瓶《びん》の内身の血液が順調に水位を低めていく。

三木看護婦の顔は、例によって白い仮面をつけたように無表情であった。まばたきもしない目が、灰色のコンクリートで固められた天井を凝視している。

約束された特別ボーナスの金勘定でもしているんだろう、と石塚は考えた。この干からびた女は、金になりさえすれば、どんなころびかたもしてみせるのだ。とてつもなく金のかかる不治の難病の弟をかかえているからだ。

石塚は、血液瓶の下方の留金を締めた。血液が底をついたのだ。腕に刺さった針を固定した粘着テープをピッとはぎとり、静脈から針を抜く。

「もういい。しばらくじっとしていたまえ……気分はどうだね、三木君？」

「とてもいい気分です」

と、三木看護婦が柔らかい声で答えた。

「身体が暖かくなって、なんというか、力がみなぎってくる感じです」

血の気のなかった白い顔に、ほんのりと赤みが射していた。瞳がしっとりとうるんで、輝きをおびてきた。みるみるうちに、氷柱という印象が薄れてくる。

ギスギスした中性的な味気なさが失われ、身体全体が、女らしいふっくらとしたまるみと柔軟さをおびてくるのがわかる。

五つか六つ、一気に若返ってしまったようだ。もはや、干からびたオールドミスとはいえない。

異常に急速な変貌《へんぼう》ぶりだ。

石塚は、あんぐりと口を開けて、三木看護婦に生じた唐突な変化に目を奪われていた。貧血症に輸血が効果的なのは当然としても、こうなると目を疑わずにはいられない。

いや、それよりも、三木看護婦が、なかなかの美人だということに不意に気づいてショックを受けたのだ。それどころか、これだけの美人看護婦は、どこの大病院をさがしても、そうざらにお目にかかれるものじゃない。

「どうしたんですの、石塚先生？　そんな目でごらんになって……」

石塚の表情に気づいた三木看護婦は、不安の色を浮かべ、ベッドに身を起こした。

「いや、驚いたな……三木君、鏡で自分の顔を見てみたまえ」

石塚は三木看護婦の顔から目をはなさずにつぶやいた。

「あたくしの顔が、どうかしたんですか？」

看護婦はあわててハンドバッグをつかみ、手鏡をとりだした。鏡の中に見出したものに、電撃を受けたように身を硬直させた。叫び声が口を漏《も》れる。

「まあっ、これが、あたくし……とても信じられない！　こんなことってあるかしら」

信じられぬという表情だ。やがて、それを燃えあがるような歓喜の色が覆っていく。

「〈ウルフ〉の血だ。〈ウルフ〉の血のおかげだ……」

石塚は舌をもつらせた。なんというすさまじい効果だろう。これは、若返り効果だ。三木看護婦は確実に十五歳は若返ってしまった。まるで十代の娘のようなみずみずしさと活力をそなえて……

石塚はめくるめく思いにとらえられた。これは魔法だ。奇跡だ。超現実的な現象だ。科学を超越した現象だ。科学の大殿堂を根底から崩壊させ、埃《ほこり》くさい権威者のすべてをぶっつぶしてしまうのに等しい……これまでおれの学んできた知識大系は役立たずのがらくたになりさがってしまった……全世界がひっくりかえった。魔法の支配する世界がよみがえったんだ。

石塚は熱風にあおられたように、身をゆるがせた。

恐ろしい考えが稲妻に似て、混乱しきった脳裡をつらぬき走った。

〈ウルフ〉を手に入れた者は、全世界を支配することだって可能だ。心身の完全な若返りシ

ステムの前に、地べたに頭をこすりつけ、持てるものをすべて投げだして延命を願わない権力者はひとりとしていまい。

〈ウルフ〉の血は、世界を制する！

頭がくらくらとしびれ、石塚はぽかんとあけた口からせわしいあえぎを響かせた。

大和田教授は、もはや魔王に似た存在だ。あらゆる権力は〈ヒトラー〉に酷似した日本人の掌中に握られる……

「先生を呼んでくる……」

石塚はうめくような声を残すと、雲を踏む足どりで部屋を出ていった。

三木看護婦は、驚喜に酔いしれて、鏡中の新しい自分の顔にあかず見入っていた。

17

あわただしく手術室にかけこんだ石塚は、手術台の〈ウルフ〉のかたわらに、注射器を手にした〈ヒトラー〉を見た。

ぎろっと目だけ動かして、〈ヒトラー〉は石塚に一瞥《いちべつ》をよこした。

石塚は、ぜいぜい喉を鳴らしながら報告にかかる。が、〈ヒトラー〉は、石塚のいきおいこんだ報告に、思ったほどの関心をしめさなかった。

「そうか……ネズミで予想はついていたが」

平然とつぶやいて、壁の精密時計に目を移す。もはや〈ヒトラー〉の心は、若返り効果にはなく、別の対象に移っているのだ。

石塚の目は、〈ヒトラー〉の手にした注射器に吸い寄せられた。注射筒の中はからだ。背筋をぞくりと不快な寒気が這った。

「先生、どうかなさったのですか？　その注射器は……」

〈ヒトラー〉の目がぎろっと動いて、石塚を見る。意味ありげに口がゆがんだ。他人の意表をついて楽しんでいる表情だ。

「シアン化カリウムを注射した」

こともなげに〈ヒトラー〉はいった。

「シアン化カリウム……青酸カリ！」

石塚は音をたてて息を呑んだ。目がとびだしそうになる。

「本当ですか?!」

「〇・一五グラムだ」

「えっ、それじゃ、致死量じゃありませんか！」

石塚の口中はからからになった。

「いうまでもなくそうだ。青酸は血液中のヘモグロビンと酸素の結合を阻止し、中枢神経系を麻痺させる。速効性だから、数秒で効果が現われる。視野暗黒、胸内苦悶感、呼吸困難、全身痙攣などの症状を起こし、死にいたる」

〈ヒトラー〉の口調は、学生に講義でもするように淡々としていた。気ちがい沙汰《ざた》だ……石塚は悪寒に震えた。いかに実験動物とはいえ、〈ウルフ〉は世界にまたとない貴重な存在だ。それを白ネズミなみに扱うなんて……

「だが〈ウルフ〉を見るがいい。五分三十秒経過したが、いまいったような症状は皆無だ……〈ウルフ〉が、猛毒の青酸に対して強大な抵抗力を持つことはあきらかだ」

「……」

石塚は言葉もなかった。これは科学者のやることではない。理科の実験で蛙を解剖する中学生なみの粗雑さだ。論理性もなければ方法論もない。大和田教授は臨床外科医としてはすごく有能だ。超一流の権威だ。だが、基礎生物学に関してはアマチュアも同然、科学者としての訓練がごそりと脱落している。なにごとも勘で処理しようという癖が顔を出してくる。こんなことだから、理学部出身者から、医学者は科学者ではないなどと悪口をいわれるんだ……

「さらに、〈ウルフ〉にシアン化カリウムを〇・五グラム投与する」

と、〈ヒトラー〉が宣言した。石塚は不快な脱力感に襲われた。いよいよもって、蛙をメスで切りきざむ無知な中学生だ……

「やめてください！」

そう叫んだのは、石塚自身ではなかった。女の声——三木看護婦だ。が、みずからの内心の声を聞いたような気がして、石塚はぎょっとふりむいた。

「もう、やめてください。そんな無茶なことをしたら、〈ウルフ〉が死んでしまいます！」

「三木君！」

石塚は愕然として叫んだ。度肝を抜かれていた。こともあろうに、あの小心者の三木看護婦が、大和田教授に対して、正面切って楯突いているのだ。とうてい信じられない事態だった。

しかし、この瞳をきらめかせて、挑戦的な態度を見せている美しい女は、冷たい氷柱《つらら》と陰口された三木看護婦とは別人であった。肉感的な精気に満ちてすらいた。

白衣の胸部をもたげて、誇らしげに乳房が厚みを見せていた。抜けるように色白の肌が底光りして、一種すご味のある美貌をつくっている。

〈ヒトラー〉はとまどったように眉をあげた。気をそがれて、怒りを忘れてしまったらしい。

不遜《ふそん》な態度をとがめもせず、興味をもって看護婦を眺める。

「メガネはどうしたんだ？」

いきなり〈ヒトラー〉がたずねた。

「えっ」

看護婦は、反射的な動作で、顔に手をやった。当惑した声を出した。

「気がつきませんでした。なんとなく、じゃまになったので、はずしてしまったんですけど」

「きみは、強度の近視だったんじゃなかったかね？　メガネなしでは、歩行困難だったと思うが……」

〈ヒトラー〉は意味ありげにいった。凝視を受けて、三木看護婦の白い頰に血の色が動いた。

「たしか、小学生のころから、メガネをはなしたことがない。そうじゃなかったかね？」

「はい」

三木看護婦は唇をかんだ。

「輸血のせいで、近視がなおったんだ！」

石塚は頭がくらくらまわるような感じを味わった。次から次へと、とてつもないことばかり起きやがると思った。とてもおれの手には負えそうもない。〈ウルフ〉の血は奇跡の宝庫だ。なにがとびだしてくるか、わかったもんじゃない。

「予想はついていたことだ。三木看護婦に生じた変化については、後で検討する」

〈ヒトラー〉はこともなげにいい放った。目をじりりと光らせる。

「それに、いっておくが、今後いっさい、わたしのすることに余計な口出しを禁止する」

「でも、致死量の五倍も、青酸カリを注射するなんて、あんまりひどすぎます」

と、なおも三木看護婦はいいはった。

「〈ウルフ〉は不死身だ。それくらいで死にはせんよ……今度だけは見逃そう。だが、この次は容赦しない。わかったな」

〈ヒトラー〉はおだやかにいったが、こめられた脅迫は効果的だった。条件反射のように、三木看護婦は自我をひっこめた。目を伏せると、白い仮面が顔を覆う。が、身体の線が反抗心でこわばっていた。以前にはなかったことであった。

〈ヒトラー〉は、立ち去れと顎をしゃくった。看護婦はぎくしゃくした足どりで手術室を立ち去った。

三木看護婦が変わったのは、単に肉体的生理的な面だけではないかもしれない、と石塚は思った。だが、すこしぐらい気が強くなったところで、〈ヒトラー〉の強烈な自信にかなうわけがない。なにしろ医学部教授というのは、ちょっとした専制君主もおなじなのだから……

「特殊なのは、ガンマグロブリンだけではなさそうですね、先生。ヘモグロビンをはじめ、〈ウルフ〉の血液全体が、非常に特殊な性質を持っているのではないでしょうか。青酸が、〈ウルフ〉の中枢神経に効果をおよぼさない理由は……」

石塚は心を眼前の〈ウルフ〉にひきもどして発言した。

「そうだ、特殊といえば、たとえばガン細胞だが……ガン細胞は、正常な細胞にくらべて、非常に強靭だ。栄養条件が劣悪でも、ガン細胞は平然と分裂をつづける。〈ウルフ〉の細胞組織のしぶとさは、ガン細胞の性質にきわめてよく似ている……」

〈ヒトラー〉はしゃべりつづけながら、シアン化カリウムの溶液を注射器で吸いあげた。

「わたしは以前から考えていたのだが、人間の体細胞に、ガン細胞の強靭さを持たせることができたら、いわゆる不死身は実現されるのではないかと思う……そして〈ウルフ〉の体細胞は、制御《コントロール》されたガン細胞と呼ぶのにふさわしい。つまり、ガンの成因というのは、細胞が無制限に増殖し、正常な体組織を破壊してまで、ガン細胞が肥っていくということだ……しかも増殖は急激におこなわれる。〈ウルフ〉の欠損器官の再生の異常な速度、分裂不能のはずの神経細胞の増殖などから見て、〈ウルフ〉の体細胞が、増殖の調節機構を再獲得したガン細胞と考えられる……」

〈ヒトラー〉は注射針を〈ウルフ〉の腕の血管にすべりこませた。

なんという気ちがいじみた着想だろう。石塚は茫然《ぼうぜん》とした。まるで生物学の革命だ。世の中に全身ガンだけでできた人間が存在するなんて考えは、絶対に科学者の頭の中から出てくるものじゃない。毒々しくて幼稚だ。マンガの赤本の世界だ。まさにトムとジェリーのすむファンタスティックな異世界だ。ひょっとすると、気が狂いかけているのは、大和田教授ではなく、このおれではないだろうか。

石塚は、非現実感と、とりとめもない異和感に沈みこみながら、〈ヒトラー〉が注射器の内筒を押し、致死量の五倍に達する青酸を、〈ウルフ〉の血管内に送りこむさまを眺めていた。

「反応があらわれました」

石塚はおのれの口が動くのを感じた。自動的に計測装置の数値を読みとる。

「血圧上昇、脈搏増加。呼吸速く、浅い……血圧一九〇、脈搏一四五、呼吸一〇〇……全身に痙攣」

死ぬぞ、と石塚の身体に冷たいものがつらぬき走った。致死量の五倍だ！　はじめから無茶苦茶だったんだ！

〈ウルフ〉が、すさまじい叫びをあげたのはそのときだった。なんとも形容しがたい、ものすごい絶叫だった。生理的な衝撃を受けて、石塚はふとい氷の棒を下腹までつっこまれたようにしゃちほこばった。全身が鳥肌立つ。

手術台上で〈ウルフ〉の全身が激烈な痙攣に襲われ、よじれ、そりかえった。断末魔の苦悶だ。異様な絶叫はつづいている。石塚はわれ知らず両手で耳を覆った。正視に耐えない。やめろと叫びだしたくなった。苦い胆汁が胃から逆流してくる。嘔吐しそうだ。やめろ、やめてくれ！　もうたくさんだ！　死ね、死ぬんだ！　この恐ろしい叫びをとめろ！

苦悶で異様にねじまがった〈ウルフ〉の顔がもの恐ろしい変貌をはじめた。口がねじれながら裂け、ふとい犬歯がみるまに伸びる。金色の獣毛が微速度撮影さながらに密生してきて、全身を覆っていく。悪夢の中の変貌だ。

石塚と〈ヒトラー〉は、同時に驚愕のうめきをしぼりだし、手術台のかたわらを跳び返った。

「こ、こいつはどうだ！」

「怪物だ！」

いま、手術台上にあるのは、想像を絶した不可解な存在だった。

〈ウルフ〉は、両眼をみひらいた。緑色に燃える目が現われた。人間の目ではない。野獣の目だった。凝視を受けた石塚は身動きできなくなり、つきあがってくる恐怖の悲鳴を口からまきちらした。

「ゾアントロピー！　獣人現象だ！」

〈ヒトラー〉がしゃがれ声をふりしぼった。

「不死身人間だ。ホモ・モンストローズス！　そうだったのか！」

「せ、先生！」

石塚が死にもの狂いの金切声をはりあげた。ぶるぶる震えわななく指を手術台にむけ、眼球を突出させていた。

「か、革ベルトを、ひ、ひきちぎってしまう！　ベルトが切れてしまう！」

〈ヒトラー〉は、肥満体にそぐわぬ素速い動きで、手術台にとびついていった。

「麻酔だ！　プロカインを早く！　いそげっ」

石塚は狼狽しきって、注射器を手に右往左往する。〈ウルフ〉のもがきにつれて、強靭なベルトは、いまにもちぎれそうにきしんだ。〈ヒトラー〉が、〈ウルフ〉の四肢を渾身《こんしん》の力でおさえこみながら躍起となって怒号する。

「な、なにをしとるか早く麻酔を！　早くせんか馬鹿、麻酔だ、量なんかどうだっていい、おまえはそれでも医者か、くそっ、なにをもたもた……うろたえるな、馬鹿者」

「アンプルが……アンプルがみつからなくて……」

い、いうろのきた石塚が泣き声をだす。

「三木看護婦、来てくれっ。三木看護婦、こっちにこい」

〈ヒトラー〉は、満面朱に染めてわめきたてた。八〇キロの体重をかけて懸命に〈ウルフ〉をおさえこむ。

石塚がようやく麻酔注射の針を、〈ウルフ〉に刺しこんだ。必死の形相だ。そのとたん〈ウルフ〉の身体が強烈にはねた。

「いけねえっ、針が折れたっ」

石塚は悲痛な声をあげた。異様な音を発して革ベルトがはじけとんだ。〈ウルフ〉は苦もなく、毛布でもはらいのけるように軽々と、のしかかる〈ヒトラー〉の肥満体をはねとばしてしまった。〈ウルフ〉は、手術台をとびおりた。かれの精神は正常ではなかった。かれの意識は、過去の一時点で停止してしまっていた。かれはいまだに、あの東明会会長邸の地下で、ヤクザどもと死闘をつづけていたのだ。かれの意識の外部で流れ去った二週間にわたる時間経過は、ゼロに等しかったのである。

かれが求めたのは、青鹿晶子の姿だった。かれが生命を賭して庇護《ひご》すべき女を求めて、かれは絶叫をほとばしらせた。

見なれぬ白衣の男たちが、恐怖にかられて壁際にへばりついていた。

かれは燃える目で手術室を見まわし、青鹿の姿がないとさとると、鉄扉めがけて突進した。把手をつかんでひとふりすると、スチール・ドアは蝶番《ちょうつがい》ごともげてはずれた。狂ったような怪力だ。

手中にもぎとれてきた鉄扉を投げだし、廊下へとびだす。焦燥で頭が熱い。早く青鹿をさがしだして、この不吉な地下室から脱走しなければならない……

だが、異和感が襲ってきて、脳裡の記憶をへんにゆがませ、動作にブレーキをかけた。かれは廊下に立ちどまった。たしかに地下に自分がいることはまちがいない。が、なにか様子がおかしい……コンクリートをむきだしにした廊下、天井、壁。通路にそって、よそよそしいスチール・ドアが並んでいる。

なにもかもが、記憶と合致しないのだった。かれはどうにもならない混乱につかまれた。異和感はさらにたかまり、焦燥をかきたてる。

通路の前方に、白衣の女がひとり姿を現わした。色白の美しい女だ。が、青鹿ではない……驚愕の表情でかれを凝視している。あれは、看護婦の白衣だ。

看護婦。

そのとき、かれを悩ましつづけた異和感は、ついに正体を明らかにした。

ここは、東明会の地下室ではなかったのだ。すると、ここはどこなのだ……意識を失ったあと、おれは病院に収容されたのか。

疑問を解決する方法があった。あの看護婦に事情をたずねるのだ……

前方の通路に立ちすくんでいる看護婦にむかって歩こうとした。

異常に身体が重かった。一歩も足を運べない。身体が何トンもの重さに変わっていた。身体のどこかに穴があいていて、精力が流出してしまったような脱力感だ。

麻酔剤が効果をあらわしてきたのだった。かれは脱力感をはらいのけようとつとめた。煙が立ちこめ視野が狭くなってきた。

かれはよろめくと、壁にもたれてかろうじて身をささえた。手をもたげ、目の前にかかる煙をはらいのけようとしたが、手は微動もしない。

のろのろと首をふる。まったくどうにもならない。煙が濃密に立ちこめて、看護婦の白衣をかくしてしまった。

膝の関節が溶解した。ずるずると壁面をこすりながら、横倒しになる。

「しめたっ」

かれを追って地下通路に出てきた〈ヒトラー〉が、歓喜の声をあげた。

「いまがチャンスだ。麻酔のきいているうちに取りおさえるんだ。拘束衣を持ってこい」

「なぜだ……なぜなんだ……」

と、かれはけげんそうに、のろくさと口ごもった。

「なぜ、こんなことに……?」

答が得られぬまま、唇の動きがとまり、目を閉じてしまう。

「あぶないところだった。すんでのところで逃げられるところだった」

拳で額の汗をこすりながら、〈ヒトラー〉が安堵の吐息を漏らした。大きく唇が裂け、血をこびりつかせていた。〈ウルフ〉にはねとばされたはずみに、唇をかみきってしまったのだろう。顎の横に打撲傷の黒ずんだしみがふくれあがっている。オールバックの髪はざんばらになり、眼の上に垂れかかっていた。

「ものすごいやつだ……想像以上の怪力だ。このままだと手に負えんな。一番頑丈な拘束衣だって安心できん……手術室へ戻して、両手両足を切断してやる」

「えっ」

意識のない〈ウルフ〉の身体に拘束衣を着せていた石塚が目をまるくして、〈ヒトラー〉をあおぎ見た。

「いかに怪力とはいえ、両手両足がなければ、どうにもならんだろうが」

〈ヒトラー〉は、唇を曲げて笑おうとし、渋面になった。唇の裂傷がうずいたらしい。そっと指先で、ふくれあがった顎のあざにさわってみる。顔をゆがめて真赤な唾を吐いた。

「付根から手足を切断してくれる。さしずめダルマか芋虫《いもむし》だ……こんなふざけたまねは二度とさせんぞ。わしにさからうとどんな目にあうか、たっぷり思い知らせてやる」

かれは、やにわに足をあげると、〈ウルフ〉の身体を力まかせに蹴りつけた。うなり声をあげて二度三度とつづけざまに蹴った。

目を毒々しい憎悪にぎらつかせていた。狂気の形相があらわになり、そのヒトラーまがいの顔を醜悪なものにしていた。

キャンバスの袋に押しこめられ、身動きもしない〈ウルフ〉を、息をきらせながら執拗《しつよう》に蹴りつづける。

石塚は唖然とした表情で、〈ヒトラー〉の狂態を眺めていた。

通路にたたずんで、身じろぎもしない三木看護婦の顔にも異様なものがあらわれていた。

やがて、〈ヒトラー〉は、肩を波打たせながら、どすんと壁に身をもたれかけた。満面に汗がすじをひいていた。

「独房にほうりこんでおけ。正気づいたら、切断手術だ」

と、息をきらせて命じた。

「石塚君、どこかでワイヤーをさがしてきたまえ。できるだけ丈夫なのをな。手術台のストラップのかわりに使う……」

たのしげな表情だった。石塚は膚寒げに肩をすぼめ、白っちゃけた顔でうなずいた。

18

野口《のぐち》病院は、犬神明が運ばれた救急指定病院だ。

内科外科ともにそろい、個人病院としては大きなほうである。設備が整ってい、医師の腕もよく、評判がいい。野口院長自身も有能な外科医なのだ。

犬神明の死亡診断書を書いたのは、野口院長である。

中国工作員、虎4《フースー》の情報が真実で、犬神明がまだ生きているとしたら、死体のすりかえには、野口院長が当然一役買っているであろう。

もし、院長が犬神明の存命を知ったうえで、死亡診断書を作成したのなら、刑法第一六〇条の罪を犯したことになる。三年以下の禁錮《きんこ》刑だ。また、鑑定人として、虚偽の報告をおこなった場合は、十年以下の懲役刑に処せられる。

むろん、医師免許は取消しになり、刑務所へぶちこまれてしまう。正気を持ちあわせた医師のやることではない。

しかし、国際的な謀略活動がからんでいるとなれば、話は別だ。個人など、巨大な蜘蛛の巣にひっかかってもがく、羽虫《はむし》みたいに哀れな身の上になってしまう。神明は、虎4《フースー》の言葉を丸呑みにしたわけではなかった。不死身の狼男だって運が悪ければ、くたばることもあるのだ。

しかも、犬神明は狼男にとって最悪の時期、よりもよって新月の夜に殺《や》られた。ほかの時期ならともかく、新月に、全血液の三分の二を失ったら、いかにタフな狼男だって生きていられまい。

だから、犬神明の存命説は半信半疑といったところだった。

それより、もっと気になることがある。

虎4が、狼男の存在を知っていたということだ。

虎4とその背後にいる中国諜報機関の連中は、人間と異なる狼男の素性をこころえており、その超常能力と生理現象に、正確な知識を持っている。

こちらがのほほんとしているあいだに、狼男は、国際諜報機関にとって、大きな戦略的価値を有するにいたったらしいのだ。

それが、虎4の口からもれた、〈不死鳥作戦〉というやつなのだろう。

狼男は、たしかに不死身人間といってもいい。めったに、病気や怪我で生命を落とすことはないだろう。

なにしろ、狼男には、満月という絶対の切札があって、ものすごい生命力をあらわすからだ。

が、同時に、狼男にはその切札を帳消しにするマイナス因子がある。

それは、狼人間という種族全体に見られる頑固《がんこ》な不妊傾向であった。おそらく、人類と染色体が異なるためだろうが、この不妊傾向は、狼人間同士の交配についてすらも、同じことがいえるのだった。それが、強大な生命力を恵まれた狼人間の支払うべき代償なのだろうか。

人類《ホモ・サピエンス》が、狼人間の存在を知れば、その不死身性をうらやみ、嫉妬《しっと》し、ついには憎悪することはわかりきっている。かならず、強力な競争相手をほうむろうと戦いを挑んでくるだろう。数からいって、人類はつねに圧倒的な優位を占めていたし、かりに狼人間側に種の不妊という重大な欠陥が存在しなくても、狼人間がふつうの人類を駆逐できたかどうかは疑問である。狼人間は強靭だが、平和を好む種族で、人間のように好戦的な生物ではなかった。

そして、種の拡散には、同種内の攻撃性が不可欠だからだ。人類の異常な好戦性は、種として人類に競合するライヴァルをかたっぱしから絶滅させ、王土を築きあげるのに大きく役立ったのである。

それゆえに、狼人間は劣小種族《マイノリティ》として孤立することによって、人類に敵対する愚を避けて、同化策を選んだ。人類の内部にひそみ、素性を隠して、ひっそりとつつましく生きていく道をとったのだ。

周囲の人間に相異をさとられぬよう、超常能力を殺す――それが狼人間の純血《サラブレッド》の生き方であった。狼人間にまつわる精霊崇拝《アニミズム》や原始宗教の神話伝説を残して、狼人間は先史時代の歴史の暗部へ姿を消したのである。

だが、数十世紀の時の流れの果てに、ついに人類は、狼人間に追いつき、隠れみのに手をかけ、ひっぺがそうとしているのか。

しかも、最悪の時期に、最悪の形で。

過去の、比較的科学技術が未発達だった時期ならまだしもである。

狼人間の不死身性の解明は、幼稚な仮説や理論の段階でとどまったはずだ。狼人間の不死身性を普通人に移植するすべもなく、せいぜい狼人間の超常能力を利用するという実際面でとどまったろう。

だが、いまはちがう。

一九四〇年代の後半、抗生物質の出現以来、生物学は新しく塗りかえられ、奔流のスピードを得て、とどまるところを知らない進撃を開始したのだ。新しい生物学は、情報革命の中で、物理学や工学と一体化することによって、飛躍的な前進をとげた。いまや生物学はすべての科学の中で、もっとも進歩の速い分野だ。数年ごとにその知識は倍増し、巨大科学の主流にのしあがろうとしている。遺伝子の改変、生命の合成、改造人間、進化の制御、精神コントロールなどが、続々と、夢想の世界から、研究分野へとりこまれつつあるのだ。

不死も、その重要なテーマのひとつだ。

もし、不死身人間の実物をあてがわれれば、豊富な資金と装置と人材が投入され、細胞学者、結晶学者、生化学者、神経学者、分子生物学者などから成る超大型研究チームは、短時日で不死の秘密を解明してしまうだろう。

そして、不死の技術操作が実現したとすれば、どんなことが起きるか。

その洞察が、神明になんともいえず無気味な破滅の予感を生じさせたのである。

虎4《フースー》の言葉は、おそろしく黙示的だ。

（熱核戦争を起こしたがっている白人勢力にとっては、どんな犠牲をはらっても、〈不死鳥〉を手に入れる価値がある）

すでに、人類は、絶滅兵器を手中におさめている。あまりにも武器が強力すぎて、使用することは、人類の大絶滅を意味する。

その事実を認識することによって、人間の理智はからくも、冷戦理論を生みだした。宣伝戦争、心理戦争、経済戦争などでお茶をにごしたわけである。

大量破壊兵器の驚異的な発達に、防禦《ぼうぎょ》面での技術がまったく追いつけないからだ。いかに強固なシェルターを大量生産しようとも、肝心の人間の肉体が、あまりにももろく傷つきやすいという事実は改変できない。

だが、もし――人類の一部が、それも極度に好戦的な体質を有する勢力が、生物学的に不死性を獲得したとしたら――その勢力が、武力均衡を崩壊させるほど、強力な政治権力をそなえていた場合はどうなるか？

共倒れによる大絶滅の危機は去った、とかれらが確信した場合はどうなるか？

白人世界では、白人優越主義は抜きがたい伝統だ。二〇世紀にはいってから、有色人種圏の抬頭につれ、先細りと敗退の恐怖が過激な人種偏見、人種憎悪に結びつき、狂的な白人主義をかざした政治団体が大量のシンパを集めながら、社会の全階層に深く広く菌糸をはりめぐらしているのだ。差別主義者でない穏和な白人にすらも、白人優位のスローガンは潜在意識に訴えかける力を持つ。

特にアメリカ合衆国の場合、人種間戦争はすでに現実化して、内乱寸前の様相を深めている。アングロ・サクソン系の白人勢力にとっては、ユダヤなど国内の白人マイノリティをふくめて有色人種勢力は獅子《しし》身中の虫だ。かれらの意識の中では、黒人をはじめ有色人種が「偉大な社会」アメリカに、完全に一体化される日は、アメリカの「暗黒」を意味するのだ。かれら「真正白人勢力」は、依然としてアメリカの巨大な産・軍・学協同体を把握しつづけている。

そして、全面核戦争下におけるアメリカの「生き残り要員」こそ、この産・軍・学協同体そのものなのだ。つまり、核戦略体制を握っているのは、〈真正白人勢力〉にほかならない

……

そこまで考えたとき、神明はいいようのない不快な恐怖にとらえられていた。〈不死鳥作戦〉は、夢物語ではなかった。

19

野口院長の手はかたいこぶしをつくって、関節が雪のように白くなっていた。震えをおさえようと、腿にねじりこむように押しつけているが、全身が激昂に震えわなないているので、効果はなさそうだった。

さぞかし盛大に税金をごまかし、私腹を肥やしているのだろう。院長の書斎は神明がお目にかかったこともないほど豪華だった。書架につまっている学術書だけで百トンはありそうだ。めかたで計るのは礼を失しているかもしれないが、この立派な書斎に満ちみちている、権威のわざとらしさに、神明は意地悪く反撥したくなっていた。

いくぶん嫉妬もあったかもしれない。なにしろ医者という商売は不当に厚遇されている。所得の七三%を無条件で必要経費として落とせるのだ。さらに脱税は自由自在だ。

「いいがかりなんて、とんでもない。あたしはただ、事実を知りたいだけでしてね」

と、神明はおとなしくいった。

「事実は、この死亡診断書に記載したとおりだ。ほかになにが知りたいというんだね？」

院長の白皙《はくせき》の額には、見苦しく青筋が立っていた。目も血走って濁っていた。上品な初老の紳士の仮面がいまにもずり落ちそうだ。

神明はけろりとした表情で、例によってタバコを下唇にはりつけたまま、書類に目を落とした。薄い用紙をぴんと爪先ではじき、タバコの灰をふり落とす。

死亡の原因／ィ直接死因Ⅰ出血死　ロ(イ)の原因／胸部刺傷

外因死の追加事項／傷害発生年月日・昭和四＊年二月十日／手段及び状況・日本刀にて傷害致死／傷害発生の場所・東京都練馬《ねりま》区下石神井《しもしゃくじい》一丁目＊＊＊番地・朝田《あさだ》剛造《ごうぞう》宅

「犬神明という少年は、たしかにわたしが執刀した。ただちに輸血をほどこし、最新式の人工心肺装置まで使用して、蘇生につとめた……」

野口院長は、冷静さをとり戻そうと懸命に努めていた。立腹すべきときではないと判断したようだ。

「だが、犬神君は、ここへ運ばれてきたときは、すでに出血多量で衰弱しきっていた。全身の血液の三分の二を失っていたのだ。それまで生きていたのがふしぎなくらいだ……犬神君が死亡したことに関して、わたしにはいっさい手落ちはない。手落ちなどあるわけがない！　そのことは、立ちあった助手も看護婦も証明してくれる。むろん、出る所へ出てもよろしい」

自制の甲斐《かい》もなく、院長は興奮しはじめた。声が粗々《あら》しくうわずってきた。一触即発だ。

「あたしはなにも、先生の医療過誤を問題にしてるんじゃありません。その点おまちがえなく」

神明はものやわらかにいなした。

「ところで、死亡診断書には二月十日午前一時三〇分死亡となっていますが、どのような方法で、死を判定なさったのか、教えていただけませんか？」

「死の判定は……自然呼吸の停止、心臓の停止、瞳孔の反射反応の停止などで判断される。犬神君の場合には、脳波消失もあわせて判断した」

院長はぐびぐび喉を鳴らしながらしゃべった。感情の表出をくいとめるのに必死だ。

「しかし、実際に手術が終わったのは、午前二時半ではないんですか？」

神明は新しいハイライトをパッケージからつまみだした。火をつけないまま唇の間につっこんで踊らせる。

「すると、診断書の死亡時刻とは、一時間ほどくいちがう。その間、死体を相手に蘇生させようと努力なさってたわけですか？」

「そ、そうだ。つまり蘇生への努力が万全だったということだ。わたしはできるかぎりの手をつくしたつもりだ」

院長は奇異な表情を見せた。神明の真意をどうしてもつかむことができずにいた。

「野口先生が名医であることは、だれしもが認めるところです。すると、犬神明は、脳死によって死亡を判定されたわけですね？」

「人工心肺をとめたら、犬神君はただちに死んでしまう状態だった。手術を中止したのは、それも限界に達したからだ。むろん脳波は、かなり前に消失していた。死亡診断書に記入した死亡時刻は、脳波が消えた時刻だ……この際一時間程度のずれは問題にはならない」

「しかし、先生、脳波消失はかならずしも、死の認定にならないんじゃないんですか？　和《わ》田《だ》さんの心臓移植のとき、だいぶ問題になりましたが……」

「だから、さっきもいったように、わたしは呼吸停止、瞳孔反射反応の停止もふくめて判断したと……」

「心臓停止がぬけましたね、先生」

と、神明はすばやくいった。瞳がぎらりと光った。

「心臓停止もふくめてだ」

野口院長は身体を硬直させていった。額に薄く汗がにじみでてきた。目を神明の肩ごしにはずしていた。

反応は充分であった。

「これでけっこうです。いろいろ、どうも」

神明は熱のない調子で礼を述べた。押すと見せて退《ひ》き、退くと見せて反転する。火をつけないままのタバコを灰皿に捨てて、椅子から腰を浮かす。院長の身体の緊張がゆるむ。そこへすかさず言葉を投げた。

「ところで、例の手術の際、助手をなさった方にもお話をうかがいたいんですがね。お名前を教えていただけますか？」

「なんのためにだ？」

強い調子の反問がはねかえってきた。

「ほんの少々、質問がありましてね」

「……」

「お答えになりたくなければ、それでもけっこうです。すぐに調べのつくことですから。ところで、野口先生は、東邦《とうほう》医大の大和田教授と非常にお親しいそうで……この病院に東邦医大から医師が派遣されているのは、大和田教授のコネだそうですね？」

「……」

「あの晩も、東邦医大から外科の若い人が来てたんじゃないですか？」

「……」

「ま、いいでしょう。すぐにわかることですからね」

神明は薄く笑った。ちょっぴりとすご味をきかした笑いだ。人なつっこい表情が失せ、したたかなトップ屋の素顔をのぞかせている。

「では、失礼しましょう……」

「ちょっと待ちたまえ！」

野口院長は鋭い声を出した。顔は脂身《あぶらみ》みたいな白さだった。

「あんたは、いったいどんな目的があって、いまさらこんなことをつきまわすんだ？　わたしに手落ちがあって、少年を死なせたとでも思っているのかね？　もし、そうなら、とんでもない見当ちがいだよ……」

「死なせた？」

神明は、馬鹿みたいに口をぽかんとあけ、院長を見返した。下唇がだらりと垂れる。

「いやいや……とんでもない。むしろ、その逆ですよ」

「逆？」

院長は顔に朱を注いだ。混乱しきってしまったように激しく頭をふる。

「なにが逆だ？　いったいなんのことだ」

拳でどんとテーブルの表面を打った。たまりかねたように大声をだす。

「あんたのいっていることは、まったくもってわけがわからん。どんな底意があるのかはしらんが、妙なことをどこかの醜聞赤雑誌に書く気なら、こっちにも覚悟があるぞ。ただちにあんたを名誉毀損と営業妨害で告訴してやるからな。いっておくがわたしは法曹界の大立者にも知己《ちき》は沢山《たくさん》いる。わたしはチンピラ記者におどかされてひっこんでるような腰の弱い人間じゃないのだ。徹底的に戦ってぎゅうという目にあわしてやる。それを覚悟しておくがいい……」

猛然と吼えたてた。きれいになでつけた白髪混りの頭髪が逆立ち、秋霜烈日の形相だった。

「まあまあ、そう興奮しないでくださいな」

神明はいっこうにたじろがず、ニヤニヤ笑った。

「そうなられては痛みいりますがね。あたしはなにも、先生が犬神明を死なせたなんていってやしません。それどころか、その逆、つまり、犬神明は死ななかったと思ってるんです」

「なんだって……」

院長の口が弛緩した。純白の義歯が見えた。とさかのようにたるんだ喉が激しく上下した。目はふいに焦点を失ったようだった。

「つまり、生きているってことですな。だから問題は誤診だ。先生が、犬神明の死亡診断書を書いたのは、早すぎた……」

ショックを受けた院長の表情を横目に見て、神明は書斎を出た。

院長は動かなかった。呼びとめようともしなかった。脳天に杭《くい》を打ちこまれたみたいだった。

神明のせりふには、杭ほどの効果があったのだ。

20

一たん野口病院の建物を出たあとが、神明の本領を発揮する出幕であった。

診療所と自宅をかねた四階建てのビルを囲むコンクリートの塀をのりこえて侵入する。犬は飼われていないので仕事はらくだ。雨樋《あまどい》を手がかりに三階までよじ登り、さっきまでいた院長書斎の窓の外側に忍び寄った。こんな夜盗じみたまねに熟達しているのだった。空気と同じ比重しか持たないように痩せた身体は軽い。

カーテンの隙間に目を寄せ、室内をのぞきこむ。

野口院長は電話中であった。

神明の唇がにやりとゆがみ、発達した犬歯をのぞかせた。予想どおりだ。院長の顔には生色というものがなかった。満面汗に濡れそぼり、心痛でねじまがったようだ。

気をしずめるためか、送受器を左手で頭に押しつけたまま、卓上のタバコ容《い》れに右手をのばした。テーブルにバラバラと白い筒をばらまいたあげく、ようやく一本を口にくわえ、ライターの炎を運ぶ。ライターの炎は縦横に躍った。はげしく手が震えるため、タバコの先端から中ほどまで黒く焦がしてしまう。

ようやく電話口に相手が出たらしく、口からタバコをもぎとるようにはずす。

「東邦医大病院かね？　胸部外科の石塚君を呼んでくれないか。野口病院の野口だが……なに、休んでる？　連絡はつけられんかね……そうか……それじゃ、大和田教授はおいでになるかな？……そうか、わかった……どうも」

聴覚の異常に発達した神明には、サッシ窓のガラスごしでも、らくに聴きとることができた。

送受器を架台に置いた院長は、気忙《きぜわ》しくタバコを灰皿にねじりつけた。新しいタバコに点火し、それをろくに吸いもせず、もみ消した。デスクの抽斗《ひきだし》から大判の黒革の手帳をとりだし、突っ立ったままあわただしくページをめくった。

手帳と首っぴきで、電話器のダイヤルをまわしはじめる。追いつめられた動物みたいなうなりを漏らした。貧乏ゆすりをしながら、相手が出るのを待つ。気があせるのか、二回やり損じた。汗がとがった顎の尖端からポタポタ床の絨氈に落ちていく。

神明は呼び出し音を二〇回数えた。こっちのほうまで苛立《いらだ》ってくる。あまり長びくようだと、三階の窓ぎわにへばりついた姿を見とがめられる危険も出てくる。

と、ついに呼出音がとだえ、回路の接続するなつかしい響きが伝わってきた。

「石塚君か……わたしだ、野口だ……」

おそろしく押し殺した声だった。送話口にささやきかけている。神明は、上端のとがった奇妙に獣《けだもの》めいた耳朶《じだ》をそっと窓ガラスにすりよせた。

「まずいことをしてくれたな……もちろん、例の件だ……いましがた、神という名の特派記者が……つまりトップ屋が押しかけてきた。なにか聞きこんできたらしい……あれが生きてるってことを知ってるような口ぶりだった……そんなはずはないって、きみ、馬鹿いっちゃいかん。こっちから秘密が漏れることは絶対にない！　まさか、逃がしたんじゃないだろうな……」

圧殺《おしころ》しているがはげしい口調だった。必死の語気だ。

「ともかく、どこかから漏洩《ろうえい》したんだ！　さもなきゃ、トップ屋がわざわざやってくるもんか。噂？　噂にしたってほっとけんじゃないか。もしこれが表沙汰になってみたまえ。わたしはどうなる……むろんきみたちだってそうだ……証拠？　冗談じゃないよ、レッキとした現物の証拠がきみたちの手もとにあるじゃないか……ともかく、そのトップ屋は大和田さんの名前までひきあいにだしたんだ。なにかをつかんでいるんだ……トップ屋はいまに医大病院のほうまで押しかけていくぞ。大至急大和田さんにあって話をしなけりゃならん。そうだ、急いで対策を講じるんだ……いやいや、きみが来るのはまずい。そりゃ絶対にまずいよ。トップ屋がまだうろついているかもしれんのだから……よし、わたしがそっちへ行く！　そう大和田さんに伝えてくれ……むろん充分に気をつけるとも。当然だ……」

院長は投げだすように電話を切った。口をあけ、大きく肩で息をした。目はかたく憑かれたように光っている。ワイシャツの袖口でぐいと顔の汗をこすった。また、追いつめられた動物のうなり声をたてる。

書斎のドアを開けると、出かけるから着替えの用意をしてくれ、と大声で家人を呼びながら廊下に出ていった。

神明の目は、サイドテーブルの電話の横に置き忘れられた手帳に釘づけになった。

錠のかかっていないのをさいわい、サッシ窓を押し開けると、身をくねらせて室内にしのびこんだ。

手帳の開いた面にすばやく目を走らせた。ボールペンで走り書きした十ケタの電話番号を脳裡にきざみこむ。東京郊外の局番だ。さきほど院長がダイヤルをまわした数と合っている。04＊＊724294PSYCHO なんの意味だろうと首をひねる間もなく、廊下を足音が急速に接近してきた。

野口院長が、置き忘れた手帳をサイドテーブルからとりあげたとき、むろん神明の姿はなかった。神出鬼没は、狼男の特技だ。

21

神明は、ふたたび病院の塀をのりこえ、道路に戻った。近くの路上に駐車してあるブルーバードSSSに歩く。

野口院長は、これから外出する。石塚という名の東邦医大病院の外科医に逢うためだ。かれらは大至急逢って相談しなければならないのだ。

繁昌している大きな個人病院の院長と、大学病院の外科医、それに胸部外科では超一流といわれる医大教授の三者に、たいへんうしろぐらい秘密が結びついている。それが表沙汰になると、三者の破滅をまねく大がかりな醜聞なのだ。

ブルーバードにむかって歩く神明の顔は、だらけた表情を一片もとどめていなかった。ぴんと耳を張った狼の神経が張りつめていた。

虎4《フースー》の情報は正しかったようだ。

やはり、犬神明は生きていたのだ。野口院長は、少年が生きているにもかかわらず、死亡診断書を書いた。少年の肉体を盗むためにだ。高名な医大教授らと共謀して、他の死体とのすりかえをおこない、生きている少年の肉体をどこかへ運んだ。恐れいった話だ。医者たちに、どんな複雑なたくらみがあるにせよ、犬神明がたいへんまずい立場にあることはまちがいない。

ともかく、野口院長を尾行すれば、犬神明のいる場所へ案内してくれるだろう。

考えに気をとられていたため、注意力が散漫になっていた。気忙しく車のロックを解き、ドアを開いて運転席に身をすべりこませた。

嗅覚が警報を鳴らしたときは、いささか手遅れのようだった。反射的に車外へとびだそうとする動作を急激に思いとどまる。神明の身体はギヤを入れそこなった車みたいにガクンととまった。

「そうだ。動くんじゃない、お利口さん」

と、錆びた凄味のある声がいった。ちょっぴり楽しそうな響きも感じられた。

「おれが手に持ってるガンは四四マグナムだ。ルーガー・スーパー・ブラックホークという。知ってるか？　ものすごい威力があるんだぜ。なにしろ、車の車体をエンジンぐるみブチぬいちまうんだ。反動がまたものすごいんで、なみの人間には使えない。下手すると親指の股がスパッと裂けて血だらけになる。もちろん、おれはこいつになれきってるから大丈夫だ。小型の大砲と思ってくれ。弾丸が小指の爪にあたっただけで、全身の神経がショックでズタズタになって、あの世行きになるんだぜ」

「なんとまあ、ガンの解説の好きな旦那だな」

神明は啞然として、バックミラーを見つめた。ごつい苦味走った顔と、奇型的に肉厚の回転拳銃の巨大な銃口がうつっていた。たしかにミニサイズの大砲だ。銃口はトンネルを想わせた。

「だれかに尾《つ》けられてるような気はしてたんだ。あんたとは思わなかったよ、ＣＩＡの旦那。西城さんとかいったっけ」

神明はむっつりといった。

「ＣＩＡはなにしろでかい組織だからな。一度目をつけられたら、逃げられやしねえよ」

西城の声はのんびりしていた。

「ドアを閉めろよ、おチビちゃん。動くときには気をつけてな」

神明はおとなしく命令にしたがった。この巨蟹野郎の実力のほどはわかりきっているので、下手なまねはできない。見かけも中身もとびきりの実力派だ。ハッタリなどではない。

「さてと、ドライブに出かけようかね」

神明の首筋の毛はチリチリ逆立った。鼻孔の奥に金属の味を感じた。

「どうする気だ？　この前のつづきで、おれを消しにきたのか？」

声に余裕がなくなってしまった。悪漢ウルフにも苦手があるとすれば、このCIA野郎だ。

「いや……命令が変更になったんでな。おまえさんはおれの捕虜だ。だが、なんとかしておれをごまかそうなんて考えるなよ。遠慮なく死体に変えちまうぞ。おれは気が短かいんだ」

本気でいっているのだった。

「おれの商売はな、非合法な破壊活動とテロルだ。CIA広しといえども、とびきり極悪非道なことをやってるんだから気をつけたほうがいいぜ……虎4《フースー》はどうした？」

「そんなことおれが知るもんか……」

神明はそっと溜息をついた。西城はかれを殺しにきたのではなかった。殺《や》る気なら、とっくの昔に成果をあげていたろう。こんな人間ばなれしたやつとひとつ空の下でくらすのは、どうにもかなわない。

「虎4は、おたくの仲間のオブライエンとやらをやっつけにいったきりだ。それから音沙汰ない。本当だ」

「オブライエンは逃げのびたよ。いまは病院でのんびり手足をのばしてる」

西城の態度は友好的といえるほどだった。もっとも満腹時の虎の雰囲気がそう呼べるとすればだが。

「ねえ、旦那、おれはいま、のんびりしていられないんだがな。捕虜にするのは、またの機会にしてもらえないか？」

神明はたいした希望もなく、取引を申し出ることにした。

「いつでもお相手するからさ。取引がしたいんだ」

「おまえさんみたいに、すっとぼけた御仁《ごじん》には会ったことがねえよ」

西城は喉で笑った。機嫌はよさそうだ。

「答はわかってるだろうが。上からの命令にはしたがわないとならねえ。虎4を逃がした一件でミソをつけたんでな。点数をかせがないとならんのだ」

「ちっ、サラリーマン根性みたいなことはよせよ。どうだ、取引にのらないか？　点数をかせぐのに協力する。ここで見逃してくれたら、虎4をおびきだす手伝いをするが、どうだ？」

神明は、あまり良心の呵責《かしゃく》を感じずにいった。スパイなどという外道どもは勝手に殺しあえばいいと思っているからだ。

そのとき、野口病院のガレージから、尾灯を光らせたベンツが出てくるのを見つけ、神明は舌打ちしたくなった。院長のおでかけにちがいない。せっかく犬神明のいる場所まで案内してくれようというのに、こっちは物騒な非合法工作員につかまって手も足も出ない有様だ。もどかしさといらだちで、大声を出してどなりたくなった。

「あれは、野口院長の車だろう？」

と、思いがけずに西城がいった。

「院長みずから車をころがしてやがる。行先を運転手に知られたくないってわけだな」

「なぜ、そんなことを知ってるんだ？」

神明はギョッとした。

「米合衆国中央情報局は、世界最大の諜報機関なんだぜ。あんたがちょろちょろかけまわってる間、居眠りしてたわけじゃねえ。あんたは犬神明というガキをさがしてるんだろうが？」

神明は氷まじりの冷水を浴びたような心地がした。顔から血の気がひく。

「あんたが病院の壁にヤモリみたいにはりついてる間、こっちは盗聴器というやつを使ってたんだ……ゴム吸盤つきの盗聴器だ。エアライフルを使って射ちこむんだ。あんたと院長のかけあいも聴かせてもらった。それで、だいぶ筋が読めてきたぜ。虎４の小娘があんたと接触したのは、犬神明の一件でだ。あんたは、虎４から、犬神が生きていると吹きこまれたな。それでいろいろ嗅ぎまわったあげく、野口院長に脅《おど》しをかけた。不安を感じた院長先生はさっそく腰をあげたってわけだ」

「……」

神明は舌を巻いていた。この西城という殺し屋は、思ったより頭が切れるやつだ。荒仕事だけが能ではないらしい。とんでもない危険人物だ。

「おい、院長の車が行っちまうぜ。あとを尾《つ》けないのか？」

ふいに西城がいった。

「いいのか……」

意外さに口の中が乾いた。半信半疑で、バックミラーに光る西城の目をのぞきこんだ。こいつ、なにかたくらんでいやがる……

「あんたの取引にのってみるぜ。おれも犬神明の一件には興味がある。個人的な興味に近いがね……さあ、車を動かせよ」

いわれるがままに、神明はエンジンをまわした。クラッチを踏み、ローにシフトする。液温など見もせずに、遠ざかったベンツの尾灯を追ってスタートさせた。

「取引はともかく、妙な真似はご遠慮ねがうぜ。四四マグナムはいつでもブッ放せるんだからな。座席の背なんぞ薄紙とおなじだ。よからぬことを思いついたら、そいつを思いだせ」

マグナム拳銃を膝にひきおろした西城が警告してきた。

「わかってる。おたくは、いつもそんな恐ろしい拳銃を持ち歩いてるのか?」

「今回は特別さ……用心のためだ。四四マグナムなら羆《ひぐま》がむかってきてもブッ倒せる」

語るに落ちるとはこのことだ。神明は体毛がぞくぞく立ちあがってくる感覚に襲われた。こいつは狼人間のことを知っているんだ。ひょっとすると、おれが当の狼男だってことも……

……

22

神明は、車での尾行にかけては名手の域に達していた。車の性能がケタちがいでないかぎり、置き去りにされる心配をしたことはない。西城はほうと感嘆のつぶやきを漏らした。

「なかなかどうして、達者なもんじゃないか。抜群だな。さすがは、送り狼だ……」

気にさわることをさりげなくいった。なにか胸に一物《いちもつ》あるにきまっている。

このまえ、丹沢裾野《すその》の原生林で会ったときは、目当ては虎4《フースー》だった。邪魔者の神明を、遠慮会釈《えしやく》なく自動小銃の餌食《えじき》にしてしまおうとした。

ところが、今度は宿敵の中国工作員虎4など、どうでもいいという態度だ。その後、犬神明が狼人間だということを知る機会があったにちがいない。それが、この物騒な殺し屋の態度を変えさせたのであろう。

あるいは、〈不死鳥作戦〉に関係があるとしか考えられない。その後、〈不死鳥作戦〉に関連して、CIAで新しい任務をあたえられたのかもしれなかった。

リアシートに、気楽そうにおさまりかえっているが、その頭の中にどんな悪企《わるだく》みを隠しているかわかったものではない。神明に利用価値がなくなりしだい、そのものすごい拳銃をぶっ放す気かもしれない。なにしろ、極悪非道とみずから認めているのだ。神明はしんそこからげんなりしてきた。

野口院長の運転するベンツは、新青梅《おうめ》街道を走りつづけ、東村山《ひがしむらやま》市を抜けた。西多摩《たま》へむかうらしい。

車の数が減ったので、尾行を気《け》どられぬように前方のベンツとの距離をあけた。百五十メートルほど先行させる。

そのときだった。リアシートから西城がむっくりと身を起こした。

「おい、尾《つ》けられてるぞ」

と、警告する。

「うしろのトラックだ。どうもおかしいと思ったら追っかけてきてやがる」

緊張で声の調子が変わっていた。にわかに悽愴《せいそう》な雰囲気が車内に充満した。

「わかってるよ。こっちも変だと思ってた」

と、神明が応ずる。

「なにか、心あたりでもあるのか？」

「ない。妙なことになってきたな。大型トラックに尾行されるなんてはじめてだ」

「どうも面白くねえ……」

と、西城は舌打ちした。

「尾行に尾行がつくなんてしまらないからな」

と、神明がいう。

「院長先生が、うさんくさく思いはじめたようだぜ。うしろを気にしはじめた……」

「あ、畜生……」

西城が罵言を吐いた。前行するベンツが、にわかに横道に車首をつっこんで停まったのだ。

そのまま車をとめて様子をうかがっている。

「ひとまず通過しろ」

と、西城が指示する。神明はそのまま減速せずに、ベンツを追いこした。つづくトラックの通過を待って、ベンツは車道に尻から出ていった。方向転換を終えるともと来たほうへ逆行していく。野口院長は計画を変更したのだ。

「くそっ」

西城が獰猛に罵《ののし》った。尾行の苦労が水の泡だ。

「あのトラックの畜生……」

最後までののしり終えぬうちに、背後のトラックが道の右側部分におどりだすと、猛然と追いこしをかけてきた。鈍重なディーゼル・エンジンが耳を聾するばかりに咆え猛った。ブルと並行すると巨大な車体をぐいぐい寄せてくる。トラックの巨体とガードレールの間に押しつぶされかけて、神明はブレーキを踏んだ。トラックも急ブレーキをきしらせ、狭い道路にほとんど横むきになってとまった。

「ふざけやがって」

西城は激怒を秘めてうなった。が、停車したトラックの幌《ほろ》があいてばらばら十名以上の人影がとびおりてくるのを見ると、機敏に反応した。ドアをひきあけて外へとびだす。車の尻にまわって車体を楯にとった。神明も車をおりた。相手は喊声をあげて走り寄ってきた。先頭が足をとめた。手のあたりでいきなり赤紫の銃火がひらめいた。アスファルトをパシッと弾丸がけずって跳ね、軽く鋭い銃声が響いた。展《ひら》けた戸外なので、銃声には迫力がない。神明はびっくりして車の尻にとびこんだ。拳銃をかまえている西城にぶつかりかけてしまう。

西城の顔のものすごい笑いにひやりとした。

紙火薬をひっぱたくような銃声が立てつづけに四五発鳴った。威嚇射撃らしいが、それでも一発は楯にした車体のどこかにめりこんだ。

「こら、出てこんかい」

口々にわめいてよこす。

「観念しておとなしくこっちゃ来い」

「腰抜かしたんとちがうか、がしんたれが」

「逃げてみさらせ、一斉射撃で蜂の巣じゃ」

また小口径の拳銃がはじけ、ブルの上を弾丸がかすめて飛んだ。

西城は歯をむいて笑っていた。高圧線みたいな無気味な雰囲気を頑強な体軀にはらんでいる。十丁をこす銃を相手にして、まったく動揺など見せていない。さすがは手だれの殺し屋だけある、と神明は妙に感心した。

西城は身体を持ちあげ、奇型的にたくましい四四マグナムを車の屋根の上に突きだした。先頭に立ってわめきちらしているやつに、慎重に狙いをつける。

真近に落雷したみたいだった。脳天がきいんとしびれる轟音を立て、スーパー・ブラックホークが一メーター近い橙《だいだい》色の太い火矢を噴出した。

狙われた男の腹部からどろどろしたものが飛散するのが見えた。爆発したようだ。内臓がほとんど木っ端微塵《みじん》になって吹き飛んだのだ。虫けらのように腹部のところからまっぷたつにちぎれてころがっていく。

つづけざまに落雷の轟音。

隣りにいた男の首から上が、一瞬にして消えうせてしまった。四四マグナムの巨弾が顔面をぶちぬき、ガラスみたいに粉々に射ち砕いたのだ。噴きあがった血煙りが、落下すると路面を驟雨《しゅうう》まがいにざっと鳴らした。四四マグナムの弾丸に火薬がはいっているわけではないが、あまりにも強烈なエネルギーのため、命中と同時に爆発とそっくりの現象を起こすのだ。

他の連中は仰天した。狂ったように応射するが、動転しているため、弾丸は遠くそれた。狼狽のあまり足もとに射ちこんで尻もちをついたり、腰がぬけてトラックのほうへ這い逃げたりする。満足に射撃する者は皆無だ。てんでに乱射するが、ブルの車体にすら命中しない。

西城は、舌なめずりする冷酷さで、男たちを射殺していく。ほぼ三秒にひとりの割合で、目もあてられぬ無残な死体を製造しつづける。正確無比な殺人機械そのものだ。

あっという間に半数近くを虐殺され、残りは恥も外聞もない泣き声をあげて、トラックに逃げ帰った。

西城の射ちこんだマグナム弾が、トラックの幌から火を吐かせた。気ちがいみたいにガリガリとギヤをうならせてトラックは敗走に移った。幌がメラメラと大きな炎をあげる。これでは幌の中に逃げこんだ連中が焼け死んでしまうだろう。

西城は、スーパー・ブラックホークのエジェクターを操作し、六個の空薬莢《から》をふりすてた。手早く実包を補弾すると、ブルの後からとびだしていった。腰が抜けたためひとりだけ置き去りにされた男にむかって走り寄る。

そいつは、そこら中にころがっている五体の死骸と同じように黒づくめの服を着ていた。が、いまはこけおどしでもすご味などまるでない。涙とよだれと鼻汁で顔中を汚していた。腰から下もぐしょ濡れで、悪臭を立ちのぼらせている。

西城はかけ寄りざま、這って逃げようとする男の腰を蹴った。仰向けにころがる胸に靴底をのせた。

「しゃべれ。なぜおれたちを襲った?」

と、犬のように怯えた白目をむきだしている男の顔に四四マグナムの銃口をむけた。まだ若い。ふだんは、いなせなヤクザのあにいだろう。

「たすけて……た、たすけて。堪忍《かんにん》や。堪忍やで」

黒服の男は、西城の靴にしがみつき、哀れな声をふりしぼった。

「あ、あんたを襲う気はなかったんや。トップ屋が目当てやったんや。わ、わいは命令されただけや。ほんま、堪忍しとくなはれ。あんたがいたなんて知りまへんのやで。あんさんを殺《や》る気はなかったんや……」

「関西弁のヤクザか。きさま、どこの組のもんだ?」

西城は陰惨な薄笑いを口もとに浮かべてきいた。

「神戸の山野組だ」

音もなく近づいていてきていた神明がいった。

「こないだうちから、おれをしつこく尾《つ》けまわしてたんだ……こいつらの狙いはおれを誘拐することだったんだろう。おたくは思わぬ飛び入りというわけさ、西城の旦那」

「せや、せや。堪忍しとくなはれ。わいは、ほんの下《した》っ端《ぱ》でんね。きのう、東名高速を運ばれてお江戸《えど》へ来よりましてん」

男が泣き声をあげた。女みたいに身悶えする。

「ふん。神戸から来たクズどもか……ゴキブリが。きさまらが手出しをしたおかげで、こっちはとんだ迷惑だ」

見おろす西城の目に燐火のように殺意が燃えた。

「このくそ野郎……」

ヤクザは悲鳴を発して急激に身をはねた。

「ひ、人殺しっ」

わめきながら這い逃げる男の首を、西城は獰猛に蹴った。木の枝を折るような音がして、頸骨がへし折れた。信じがたい角度で首がねじ曲った。男は全身を無気味な死の痙攣につかまれた。反射運動でむなしく両足を蹴る。

「よっぽど人殺しが好きなんだな」

神明は、ぱさぱさに乾いた唇にハイライトをさしこんで、苦々しくいった。嫌悪の表情だった。むさぼるように煙を吸いこむ。これほどの惨状は見たこともなかった。濃密な血の臭気が立ちこめている。路上はタールをぶちまけたように黒々と濡れている。ころがる死体は、ほとんど人間の形状をとどめていない。

「なにも、殺すことはないじゃないか」

吐きすてるように神明がいった。

「おれに銃口をむけたやつは、生かしとくわけにはいかねえ」

西城の顔は凶暴だった。吐く息さえ血なまぐさい。

「ヤクザはクズだ。生かしとく値打ちはねえよ。機会があったらかたづけることにしてる。それだけ世の中が清潔になるからな」

「うそだ。おたくは人殺しが根っから好きなんだ。相手はだれでもかまわないんだ」

「どうでもいいだろう。おれはあんたの生命の恩人だぜ。礼をいってもらいたいくらいだ」

「おれはあんたが嫌いだ……」

と、神明は嫌悪をこめていった。いつになく感情的になっていた。

「あんたはヤクザ以下の殺し屋で、殺人狂だ」

「好きになってくれとは頼まねえよ」

西城は冷笑を浮かべた。なにをいわれようと、こたえる男ではない。

「世の中は弱肉強食、適者生存よ。殺《や》るか殺られるか、しぶといやつだけが生き残るんだ。これぞ生存競争ってやつさ。甘ったれたことをいうんじゃねえ……それよか、院長の車を逃しちまったから、取引はご破算だ」

四四マグナムの銃口を神明にむける。

「さて、退散しようぜ。警察がわんわん押しかけてこないうちにな」

「勝手に退散すればよかろう。おたくの面は見あきた。うんざりしてるんだ」

神明はくわえタバコで西城をにらみ返す。意地になっているようだった。

「ごたすかいうなよ。車に乗れ」

西城は非情な声でいった。人間放れした苛酷な線が顔にあらわれてきた。

「いやだといったら、どうする」

「死ぬだけよ。おれが射たねえとでも思ってるのか」

西城の目がじりっと殺意を放射した。眼窠《がんか》の奥で燐火が燃えるように底光りしてくる。破壊衝動が巨軀をふくれあがらせたようだ。

「いや、射つだろう。おたくは殺人狂だからな」

答えざまに、神明の頰がすぼみ、くわえタバコを吹きとばした。タバコは二メーターをひらめき飛び、西城の四四マグナムの銃口に吸いこまれた。

「射ってみろよ。銃が腔内破裂をおこして、おたくの身体はぐしゃぐしゃだ。プロだったらよく知ってるはずだ」

神明は顔色も変えずにいった。

「タバコをふり落とすときに銃口がそれる。わずかな隙だが、襲いかかるには充分だ。あんたは素手でもすごく手強いだろうが、こっちも死にものぐるいだ。生命がけだからな」

「ちっ、しゃれた手を使いやがる」

西城は強そうな歯をむいた。感心したように頭をふる。

「油断のならねえやつだ」

「ガンをしまいなよ、西城。ここは引きわけにしようじゃないか。おたくがズラかる邪魔はしない」

「ふん……一時休戦といくか」

西城は割合あっさりと神明の提案を呑んだ。ゆっくりと四四マグナムを上衣の下のホルスターにおさめる。

「車の同乗はおことわりだ。おたくは物騒すぎる。勝手にひとりで逃げてくれ」

神明は油断なく西城を見張りながらいった。西城の言葉などまったく信用できない。ガラガラ蛇と協定を結んだほうがまだましだ。一瞬でも気を抜いたら、すかさず襲いかかってくるにきまっている。

「それがいやなら、ここでにらみあいのまま、警察が押しかけてきたら笑って捕まるんだ」

西城はにやりと大きく笑った。苦味走った笑顔だ。殺人鬼の獰悪さをひっこめたときの西城には、妙な悪漢の魅力がある。

「心配するな。こうときまったら、おとなしくひきあげるさ。そのかわり、あんたの車のトランクをあけさせてもらうぜ」

「なんだって……」

西城は、ブルのトランク・ルームの蓋をはね、内部におさまったしろものを神明の目にさらした。分解されたミニコプターだった。

「一人乗りの超小型ヘリだ。おれはこいつでバイバイさ。東京中のお巡《まわ》りが押し寄せてきても平気だ」

神明はあいた口がふさがらなかった。どこまで要領のいい男なのか。

西城はトランクからひきずりだしたミニコプターをナットとレンチを使って手ぎわよく組み立てにかかった。そのころになって、ファンファンとまのぬけたパトカーのサイレンが響きだしたが、いっこうにあわてない。かえって神明のほうが浮足立ってきた。

「あばよ、トップ屋さん。またすぐお目にかかるぜ」

ヘルメットとゴグルをつけ、西城はミニコプターに乗りこんだ。エンジンがかかり、主回転翼がまわりはじめた。強風が神明の方に吹きつけてきた。西城がからかうように右手を振ってみせる。ひときわ爆音が高まり、ミニコプターは気軽に夜空へ舞いあがっていった。爆音を残して敏速に飛び去ってしまう。最高速二百キロ以上も出るのだ。

さすがはCIA非合法工作員だった。これでは、警察の手に負えるわけがない。逃げっぷりも水際《みずぎわだ》立ったあざやかさだ。

神明は、ぽかんとあいていた口をあわててとざし、ブルSSSに乗りこんだ。今度はこちらが尻に帆かけて逃走する番だ。警察につかまりでもしようものなら、大量殺人事件の重要参考人として、当分身動きとれなくなってしまう。

それにしても、山野組がかれひとりを捕まえるために、あれだけの大人数をくりだしてきたのには驚かされた。まるでちょっとした喧嘩仕度《でいりじたく》である。たかが痩せ狼一匹を相手どるには大仰すぎる。

神明の口の中には、苦い唾がたまってきた。巨大なくるみ割りにつかまったくるみにでもなったような気分だ。

中国諜報部、CIA、そして日本一の暴力帝国山野組ときた。徒手空拳の一匹狼には、いささか荷が勝ちすぎるというものだ。

23

〈ウルフ〉——犬神明はふたたび手術台に戻されていた。

革ベルトをひきちぎってしまったので、今度は、強靭で柔軟な針金が、少年を手術台に固定するのに用いられた。抗張力一平方ミリあたり二百キログラムをこすニッケル・クロム・モリブデン鋼の航空用ケーブルだ。それが少年の喉肉に食いこむほど緊縛していた。あばれれば、それだけ細いケーブルが肉に深く食いいり、窒息死させる、残忍な仕掛である。

犬神明の意識は明瞭だった。正常な記憶を回復していた。もはや口もきけない幼児の〈ウルフ〉ではなかった。

大量に投与された麻酔剤もほとんどきいていない。異常に賦活《ふかつ》化した全身の細胞が、あらゆる化学物質の干渉を受けつけなくなっていた。

体内時計が、経過時間を少年に教えた。新月から二週間、いまは満月に近く月齢が熟しているのだ。

少年は恐れてはいなかった。満月時の人狼が恐れることはなにもないからだ。たとえ四肢を切断されるとわかっていても、動揺はなかった。

手術の用意は整っている。

無影灯の光を浴びた医師ふたりと看護婦の態度はそれぞれ異なっていた。石塚医師の広い石膏色の額には一面に汗が噴きだしている。度胸が失せているのだった。〈ウルフ〉が記憶を回復してしまったからだ。

もう動物なみの低い知能の〈ウルフ〉を相手にするのとはわけがちがう。知性の光をおびた冷やかな少年の凝視を受けると、とどめようもなく動揺してしまったのだ。必死に自制しないと身体が大きく震えてしまうほどだった。

三木看護婦も大きなマスクで顔の大半を覆っていたが、瞳は硬玉のように光っていた。まばたきもせずに手術台の少年に光る目をあてている。

〈ヒトラー〉だけが別であった。醜怪なよろこびが、その世紀の狂人に酷似した顔を輝かせていた。興奮に全神経が耐えかねているのか、皮膚の色は赤紫色に染まり、毛穴という毛穴から血を噴きだしそうな顔色だ。ひとりせかせかと室内を歩きまわり、機器を点検していた。一瞬の間も静止していられないらしい。

「なにをはじめる気か知らないが、理由を説明してくれてもいいんじゃないのか？」と、犬神はいった。純粋に理性的な声であり、質問であった。自分の身に生じたことを心から知りたがっているのだった。

石塚は答えなかった。いっそう汗をはげしく流して黙りこくっていた。その質問に答えるのは、絶望的に困難だ……

「返事をしないのは、おれを人間と認めていないからなのか？」

少年がかさねて質問を発した。冷静だ。あまりにも冷静すぎる。なんという精神の強靭さだ。怯えを見せまいと虚勢を張っているのじゃ絶対にない。この少年の精神はダイヤみたいに硬いのだ。この少年には、なにかしら底の知れないところがある。ほとんど偉大といってもいいくらいだ。畜生、おれには完全に太刀《たち》うち不可能だ。まったく事態は絶望的だ。石塚は歯ぎしりしたくなった。目に刺激的な汗が流れこむ。もうこんなことはおわりにしたい。おれはもういやだ。

石塚は汗みどろになって考えつづけた。舌が筋だらけの古肉のかけらみたいに口腔内に感じられる。動かそうとしても決してものの役に立たないだろう。〈ヒトラー〉はやる気だ。本気でやる気なんだ。気ちがいだ。連中はなにをしてるんだろう？ なぜ早くこないのだ？ ああ馬鹿め、〈ヒトラー〉ははじめてしまうぞ。心臓の鼓動が不規則に搏《う》ちだした。神経性の不整脈だ。危険はない。ああ畜生、なぜ麻酔がきかないんだ？ おれは麻酔医じゃもちろんない。数ヵ月ローテーションで麻酔実習をやっただけだ。だが〈ウルフ〉に流しこんだ麻酔剤はアフリカ象だって三日三晩耳をピクリともせずに眠りつづける常識はずれの量だ。それなのに全然ききやしない。この少年ときたらくもりのない冷やかな目でおれを見つめておれの混乱した心の中を透視しているみたいだ。たのむから目を閉じてくれ。連中が間にあわないとしたら、せめて意識を喪失していてほしい。くそ、おれは嘔《は》くぞ。醜態をさらすんだ、きっと。おれには耐えられない。〈ヒトラー〉は正真正銘のサディストだ。ああおれはなんでこんなことに手を染めちまったんだろう。

石塚は突然そこらの床に横になって休みたいという欲望にかられた。深い底なしの疲労が全身に巣食っていた。おれは疲れている。とても疲れている。だれか交替してほしい……

手術台に近づいた〈ヒトラー〉がなにかしゃべっているのを、石塚はとてつもない脱力感のうちに聞いていた。

「きみと近づきになれたことを、いたく光栄に思うよ、狼男君」

なんて不遜な、傲慢《ごうまん》な物腰だろう。悪魔的なユーモアだ。このヒトラーまがいの肥った小男が、世界の未来を一手に握ろうとしているんだ。全世界はメスさばきの達者なサディストに支配されるのだ……

「伝説中の不死身の怪物、獣人狼男が実在するとは、実に思いがけないことだった。この目で確認することができたわたしは、たいへん幸運な人間だと思う」

〈ヒトラー〉は、芝居がかってあざけるように会釈した。

「では、最初から知っていたわけじゃ、なかったんだね？」

少年の声は落ちついていた。これから自分の身に生ずることをどう思っているのだろう？ マナイタの鯉《こい》か？

「あんたたちは、なにをもくろんでる？」

「わたしの研究の目標は、すべての人間に不死をもたらすことだ」

〈ヒトラー〉はベン・ケーシー・スタイルの手術衣の胸をそりかえらせた。自尊心をくすぐられたのだ。またしても講義だ。

「人間というのは、野生動物に比較すると、だんちがいに弱くもろい生物だ。中枢神経系が異常に発達していることのマイナス面だが、ささいな怪我でも簡単に死んでしまう。わたしは外科医として、人間の生命力の弱さを常に呪ってきた。手術台の上で患者に死なれると、医師はみなそういう気持になる。

しかし、人間の中にも数こそ少いが、図抜けて強い生命力に恵まれた者がいる。死に対する抵抗力が、なみの者よりはるかに強い個体がまれには存在するのだ。

そういったいわば特殊な人間が、わたしの研究にはぜひとも実験体《マテリアル》として必要だった。ところが、医学における人体実験は非常にやりづらい。ひとりの人間の生命は、地球よりも重いなどと本心で信じている大馬鹿者が大勢いる。生命の尊厳は絶対的な無限大なものだなどとほざく。たかが心臓移植程度でもあの馬鹿騒ぎだ。人命軽視とそしられ、人殺し扱いされるしまつだ。生命の尊厳が聞いてあきれる。地球上三十数億の人類の九割までが、飯を食うのに精一杯で、生きようが死のうがだれも気にかけんという現状で、なにが無限大の生命の尊厳だ……愚民というのはまことにしまつが悪い。いつの世も、偉大なる科学の先駆者の足をひっぱり袋叩きにしおる。低能なやからの作った法律を守っていては、偉大な科学への貢献はとてもかなわぬ。いってみれば、心臓移植のたわけた騒ぎが、わたしに決断を下させたのだ……」

「それで秘密研究か。実験体《マテリアル》に必要な人体を盗む機会をねらっていたんだな」

「そのとおり。二年前から網を張っていたのだ。それでも、好適な人体を入手するのは、たいへん困難だった。完全な死体では役に立たないからだ。強い生命力を保証する仮死状態のマテリアルが必要だ。わたしは十八世紀の、きびしい禁忌にめげず知識欲のため墓場の死体を盗掘した医者の気持がよくわかった。医師はつねに蒙昧な世の無知と無理解を相手に抗争を繰りかえし、近代医学を築きあげてきたのだ……そして、ついにきみの肉体を入手したときは、思わず小躍りしたほどだ」

〈ヒトラー〉は、にんまりと笑った。

「絶好のマテリアルだ。まさに天機到来、そう思ったね。よし、これを手に入れるためなら、どんなことでもやってのけよう、そう思った。そこできみの身体を、他の死体とすりかえた。きみとよく似た身体つきの少年の死体とね……」

「よく、そう都合よくかわりの死体が手にはいったな」

と、犬神。〈ヒトラー〉の笑いはさらに大きくなった。笑《え》み崩れそうだった。少年はふと眉をひそめた。

「人間、せっぱつまれば思わぬ知恵がわく。ま、そんなことはどうでもよかろう。わたしは恐ろしいほどついていた。まさかきみが、世にもまれな不死身の狼人間とは……」

「で、おれをどうする気だ？」

少年は目をほそめて、冷やかにたずねた。

「いうまでもない。わたしはかならず、きみの不死身性の根源をつきとめてみせる。きみは、生物学のありとあらゆる常識をうち破る存在だ。きみの肉体を徹底的に研究することで、わたしは医学の飛躍的な進歩に寄与できると信ずる」

少年の顔にしぶとい笑みが浮かんだ。それはきびしい嘲笑でもあった。〈ヒトラー〉は目に見えて動揺し、笑いをこわばらせた。

「あんたは狂人だ」

と、少年は静かにいった。

「医学に貢献するどころか、医学の名に汚泥を塗りたくった極悪人として、あんたは永遠に名をとどめることになるだろうな」

「真理を追究する者にとって、一時の汚名がなんだというのだ！」

〈ヒトラー〉はいきりたちはじめた。呼吸が荒くなってくる。

「わ、わたしは、人類に不死の生命をもたらそうとしているんだ。大の虫を救うためには、小の虫を殺さねばならん。百人千人の人間を救うために、ひとりふたりを犠牲にするのは当然だ。いや、絶対にやらねばならんことだ。わたしは、たとえこの身を極悪非道の冷血漢とそしられようとも、断じてわが道を行くのみだ！　孤独な栄光者の道を決然と進むのみだ！」

わめくような声だった。

「一時的な汚名がなんだ。真理はおのずと明らかになる！　わたしは不死術の創始者として、医学に黄金の終止符を打つのだ！」

「あんたはただの誇大妄想狂さ」

少年は〈ヒトラー〉の逆上した顔に冷笑を浴びせた。

「あんたを相手にする者はだれもいないね。人肉を食った人間が受ける扱いを受けるだけだ。いとも食いは理にかなっているかもしれないが、それを受けいれて実行する者はいない。あんたは、強制収容所の囚人を人間モルモットにして人体実験をおこなったナチの医者どもとおなじことをやろうとしているんだ。人々があんたのことをなんて呼ぶか教えてやろうか？〈呪われた医者〉というんだ」

「だ、だまれっ」

〈ヒトラー〉は口から唾をとばした。顔は濃い紫色に変色していた。

「あんたは病人だ。一度いい精神病医に診《み》てもらったほうがいい」

「だまれ。だまらんか。生意気なことをいうな。きさまはなんだ、け、け、けだものと人間のあいのこじゃないか。人間をよそおった畜生じゃないか！　四足獣！　人間のふりをしくさってからに。獣人めが、ど畜生めが。人間さまに対して生意気な口をたたくと承知せんぞ」

〈ヒトラー〉は粗暴な動作でメスをひっつかんだ。目が狂っていた。少年はたじろぎもせず、光る目でにらみ返した。

「この人間が……」

少年は深甚《しんじん》なさげすみをこめてゆっくりといった。

「ことわっておくが、人間以外の動物がそういうときは、最低の悪鬼とか悪魔という意味になるんだ。あんたは、まさしく人間さ。はらわたまで腐っていやがる。下種《げす》なやつだ」

「おのれ、まだほざくかっ、その舌を切りとってくれる！手足をばらばらに切りとってくれる！」

凄惨《せいさん》な狂気の形相がむきだしになった。手術台の少年にとびかかっていくと、手にしたメスを少年の右肩のつけ根近くに突き立てた。鋭利な刃をすべらせ、一気に手首のあたりまで切り裂く。血飛沫《しぶき》が手術衣を濡らした。

「せ、先生っ」

石塚はかろうじて声をしぼりだした。驚愕で声が割れてしまう。

「な、なにをなさるんですかっ」

「わしに生意気な口をたたきおった罰だ……」

〈ヒトラー〉の口から悦に入った笑声がもれた。その顔は正視に耐えなかった。邪悪な歓喜が皮膚を破って噴出しそうだ。石塚は死人のように土気色《つちけいろ》になった。関節がゆるみそうな戦慄《せんりつ》がとまらない。

「手足の筋と骨を抜きとってやる……舌は一番後まわしだ。骨抜きになった感想をしゃべらせたいからな」

歯をキリキリきしらせて、血まみれの作業に没頭する。

「せ、先生っ。これではあんまりです。やめてくださいっ、ひどすぎますっ」

石塚がわななく声で絶叫した。火がついたように両足で床を踏み鳴らしていた。

「きさまはだまっとれ、馬鹿者。わしのすることに干渉は無用だ。骨鋸《こつのこ》！」

〈ヒトラー〉も怒号をまきちらした。

「骨鋸だ、ええい、骨鋸というのがわからんのかっ。この役立たず、能なしがっ」

「やるがいい」

少年は歯をくいしばった。メス先が右腕の組織を引き裂く苦痛に耐える。冷汗がこめかみを伝わった。

「好きなだけやるがいい……そして人間がどんなに卑劣で邪悪か証明するんだ」

「悲鳴をあげろ！　泣きわめけ！」

〈ヒトラー〉は、汗の滴《しずく》をふりまきながらどなりたてる。

「許しを乞え！　悪うございましたといってみろ！」

「いやだ……おれは絶対に屈服しない……」

「おのれ！」

〈ヒトラー〉は咆えた。メスを少年の右目に突きさした。ぐいとえぐる。どろりと卵の白身

に似た水晶体があふれだした。あまりの凄絶さに、石塚と看護婦がうめき声をあげた。

「おれは暴力には屈しない。えぐるがいい。切り刻むがいい。だが、そんなことでおれが音《ね》をあげると思ったらまちがいだ」

少年は、残る片目に光を集めて、〈ヒトラー〉を凝視していた。痛烈な侮蔑にみちた声音だ。〈ヒトラー〉はふらっと上体をゆるがせ、数歩よろめきさがった。

「い、石塚、なにをぼやっとしとるんだ。骨鋸だ、このど畜生の上腕骨を切断しろ」

息切れしていた。苦しそうに唾を呑む。

「で、できません。先生、もうやめてください。ひどい、あまりにもひどすぎる……」

石塚はカスタネットみたいに歯を鳴らし、泣き声をだした。冷汗にまみれ、いまにも気絶しそうな顔色だ。

「ひどすぎるだと？　なにをいっとるか阿呆。この畜生が不死身だということを忘れたか」

〈ヒトラー〉はキリキリと無気味に歯をきしらせた。

「どこをどう切り刻もうと、この化物はすぐにまた再生するんだ。えい、きさまごとき腑抜《ふぬ》けにはもう頼まん！」

手にしたメスをやにわに床に叩きつけた。身をひるがえしてとんでいく。

少年は渾身の力をふるって、針金を断ち切ろうともがいた。強靭な針金が皮膚を破り、筋肉に食いいり、血を噴きださせた。

電動骨鋸を手に戻ってきた〈ヒトラー〉の顔に恐ろしく野卑で残忍な嘲笑があらわれた。

「もっともがけ……もっとのたうちまわれ。きさまの首や手足が針金に食いちぎられるまで……どうせまた、新しいのが生えてくるんだろう。そしたら、またはじめからじっくりやり直してやるからな……」

歯を無気味にきしらせる。血に飢えた形相だ。電動骨鋸のスイッチを入れる。ひゅるひゅるとうなる鋸歯《のこぎりば》を、切開した少年の肩に近づけた。きしむ音を発して歯が上腕骨にくいこんだ。摩擦熱で骨の焼けるきなくさい悪臭がただよった。

「やめろ、やめてくれっ。あなたは〈ウルフ〉を殺す気なんだっ」

石塚はついに金切声でわめきだした。ついに神経が破綻《はたん》をきたしたのだ。顔は青みがかった土色がまだらをなしていた。床に四つ這いに掌をついて、電動骨鋸のコードをコンセントからひきぬいた。しぼりあげるように床に嘔吐物をぶちまける。

「なにをするか、きさまっ」

〈ヒトラー〉は凶暴なうなり声をあげ、ふりむきざま四つ這いの石塚の尻を力まかせに蹴りあげた。石塚は前のめりに、自分の嘔吐物に顔を突っこんでしまった。

手術室のドアが開いたのは、そのときだった。

24

戸口に姿を現わしたのは、野口病院の院長であった。

「こ、これは……」

野口院長は絶句して棒立ちになった。

「大和田さん！　あんたはなにをやっているんだ」

異様な驚愕と不信が、院長の顔を骸骨のように見せた。

「見ればわかるだろう。上腕骨切除だ」

〈ヒトラー〉は、遊びを邪魔された子どものように不快さをむきだしにした。

「な、なんのために……」

「あんたに関係ない。よけいな口出しは不愉快だ」

かみつくような語気だった。

「なにしに来た？　あんたが来る場所ではないだろう。すぐに帰ってもらおう」

「大和田さん……」

「いいから、帰れ！　邪魔をするな！」

居丈高にどなりつけた。

「何者だろうと、勝手にここへはいりこむことは許さん！　とっとと帰れ」

「待ってくれ、大和田教授、それどころじゃないんだ。わたしがそこの石塚君に伝えたことを聞かなかったのか？」

野口院長は懸命になって抗弁した。

「その少年が生きていることを、トップ屋に嗅ぎつけられてしまったんだ！　どこかで秘密が漏洩したにちがいないんだ。そのことでわたしはあんたに会いにいくと石塚君に伝えてある！　トップ屋に尾行されたりして手間どったが、石塚君はなにもきみに伝えなかったのか？」

〈ヒトラー〉は、床にへたりこんでいる石塚を鋭く見た。石塚は汚れた床に顔を押しつけて、大きく背中を波打たせている。

「あんたたちの間になにがあったかは知らんが、とにかく秘密が漏れたのはたしかなんだ。聞いてくれ、大和田さん。その神明というトップ屋は、なにか証拠をつかんでいるんだよ。だからこそ、わたしのところへやってきたんだ」

〈ヒトラー〉は沈黙していた。殺気をはらんだ沈黙だ。

「もし……もし、わたしのしたことや、あんたがたの現にやっていることが明るみに出たら、どうなる……わたしたちは破滅だ！　営々と築きあげたものが一挙にご破算だ」

野口院長の顔は懊悩《おうのう》でひきつり、目もとが大きく痙攣していた。

「頼む。大和田さん、もうこんなことはやめてほしい。わたしたちは社会的地位も名誉もある人間じゃないか。もし、これが表沙汰になったら……わたしは恐ろしくて気が狂いそうだ」

「わざわざそんな世迷言をいいに来たのか。なにもきみが心配することはない。さあ、わかったらひきとってくれ。わしは忙しいのだ」

〈ヒトラー〉は冷淡にいった。院長の顔が紅潮した。

「大和田さん、あんたにはわたしのいってることがわからんのか！　秘密はすでに漏れてしまったんだよ！」

わめきたてるような声だった。目は赤く濁り、銀髪は乱れて逆立ち、上品な紳士の面影は消え失せていた。

「トップ屋が嗅ぎつけたからには、やがて警察の手がのびてくる！　わたしはどうなる、なんの危険もないというあんたの言葉を信じたばっかりに、このざまだ！　どうしてくれるんだ、大和田さん！　あんたはわたしをだましたのか。すぐになんとかしてもらおうじゃないか！　わたしの心配を世迷言などとほざく前に、善後策を講じたらどうなんだ」

「血迷うなっ、愚か者っ」

だしぬけに〈ヒトラー〉は大喝をあびせかけた。野口院長は息がとまったように口をパクパク開閉し、身体をわななかせた。

「うろたえては困る……この大和田を見そこなわんでもらいたいな」

〈ヒトラー〉は語気を柔らげた。が、物腰は傲岸《ごうがん》そのものだ。

「心配のためきみに発狂でもされると迷惑だから教えてやろう。トップ屋だろうと警察だろうといっさい恐れる必要はない。なぜなら、わしには超強力な後楯がついているからだ」

院長がしゃっくりに似た音をもらした。

「つまり、わしの不死術の研究は、ＣＩＡの援助を受けている、ということだ。むろん研究費もCIAから出ている」

「CIAだって……」

院長の下顎がゆるみ、口がだらしなく開いた。茫然と耳を疑っていた。

「そう、米合衆国中央情報局だ。なにも、そう驚くことはない。日本の科学者の数多くが、米軍から研究費をもらって軍事研究をやっている。わしも十年前、渡米した際、CIAと結びつきができた。わしが不死術の研究をはじめたのはそのとき以来だ。帰国して医学部教授の席を得ると、わしは教授の地位と権力を利用して、不死術の開発に必要なマテリアルを入手すべく、網を張りめぐらせた。野口君、あんたもその網の目のひとつだったわけだ……そして実に六年がかりで、わしは〈ウルフ〉という絶好のマテリアルにめぐりあうことができたのだ。

われわれの身の安全は、CIAが保障してくれる。世界一強力な、大諜報組織がわしの後楯だ。恐れるものはなにもない。わしがCIAに報告すれば、ただちに暗殺を任務とする特殊部隊が活動を開始し、そのなんとかいうトップ屋をしまつしてしまう。どうだ。これで安心したかね？」

〈ヒトラー〉は、鼻孔をひろげて得々としゃべった。院長は小刻みに頭を振っていた。徐々に生色が顔に戻ってくる。

「では、もうCIAに報告を？」

と、希望をこめてたずねる。

「まだだ……報告は、わしの研究の一応の成果を得てからと思っていたのでな。たとえCIAといえども、邪魔がはいるのは好ましくない……」

〈ヒトラー〉は唇をまくれあがらせて笑った。

「〈ウルフ〉はわしのものだ。決して手放さん。おそらくCIAはなんのかんのといって、〈ウルフ〉をまきあげようとするだろうが、絶対に渡すものか……」

偏執狂の目つきだった。院長は呆然として言葉もなかった。大和田教授は異常だ。たしかにどこか精神的に失調している……

「そうか。CIAでは、不死身人間の研究を進めていたのか」

その言葉は、手術台上の少年の口からもれ出た。

「たしか、十年前といったな？」

十年前。

少年の隻眼がカッとみひらかれた。つぶされた目はどっぷりと血をたたえた赤い洞穴だ。微妙な慄《ふる》えが少年の肉体を走り抜けた。脳裡に、なにかがおぼろげに形をなして現像されようとしていた。

それは、十年前の幼児期のいたましい記録につながっている。

北極圏の白一色の世界を真赤に染めて炎上する小屋。

飛行機で舞い降り、襲撃してきた暴漢ども。雪原を濡らす血痕。姿を消した両親。

そうか！　そうだったのか！

爆発する勢いで記憶がよみがえった。閃光の鮮明さで記憶のひだを照らしだした。

ママは、北極狼たちととても仲がよかった。野生の狼たちは、おれ同様ママを仲間としてたやすく受けいれた。

なぜなら、ママもまた狼人間だったからだ！　あの襲撃は、ママを狙っておこなわれたのだ！

十年前に起きたあの恐ろしい事件は、いまこそ真相をあきらかにした。五歳の幼児のおれを、極寒の極北の冬に遺棄し、両親を連れ去った暴漢どもは、ＣＩＡの手先だったのか！

この十年間かたときも忘れたことのない怨《うら》み、慰藉《いしゃ》のない孤独地獄に投げこまれた怨恨《えんこん》、その怨念《おんねん》がどろどろと煮えたぎる溶岩の塊のように喉を急速に這い登ってきた。少年は口をあけ、なにごとか叫ぼうとした。意味をなさない壮絶な咆哮《ほうこう》が噴出した。

息をとめ目をくらます憤怒と憎悪の巨波が、肉体の苦痛を圧倒し去った。手術台の少年の肉体が筋肉の形をあらわにし、弓なりにそりかえった。異常なはげしさで針金の緊縛と闘う。手首の針金は肉を断ち割り、骨にあたった。ビッと異様な音響を発して、針金がはじけた。骨の露出した血まみれの手をすばやくのばして、かたわらに唖然と立つ〈ヒトラー〉の手中の骨鋸をもぎとった。

うおっと叫んでよろめきさがる〈ヒトラー〉の頭をかすめて骨鋸が飛び、壁のコンクリートを崩した。ひしゃげて床に落ちる。

ついで異音を発し、足首の針金もちぎれとんだ。手術台が傾き、ひっくりかえった。

少年は手術台を背負った形で起きあがった。〈ヒトラー〉に骨まで切り裂かれた右腕はまったく用をなさず、喉首に深々とくいこむ針金のため、呼吸もできず声もでない。だが、少年はついに立ちあがった。

わめきながら医師たちは後退した。が、〈ヒトラー〉は逃げなかった。壁際の高圧蒸気消毒釜のうしろにまわりこみ、そこに隠していた散弾銃をつかみだしていた。

「化物め、なんてやつだ、化物めが……」

なかば悲鳴のように口走りながら、〈ヒトラー〉は、水平二連の銃口を少年にむけた。

「こんなこともあろうかと、銃を用意しておいたんだ。いくら化物でも、こいつを至近距離でくらったらたまるまい……」

銃を手にしたことで自信がよみがえったようだ。ぎらつく目に恐怖が薄れてきた。

「鹿用の大粒散弾だからな」

二連の撃鉄を両方ともひき起こした。銃口は少年の顔を狙っている。この距離で大粒散弾を射ちこめば、少年の首から上はあとかたもなく吹きとぶであろう。至近距離での散弾銃にはとほうもない威力があるのだ。

〈ヒトラー〉の目の奥に陰火が燃えだした。ふくれあがった舌を出して口辺をなめずる。

「やめろっ、やめろっ」

野口院長が戸口にへばりついて絶叫した。いつでも逃げだせるかまえだ。

「射っちゃいけないっ」

壁際に身をすり寄せていた石塚がわめきたてた。顔には吐瀉物《としゃ》のかすがこびりついて乾いている。

「いまはだめだ、射っちゃいけないっ」

「射たなきゃ、こっちがこの化物に殺《や》られる」

〈ヒトラー〉がいい返した。

「うそだ、うそだ！　あんたは〈ウルフ〉を殺す気なんだっ。〈ウルフ〉には、もうこれ以上暴れる力はない。それがわかってながら、あんたは〈ウルフ〉を殺してしまうつもりなんだ！　散弾銃をおろすんだ。あんたには、資格がない！　貴重な〈ウルフ〉を扱う資格なんかない！」

石塚は泣き声でののしった。

「あんたの正体は、サディストの外道だ！　いってやるぞ、あんたは医者でも科学者でもありゃしない。蛙を切りきざむ小学生だ。自分のサディズムを満足させたいだけなんだ」

石塚の顔には熱狂的な、奇妙な誇り高い表情があらわれてきた。

「ぼくは医者だ。科学者としていうが、ぼくはもうあんたの無知さ加減にはがまんできない。あんたはメスさばきが達者なだけの職人にすぎないんだ。職人風情《ふぜい》で生物学に首をつっこもうなんて、どだいとんでもない思いあがりだ。あんたには、不死を究明するほどの知識もなければ、理論も欠けている。免疫学のイロハも知らぬあんたになにができる？　〈ウルフ〉のように貴重な学術動物を、野蛮なサディストのあんたの手にゆだねておくのは、罪悪だ。

いいか、大和田教授、これ以上〈ウルフ〉に手出ししてはならない」

「石塚、きさま、だれに対して口をきいているつもりだ」

〈ヒトラー〉の顔面筋肉が面白いほど痙攣した。

「気がふれたな、きさま。わしにさからうとどんなことになるか、その分別もなくしたのか」

「冗談じゃない。気が狂っているのはあんたじゃないか。造反とでもいってもらおう。とにかく、あんたに〈ウルフ〉をまかせておけないのはあきらかだ。あとはぼくがひき受ける。その銃をこっちに渡すんだ、大和田さん。悪いことはいわない。冷静になれば、それが正しかったとわかる」

石塚は手をさしだして〈ヒトラー〉に近づいていった。

「さあ、銃をこっちに……」

「ふざけるな」

〈ヒトラー〉はぐいと銃口を動かし、石塚にむけた。狂的な動作だった。石塚は立ちすくんだ。

「よせ、大和田教授」

「うるさい。わしを裏切りおってからに。わしから〈ウルフ〉を盗もうたって、そうはいくか。こそ泥め。忘恩の犬畜生め。殺してもあきたりんやつだ……」

「あんたは、ほんとに狂ってる」

石塚はしゃちほこばって、滝のように汗を流した。

「きさまこそ獅子身中の虫だ。泥棒猫だ。この手で息の根をとめてくれる」

〈ヒトラー〉は荒々しくあえいだ。指が散弾銃の引金に力を加えだした。

「くたばれ」

散弾銃の銃身がさっと弧を描いた。轟然と火炎を噴出した。コンクリートでかためた四方の壁が銃声をはねかえした。銃声はあまりにもすさまじすぎ、衝撃波と化して部屋中を揺がせた。いくつかの悲鳴もかき消してしまった。

ふたつのことが、ほとんど同時に生じた。戸口にいた野口院長の腹から胸にかけて、赤黒いものが飛散した。胴体が一瞬にして挽肉《ひきにく》同然につぶれ、内臓のかたまりが背後の壁にはりついたのだ。パターンの広がらない大粒散弾をまともに受けたのだった。

原色の内臓を流出させて床にころがった院長はすでに死体と化していた。

それよりわずかに早く生じたのは——〈ヒトラー〉のななめ背後にいた三木看護婦がやにわに散弾銃の銃身をつかんでもぎとったことであった。銃は半円をえがきながら暴発したのである。

「よくやった、三木君！」

「なにをする、三木看護婦！」

石塚と〈ヒトラー〉は同時に声を放った。三木看護婦は両手に銃をつかみ、ふたりを見返した。巨大なマスクの上部にのぞく両眼は、青白く底光りしていた。

「もうこれ以上〈ウルフ〉をいじめさせない……」

マスクごしにくぐもった声がもれた。

「もうがまんできない。あんたは医者でもなんでもありゃしない……この人面の鬼」

「三木看護婦！　その銃をこっちによこせっ」

〈ヒトラー〉はどなりながらとびかかろうとし、思いとどまった。三木看護婦の銃がむきを変え、銃口をまともにのぞくことになったからだ。

「三木！　命令だ、銃を渡せっ」

と、大声で威圧しようとする。

「三木君、渡すんじゃないぞ。教授は気が狂ってるんだ」

と、石塚が叫ぶ。

「三木看護婦、おまえのしでかしたことで、野口が死んだのだぞ。おまえが殺したんだ。この人殺しめ、自分のしたことをよく見るがいい」

〈ヒトラー〉は居丈高にきめつけた。権威に服従することを習性づけられている看護婦の弱点をつこうという気だった。

「気にするな、三木君。これは事故だ。きみはぼくを助けてくれたんだ。人殺しは大和田教授だ。きみに責任はないぞ。ぼくが証人だ」

石塚が懸命に援護する。

「命令だ、三木看護婦、わしの命令だ！」

〈ヒトラー〉は、鋭く重い権力者の威嚇で迫る。

「命令をきけ！　いますぐ銃を渡せば、穏便にはからってやる」

「あんたの命令なんかきくもんですか」

三木看護婦は吐きすてるようにいった。

「気でも狂ったのか？　わしにさからうとどんなことになるか忘れたのか」

「こいつのいうことなんか気にするな、三木君。もうこいつにはなにをする力もありゃしないんだ。ただの強がりさ。虚勢を張ってるだけだ……心配はいらないんだよ。あとはぼくが始末をつける。まかしとくがいい」

形勢を見てとった石塚は、しゃべりつづけながら看護婦に近寄っていった。

「誓ってもいい。この気ちがいに手出しはさせないよ。だから、ぼくに銃を渡したまえ」

笑いかけながら、石塚は手をのばし、看護婦の銃をとろうとした。

「ひっこんどいでっ」

女は片手を一振りして、軽々と石塚をはらいとばした。石塚の長身は壁に激突して鈍い音をたてた。したたか腰を打ちつけ苦悶しながら、床にすわりこんでしまう。腰骨が砕けたようだ。

女の出せる力ではなかった。

「み、三木看護婦！」

〈ヒトラー〉がわめく。

しびれるような苦痛にのたうちながら、石塚はさとった。そこにいる女は、もはや三木看護婦とはいえなかった。ロウランド・ゴリラの怪力をそなえ、なにかしら異様な活力に満ちた存在だった。

「だれの命令もきくものか。あたしは強いのよ。だれにも負けない……」

と、女はいった。

「よくも〈ウルフ〉をさんざんいじめてくれたわね。〈ウルフ〉だけじゃないわ。このあたしだって、長い間、おまえに苦しめられてきたんだ。そうよ、十八年も！　大和田寿男《としお》！　あたしはおまえの奴隷でいることにあきあきしたんだ……」

「三木看護婦！　なんてことを……このわしにむかって、そんな口を叩ける義理か。貴様はわしにどれだけの恩義があると思う……」

「おだまりっ、おだまりったら！　おまえなんか、もうちっともこわくないわ。大嫌いよ。昔からおまえという男を憎みぬいてきたんだ。ほんとになんて卑劣な男だろう。あたしはおまえのために十八年も貴重な年月を棒にふってしまったんだ……なんにも知らない小娘のあたしをもてあそび、あたしの一生をだいなしにしてくれたわね。おまえがいった一言を、あたしは決して忘れない……きみは氷柱《つらら》だ、そういったわね。おまえの残酷な一言のせいで、あたしは青春というものを知らずに生きなければならなかったんだ！　氷柱《つらら》！　氷柱《つらら》！　みんなわたしのことをそう呼んだ！　あたしがどんなに苦しんできたか、あんたなんかにわかるまい。あたしが女として生きることをあきらめなければならなかったのは、みんなおまえのせいなんだ！」

女の声は地底から漏れてくるような陰惨な響きをおびていた。なんという怨念だろう。床に倒れ伏したまま、石塚は氷の指が全身を這いまわるのを感じた。十八年間、この女は氷柱の仮面の下に、凄惨な情念をひそませていたのか。

「大和田寿男、もう一度あたしを氷柱と呼んでごらん……」

女のかまえた散弾銃の銃口がうつろな目のように、〈ヒトラー〉の胸をにらんだ。

「やめろ、三木……いや冴子《さえこ》！　馬鹿なまねをするな！　冷静になって考えてみろ。そんなことをしてどうなるというんだ……おまえの可哀そうな弟はどうなる？　一時の感情に駆られて、あとがどうなるか考えないのか」

〈ヒトラー〉はだくだくと汗をしたたらせた。

「後に残されたベーチェット病の弟はどうなるんだ？　な、考え直してくれ。わしが必要なだけの金を出してやる。五百万……いや一千万出そう。そうすれば、きみの弟は現代医学最高の医療を受けられるんだぞ。わしが最高権威を紹介してやろう。だから、その銃をひっこめてくれ。たのむ……冴子、お願いだ……」

「たのむ、といったの？　あたしのことを冴子と呼んだの？　あたしの前にひざまずき、哀願しようというの？」

「そ、そうだ。きみが望むなら、どんなことだってする……」

「そんなことで、あたしの十八年間の怨みが消えるとでも思うの？　あたしの苦しみをつぐなえると思うの？　あたしの看護婦としての誇りはどうなるのよ？　わずかな医療ミスをたねにあたしを脅迫し、嘔気のする汚らしい秘密研究に協力することを強制し……あたしのたったひとつの誇り、看護婦の誇りを踏みにじったつぐないを、どうするというのよ」

「わかった。二千万円出す。いや、三千万でも五千万でもいい。わしの全財産をやる。だから銃をひっこめてくれ……」

〈ヒトラー〉はうめいた。女はゆっくりと頭を左右に振った。

「いやよ。勘弁できないわ。おまえのような卑劣で残忍な男を赦すことはできないわ」

「どうするというんだ。わしを殺すというのか。馬鹿な。おまえもおまえの弟も破滅するだけだぞ！　頭を冷やして考えてみろ……」

「また、あたしをおどかそうというの？」

「わしはただ分別をわきまえろと……」

「そんな必要はないわ」

三木看護婦は、片手をあげ顔を覆うマスクをむしりとった。凄味のあるほど色白の端麗な顔があらわれた。二〇代はじめの若い女の顔だ。そしてそれ以上に、一種野性的な精気を放っていた。美しい目の底に青白い光をよどませていた。

「あたしをよくごらん。これでも氷柱と呼べるなら呼ぶがいい……あたしは〈ウルフ〉から血をもらってこうなった。もうおまえなんかに弟の身を心配してもらわなくたっていいんだ。弟にはあたしの血を分けてやるのだから……大和田寿男、おまえにはたっぷりお礼をしてあげるわよ」

女は声をあげて笑いだした。美しい凶暴な笑顔だった。

「ど、どうする気だ？」

「どうするか、たっぷり思い知らせてあげるわよ」

女は笑いつづけながら、銃をおろした。いきなり足もとの床に投げだした。〈ヒトラー〉の汗まみれの顔が異様な表情を浮かべた。女の意図を理解しかねたのだ。

「銃をとってごらん。あっさりとおまえを殺すなんてもったいないからね。さあ、銃をおとりよ。おとりったら」

〈ヒトラー〉の表情が、安堵から狡猾《こうかつ》なそれへと次々に変化した。決断は早かった。肥満体にそぐわぬ素早さでとびこんでくると、床の散弾銃をつかみとろうとした。

それよりも一瞬早く女の足が銃床を踏みつけていた。女の体重は五〇キロを超えまい。しかし、〈ヒトラー〉が渾身の力をふりしぼっても微動だにしなかった。象が踏みつけたようにガチッと銃を押さえている。

はっとさとって、〈ヒトラー〉は銃からとびさがった。女が石塚にふるった怪力を思いだしたのだ。

「射ち殺すなんて、もったいないわ。もっともっと痛い目にあわせてあげるわよ」

女の足が銃を踏みこえた。〈ヒトラー〉に迫っていく。

「おい、やめろっ」

壁際に追いつめられながら、〈ヒトラー〉が恐怖にみちた声をあげた。

「こっちに来るなっ、この気ちがい女っ」

「殺してやる」

と、女が笑いながらいった。

25

〈ヒトラー〉の頭髪は恐怖のため逆立った。三木看護婦の殺意は疑問の余地もなかった。この変貌は尋常なものではない。おとなしい羊がいきなり豹《ひょう》に変態したように、形容を絶した無気味さだ。

女は、両手を前に突きだし、指先を鷲《わし》の爪のように曲げて、〈ヒトラー〉に肉迫した。

「待っといで。いまつかまえてやるから。つもりつもった怨みを晴らしてあげるわよ」

女は低い喜悦の笑声をたえまなく漏らしながら、にじり寄った。

瞳は狂気の青い光を放ち、両端が半月状につりあがった唇のへりからあふれた唾液が白い顎を流れた。女はすごいほど美しく、殺意をみなぎらせていた。

「あんたを、どうやっていじめてやろうかしら？　あんたが〈ウルフ〉にしようとしたように、両手両足をもぎとり、目をえぐりぬいて、舌をひきぬこうかしら？　あんたがもだえ死んだら、死体は小間切れにして、実験用の白ネズミたちに食べさせてあげるの。どう、あんたにふさわしい死にかたじゃないかしら？　でもね、そうあっさりと息の根はとめないわよ。チビチビとすこしずつ死んでいってもらうの。苦しみに苦しみぬいて、ジワジワとね……」

女は壁を背に追いつめた〈ヒトラー〉の首めがけて、鷲の鉤爪《かぎづめ》を近づけていった。

〈ヒトラー〉は絶叫をほとばしらせ、両手の拳をかため、女の顔といわず胸といわず、力まかせに乱打した。しゃにむになぐりつけ蹴りあげる。

鈍い音を発して叩きつけられる拳をまったく意に介せず、女は〈ヒトラー〉の両腕に指をからませた。鋭い爪が服地を破り、肉にくいこんだ。たちまち万力にかけられた激痛が、〈ヒトラー〉に悲鳴をあげさせた。両腕の二頭筋《にとうきん》がぐしゃりとつかみつぶされたのを知った。

と、眼前にせまった女の口がカッと開き、耳のあたりまで裂けた！

黄色いたくましい犬歯がむきだされた。いや、それは犬歯ではない。大型肉食獣の鋭く尖った牙そのものであった！　血のように赤い口腔の中で舌がうごめいた。

女の顔はみるまに、すさまじい変貌の過程を終えた。

それは、悪夢の中にのみ現われる顔だ。毒々しい憎悪にみちた凶悪な獣人の顔。嘔吐をもよおすほどいやらしく無気味な醜貌だ。悪意でねじけた獣面だ。

ななめにつりあがった目の奥で、緑色のランプを想わせる光がちらついていた。

「ゾ、ゾアントロピー！　まさか、きさままでが……」

あとの言葉はものすごい悲鳴に呑みこまれた。獣人と化した女が剃刀《かみそり》のように鋭利な牙を、

〈ヒトラー〉の左の前膊部にくいこませ、頭をふると無造作に咬みちぎったのだ。

筋肉と腱と太い血管の切れはしが、切断面からだらっと垂れた。急激にほとばしった血が、女の獣面を朱塗りに染めあげた。

女はうなり声を漏らし、くい切った腕を床に吐き出した。血まみれの口辺を舌なめずった。それから、あわてもせずもう片方の腕も咬みちぎった。

〈ヒトラー〉の恐ろしい悲鳴はサイレンに似ていた。いつ果てるともなくつづく。

「そう、その調子。まだ死んじゃだめ。死なないでね。まだまだ、これからなんだから……」

女はみだらな睦言《むつごと》のようにくすくす笑いながらいった。血の悦楽に酔った身の毛のよだつ声音だ。〈ヒトラー〉の身体をひき寄せると、血のしたたる牙を、男の顔に近づけていく。

「チビチビと咬みとるの。どんな気持、大和田先生？　おっしゃいよ……だまってたりして憎らしい。ほんとに憎らしい男ね。食べてしまいたいくらい……」

がぶっと胸の悪くなる恐ろしい音を立てて、男の顔に咬みつく。頭を一振りして、顔半分の頬肉をもぎとった。

〈ヒトラー〉の喉がごろごろ鳴った。黄色い泡が大量に口からあふれだした。身体に痙攣が走ると力がぬけた。瞳が反転して白目だけになった。脳の動脈が破裂したのだ。

女はぱくぱくと咀嚼《そしゃく》の音をさせていた。石塚は、女が〈ヒトラー〉の肉を食っているのだと知って、気絶してしまった。

「まだ死ぬのは早いわよ。死んだふりをしたってごまかされないわよ。お馬鹿さん」

くすくす笑いながら、女はぐんにゃりとなった〈ヒトラー〉の死体を、ぬいぐるみの人形みたいに軽がるとふりまわした。

酸鼻《さんび》をきわめた悽惨な光景をよそに、少年は針金の罠にかかった狼のように甲斐なくもがいていた。

手術台の重量がぶらさがった針金は、少年の首に深々と埋まりこんでいたのである。針金をねじ切ろうとする努力が、最悪の状態を招いた。少年をくびり殺すような形で、頸動脈と気管に圧迫がかかり、血行が停止し、窒息してしまったのだ。

脳裡は血みどろの暗黒に閉され、聞こえるのはただ、すさまじい轟音と化した耳鳴りだけだ。目はカッと見ひらかれているが、むろんなにも映っていない。狼人間の不屈の生命力だけがかれを支えていた。

少年は、重い手術台を背中にぶらさげたまま、床をじりじり這っていった。床をかきさぐる手の先が、ころがっていた手術刀にふれたのは、まったくの偶然であった。

少年の手がメスを握りしめた。刃物であることは形状から察しがついた。だが、どうやって使えばいいのかわからないのだった。

思考力の根元が分解してしまっていた。懸命に考えをまとめようとあせるが、そのメスを使って針金を切断するという単純なことをどうしても思いつけない。

だめだ、どうしてもだめだ。おれにはできない……

少年を深甚な絶望感がとらえ、暗黒の虚無の中へ埋没させにかかった。

少年は救いを求めたわけではなかった。少年には、他人の救済をあてにする習慣はなかったからだ。かれのきびしいストイシズムは野生の狼のものであった。

にもかかわらず、それは少年を訪れた。

後で考えても、それがなんであったのか、少年には理解できなかった。たぶん、幻覚だったのであろう。

極度の酸素欠乏がもたらした視野暗黒にもかかわらず、少年は、あの女――青鹿晶子の姿をまざまざと視《み》た。細部にいたるまで明確で精緻な幻覚であった。

幻覚と呼ぶには、あまりにも現実感が強すぎたかもしれない。青鹿晶子と同じ室内にいて、彼女を見つめているようだった。少年は彼女の体臭を嗅ぎとることすらできたのだ。成熟した女の暖い匂い。心を奇妙にうずかせる匂い。手をのばせば、彼女に触れることもできる、と少年は思った。

青鹿は、毛皮の上衣――パルカを着ていた。ストーブが赤々と燃え、窓外には雪が降っている。

青鹿は、親指だけ独立した手袋《ミトン》をつけ、パルカのフードをまぶかにひきおろした。ドアを開け、一面銀世界の戸外へ出ていく。吐く息が真白だった。

雪にブーツのかかとをきしらせて、木の囲いへ歩いていく。

囲いの内側で、雪を蹴散らして走りまわっていた六頭ほどの灰色狼が、青鹿を見つけて走り寄ってきた。分厚い冬毛に包まれた大きな美しい狼たちだ。

少年は、青鹿晶子が渡米した事実を知らなかった。青鹿がなぜ北米産の狼たちといっしょにいるのか理解できなかった。ただ、狼たちの姿と、フードからのぞく青鹿の顔に深いなつかしさと愛情を感じ、心がふるえた。

青鹿は、囲いの木の柵に手をかけて、だまってたわむれる狼たちを見つめている。感情のこもった美しい顔だ。とても寂しそうだ。なぐさめてやりたいと思う。

そのとき、にわかに狼たちが警戒の声を発した。青鹿に対してではなかった。だれか知らない人間がやって来たという意味だ。少年には狼の心がわかる。

危険だぞ、と狼たちはいっていた。鉄の匂いがする。危険な火を噴く鉄棒の匂いだ。危険な人間どもが来たぞ。

狼たちは身をくねらせて逃走した。囲いの反対側へ行ってしまう。銃のことを考えているのだった。恐れと警戒心で毛を逆立てている。

狼たちよりずっと遅くなってから気づいて、青鹿は木柵から手をはなし、ふりむいた。毛の上衣を着、フードを真深におろした二人の男が近づいてきた。どちらも大柄でたくましい。無表情で、冷たく非情な目を持っている。狼に友愛の情を持つ人間ではないと一目でわかる。

「青鹿晶子だね？」

と、男のひとりが質問する。声まで無表情だ。が、権柄《けんぺい》ずくな態度はあきらかだった。

「イエス」

青鹿は不審そうな目でかれらを見返す。

「連邦警察です。あなたにききたいことがある。われわれと同行願いたい」

「FBI？　なぜですの？」

理解に苦しむという色が青鹿の表情にあらわれる。

「理由を説明してくださいますか？」

「来ればわかることだ」

と、男が素っ気なくいう。

「では、ミスタ・ジェファーソンにことわってまいります。あたくしはかれにやとわれています。無断で外出することはできません」

青鹿は正確な発音でゆっくり英語をしゃべった。そのたどたどしさが少女みたいで可愛い。

柵をはなれて家屋にむかって歩きだそうとする。

「その必要はない」

男たちはすばやく青鹿の両腕をつかんだ。

「ジェファーソンにはもう知らせてある。いっしょに来てもらおう」

その非礼さが、青鹿の心を傷つけた。顔が紅潮し、目が怒りに輝いた。

「ノー」

と、きっぱりいう。

「いくらＦＢＩでも、理由をあかさずにあたくしを拘引することはできないはず。同行は拒否します」

「非米活動の容疑だ」

と、男は口をゆがめていった。それは青鹿の疑念をさらに高まらせただけだった。

「あなたたちは本当にＦＢＩ？　ＦＢＩならバッジを見せてください」

男たちの口辺のゆがみは、はっきりと嘲笑に変わった。上衣の内側へ手をさしこむ。出したのはバッジではなかった。

「ＦＢＩじゃないのね。だれなの」

青鹿の目が大きくみひらかれ、追いつめられた牝鹿のそれに変わった。ひとりがバックハンドで彼女の口もとを軽くなぐりつけた。

「口をとじてろ、ジャップ女。だまって歩け」

無気味に笑いつづけながら、拳銃の銃口を彼女の胸の横に押しつけた。青鹿の口のあたりが赤くなってくる。

青鹿は両腕をつかまれ、男たちの間にはさまれて、ぎこちなく歩きだした。

敏感な狼たちが悲痛な遠吠えをあげた。重苦しい不吉な合唱だ。青鹿はひきずられるように歩きながら、顔をねじ曲げてふりかえる。

少年の心に熱い怒りが脈打った。ギリギリと歯ぎしりする。彼女をいったいどうしようというんだ？　ああ畜生、彼女をいじめてみろ、承知しないぞ！

灼けつくような熾烈《しれつ》ないきどおり、残酷な人間どもへの憎しみに少年は身もだえした。男たちに連れ去られていく女の白い顔が、記憶にある母親のそれにかさなった。その若い美しい女は、青鹿晶子であり、また少年の母親でもあるのだ……

少年はもはや迷わずに行動した。縛《いまし》めを咬み破り、彼女をたすけるのだ。

手にしたメスを首の横に持っていき、ぴんと張りつめた針金をさぐった。一気に切断する。少年をくびり殺そうとしていた背後の重みが消失した。新鮮な空気がどっと肺に流れこんでくる。にわかに重く鈍い心臓が活気づき、どくどくと血液を脳に送りはじめた。激しく胸の筋肉を波打たせ、あえぎながら両膝を床に突きたてた。首をふり、かすむ目の焦点をあわせようと努力する。

そこに立っていたのは、青鹿でもなければ、幼時に離別した母親でもなかった。

看護婦の白衣をまとった、なにかしら異様なものであった。白衣は肉屋の前掛けのように血と脂で汚れている。

そいつは、口から大きなまるいものをぶらさげていた。

それは、喉もとから食いちぎられた〈ヒトラー〉の生首だった。

そいつは、喉の奥で凶暴なうなりを漏らし、燐光を放つ目で少年を凝視した。

26

夜空は明るかった。真円の月が、裸身の生々しい露骨さで、夜空にはめこまれているからだった。

夜空の下は、広々として静かだった。多摩の丘陵が月光を浴びて書割じみて見える。遠方でそこかしこに犬の遠吠えが響いている。満月には犬ですら情念をかきたてられるのだ。まして狼にとっては、満月は守護神である。

神明は、顔を仰向け、夜空の円月にむかって、頬をふくらませ口をすぼめ、朗々と狼の叫びをあげた。友を求める、孤独な狼の唄だ。

遠吠えが大気中に波紋をひろげていくにつれ、犬の声が止《や》んでいった。犬は狼の叫びをただちに聴きわけ、心底から震えあがるのだ。

一分間ほどつづけて、神明は遠吠えをやめ、けものに似た奇妙な耳をそばだてた。

遠く、狼狽して吠えかえす犬どもの声が戻ってきた。悲鳴に似ている。

神経を集中した神明の耳がぴくりと動いた。犬どもの叫喚の中に、かすかな狼の応答が混っていたのだ。

神明の身体に熱い興奮が湧きたった。軽く頭髪が逆立ち、目がぎらぎら輝いた。

期待をこめてふたたび遠吠えを送る。熱狂をおさえることができない。

狼の応答が認知を伝えてきた。もはやまちがいはなかった。

神明はブルSSSにとび乗ると、ゆるい丘陵を降《くだ》っていった。このあたりは畠と雑木林が多いのだ。人家が少いだけに、狼の居場所をさがすのに、さほど困難はないはずだ。

狼の応答が送られてきた方角へ十分ほど車を走らせた。やがて雑木林のはざまに、丈高い塀に囲まれた建物が見えてきた。

神明は車をとめ、グラヴ・コンパートメントをあけ、地図をひっぱりだした。ルーム・ランプをつけ、地図を調べる。

私立の精神病院の建物と見当がついた。

神明は眉根を寄せ、下唇を突きだした。盗み読んだ野口院長の手帖のページを脳裡によみがえらせる。

04＊＊72294　PSYCHO

局番は、この地域であることをしめしている。そしてサイコとは、俗語で気ちがいという意味だ。

PSYCHOSIS——精神病。

誘拐した人間を、人知れず幽閉するのに、郊外の精神病院ほど好適な場所があるだろうか？　しかも、医師であることを表示した車が警察の不審訊問にあうことは、まず絶対にないのである。

神明は、めざすゴールに到着したことを知った。快心の笑いを浮かべて車を降りる。

ふたたび狼の叫びをあげようとした神明は、急いで喉の奥へ逆戻りさせた。鋭敏な勘が異変を察知したのである。

かれは注意深く夜の大気に漂う匂いを嗅いでみた。まちがいない。数多い人間の匂いだ。どんなに巧妙に気配を殺していても、警察犬のそれに匹敵する神明の嗅覚まではごまかせない。

神明の反応は迅速だった。身をひるがえすと、音もなく雑木林にかけこんでいた。身体を地に這わせて、濃い暗部に身をひそめる。

のこのこと待伏せの罠にとびこむところだったのかもしれない。が、どうやって先まわりされたのか見当もつかなかった。相手が何者にせよ、罠を張るには、かれの行先を心得ていなければならないからだ。心あたりはないが尾けられていたのだろうか？　前面尾行という高級テクニックがないこともない。しかし、そのためには相手が、こっちの現在位置を正確に捕捉することが必要なのだ。

いったいどうやって……

無線送信機か？　神明は下唇を前歯で嚙った。超小型のトランスミッターを神の車にこっそりとりつけていれば、いとも簡単だ。殺し屋の西城ときたら、ミニコプターまでブルのトランクに積みこむしまつなんだから。

たとえ、そうでないとしても、監視の網が張られているのだったら、すでにブルの接近を探知されているだろう。

夜は静かだし、チューンナップしたエンジンはひどく騒々しい音をたてるのだ。こっそりと音もなく忍び寄る芸当は、ブルSSSには不可能である。

神明にとって都合よく、夜空の満月に一群の雲が接近してきた。叢雲《むらくも》の端が白くまぶしいほど輝いている。今夜の月光はことのほか明るすぎた。視力に恵まれた人間なら、昼間とさして変わらず監視をつづけることができるだろう。

月に叢雲がかかり、地上に影が落ちるのを待って、神明は雑木林から這いだした。狼とおなじぐらい夜目に自信がある。

待ち伏せしているのがどんな連中かたしかめ、裏をかいてやろうと思ったのだ。

が、道路に這いだしたところで、神明はだしぬけの一撃をくった。

大腿部に強烈な衝撃を受けてひっくりかえってしまった。鈍い押し殺したような音。

神明は愕然として腿を眺めた。ズボンにまるい穴があいて、血がにじみだしている。いまの鈍い音は、消音された銃声だったのだ。

月が隠れて闇が落ちたと油断したのが、このしまつだ。

ふたたび、押し殺された銃声、今度は尻に命中して、神明を山猫みたいにとびあがらせた。

畜生！　敵はこっちの姿が見えるんだ！　なぜだか知らないが、敵の目におれはまるみえなんだ！

神明は横っとびに、道路脇の立ち枯れたすすきの中へもぐりこんだ。いやな音を立てて、脇の下と腕の間を弾丸がすりぬけた。草叢《くさむら》を這い逃げる神明めがけて、次々に弾丸がうなってきた。実に正確な狙撃《そげき》だ。盲射では絶対にない。たてつづけに五発も射ちこまれてしまった。普通人だったら、完全に動けなくなったろう。

音もなく、道路上に三人の人影が出現した。頭のてっぺんから足の爪先までスキンダイバーのようにぴったり身体についた黒装束《しょうぞく》を着こんでいた。顔と手にはタールみたいな黒色塗料がぬりたくられている。目だけが不吉に白く光っていた。靴はラバソールのブーツだから足音は立てない。

大きな赤外線照準器を銃身の上部にとりつけたライフルを手にしている。暗闇でも正確に狙撃できたのは、暗視装置のためだったのだ。銃口には、ビール瓶ほどの太さの消音器がついている。

「手応《てごた》えがあったぞ。二発は叩きこんだ」

「こっちもだ。いくら消音銃でもくたばったろう」

小声で口疾《くちど》にささやきかわす。米語だ。

「気をつけろ。どうも消音銃は信用ならねえ。まだ生きてるぞ」

「そのあたりにころがってるはずだ」

黒装束の米人たちは、用心深かった。頑強な両手に重いライフルをかまえて、神明のもぐりこんだ草叢にしのび寄る。

そのとき、満月が叢雲を脱し、白く輝く光を地上に降らせた。真昼のように明るくなった。

「いない！」

「畜生、逃がしたか！」

男たちが思わず叫び声を漏らした。

「さがせ。まだ遠くには行ってない。やつは手負いだ！」

顔を黒色塗料でぬりつぶした巨漢たちは殺気をみなぎらせた。月光を浴びたその姿は、とほうもない怪異さである。

「あそこだ！」

声につられて、銃口がいっせいに畠にふりむけられた。

「なんだ、犬じゃないか……」

青く爛々と光る目が、偽装戦闘服の男たちをにらみかえした。ひどく大型の痩せた野良犬だ。すぐに男たちの注意が犬からそれた。

「血だ。血の痕《あと》がつづいてる。やっぱりやつは手負いだ」

興奮した声があがった。ガサガサとすすきの中へ踏みこんでいく。

「あとをつけてみろ」

大きな野良犬は、用心深そうに、黒装束どもを迂回して、畠を横切った。小走りに道路へ出ていく。

ほそ長い、鹿のようにスマートな鼻面、ぴんとそりかえった耳、長い四肢、ふさふさした毛深い尾。一見してその犬はジャーマン・シェパードを想わせた。だが、そのマスティフに匹敵する巨体と、深く狭い胸は、シェパードには見られないものである。

黒装束の奇怪な男たちが、仔細《しさい》に観察すれば、そいつが犬に似て犬でない動物だと気づいたかもしれない。むろん、まさかと思ったであろう。日本には狼なんているはずがないからだ。

その狼は、どことなく神明の風貌をとどめていた。妙に人間くさく唇をつりあげると、神明のニヤニヤ笑いそのままだ。

ふさふさした尻尾を二、三度振ると、旗みたいに水平になびかせ、狼の速歩で精神病院に近づいて行く。夜の闇をただよう影だ。

精神病院の周囲をかためている黒装束の人数は二〇名をこえた。全員、自動小銃M16をスリングで首につり、腰に大型ナイフ、手榴弾をぶらさげていた。

特殊部隊にまちがいなかった。巨漢ぞろいで無気味なほど精悍《せいかん》な兵士たちだ。

ケネディ創設の米特殊部隊グリーン・ベレーは、ベトナム戦争で有名になったが、米軍の〈忍者部隊〉はそれだけではない。北ベトナムの捕虜収容所に空からなぐりこみをかけた、SOF——特殊工作隊《スペシャル・オペレーションズ・フォース》、沖縄に基地を持ち、東南アジアをテリトリーとする謎の部隊CSG——米陸軍混成サービス・グループ、海兵隊《マリン》に属する緊急派遣部隊など、得体の知れぬ任務についている忍者部隊は数多いのだ。

厳重な秘密保持のため、たとえばSOFに入隊する将兵は、きびしい審査を受けねばならないのだが、こんな質問をたてつづけに浴びせられる。

「旧式の飛行機で飛んでもかまわないか？」

「戦闘のさい、平服を着ていてもかまわないか？」——

「政府が、あなたのような男は知らないといってもかまわないか？」

「死んでもかまわないか？」

これらの質問に全部「イエス」と答えなければ入隊は認められないのだ。そして入隊後は〈忍者〉にふさわしく、徹底的に特殊技能を叩きこまれる。超人的な兵士にきたえあげられるのだ。

この偽装戦闘服をつけた兵士たちが、そういった特殊部隊の精鋭であることに疑問の余地もなかった。

指揮官らしい黒装束がアンテナを伸ばした小型のトランシーバーを顔の横にあてがい、ボソボソしゃべっている。神明を追跡中の隊員から報告を受けているようだ。人相の特徴を塗りつぶした黒い顔に、目と歯が刃物のように白い。

〈畠の中で血痕を見失いました……〉

トランシーバーが虫のように鳴いている。

〈足跡も跡絶《とだ》えました。わかりません……どうやって逃げたのか、まったくわかりません〉

報告する隊員の声は当惑しきっていた。

〈足跡を消した形跡もありません。まるで消え失せてしまったみたいです……ノクトビジョンで走査しましたが捕捉不能。指示願います〉

「付近を綿密にさがせ。トリックがあるかもしれん」

と、指揮官が指示した。

「反攻を充分警戒しろ。以上」

〈了解〉

間髪をいれず、呼び出しがかかってくる。

〈チェックポイントVからコマンドへ。車が一台、当監視線に侵入〉

車のナンバーと車種、搭乗者の員数を報告した。

品川ナンバーのスカイラインGTRに乗った男がひとりだ。

〈波長ベータによる呼び出しに応答ありません、どうぞ〉

味方を識別する暗号電波を送ったが、反応がないという意味らしい。

「監視を続行せよ。以上」

指揮官は命じて、かたわらに停まっている大型の外車の窓に顔をさしいれた。

「いまの車のナンバーを本部に通報しろ」

と、指示をくだす。

「アイアイ・サー」

車のなかの通信係が答えた。リンカーン・コンチネンタルの後部に、長いロッド・アンテナが突き立っている。本部と交信するための強力な無線機を搭載しているのであろう。

〈チェックポイントZ《ゼット》からコマンドへ。畠の土の中に埋められていた男の服を発見しました。下着もです。血がついています……男は見つかりません〉

「服をぬいで、裸のまま逃走したというのか？」

指揮官は口を開けた。黒人の歯のように白く光る。動揺しているのだ。

〈わかりません。現場に用意してあった服と着替えたのかもしれません。指示願います。どうぞ〉

指揮官はゆっくり頭を左右にふった。部下は決して無能ではない。今回の作戦のため特殊部隊から厳選されたしたたかなエクスパートぞろいだ。どんなに突飛であっても、その部下の報告は充分信用に耐えるのだ。

「追跡を中止し、監視点の持場へ復帰せよ。以上」

指揮官は冷静さをとりもどして命じた。そこへ呼び出しだ。

〈チェックポイントWからコマンドへ。スカイラインGTRが監視線に侵入。依然、波長ベータに反応なし。指示願います。どうぞ〉

「車を通してやれ。以上」

「キャプテン」

リンカーンの窓から通信係が首を出した。

「本部から指示です。ブルーバードの男は、生死にかかわらず捕えろといっています」

指揮官はうなずいてトランシーバーを持ちあげた。

「コマンドからチェックポイントYへ。逃走中の侵入者がそちらへむかった。発見し、射殺せよ。くりかえす。侵入者を発見し、殺せ」

〈了解。侵入者を発見し、殺します〉

ただちに応答がはねかえってくる。

道路ぎわの雑草にまぎれて、盗聴していた狼は、意気沮喪《そそう》したように、だらんと尻尾をたらした。

指揮官が手首につけた精密時計に目をあてた。トランスミッターを持ちあげ、マイクの部分に声を吹きこむ。

「コマンドからすべてのチェックポイントへ。ただいまより二分後に作戦Pを開始する。二〇分間すべての監視線を封鎖せよ。車一台人間ひとり通すな。チェックポイントYへ。スカイラインを止め、搭乗者を捕えろ。抵抗したら殺せ。以上」

指揮官は、待機している隊員たちにむき直った。かれらは目だけを光らせ、私語ひとつなく、木立のように静止して行動の時を待っていた。

「作戦Pにそなえ、突撃班員は、装備点検しろ」

言下にカチャカチャと銃を操作する金属音が生じた。約二〇名のうち十名が突撃班を編成しているようだ。

狼は身をひるがえして、その場をはなれた。コンクリートの塀にそって五〇メーターほど裏手へまわりこむ。そして跳躍にそなえた。細長い身体が矢のようにのびると、すばらしいジャンプをおこなった。高さ四メーターの塀を苦もなく軽々と跳びこえた。音もなく塀の内側へ消える。

手首の時計をにらんでいた指揮官が大きく右手を振りおろした。

「作戦P開始。行け！」

同時に、自動小銃M16を両手にかまえた十名の特殊部隊突撃班は行動に移った。錠をはずされ開かれた通用門から院内へ突入する。

27

夜の静寂は、わずかにも乱されることはなかった。

夜間戦闘にそなえ、顔を黒色塗料で染めた隊員たちは、まさに忍者の身ごなしを持っていたからだ。迅速に行動しながら、ゴム底のブーツはほとんど無音である。高度の訓練ぶりをうかがわせるあざやかな動きだ。

精神病院の庭に身をひそめた狼は、目を青く燃やし、感心して、隊員の行動をながめていた。月光は夜の大気に充満し、静かで冷たいすばらしい夜だった。

病棟《びょうとう》のどこかから、細く甲高い澄みきった叫び声がかすかに響いてくる。唄うような笑うようなどこか狂った声だ。コヨーテの遠吠えを想わせる。異常な狂気の嘲笑……狼は軽く背中の毛を逆立てた。

なにかしらとてつもなく狂ったところがある……精神病院へ侵入する武装した特殊部隊の兵士たち。見るも怪異な形相で、精神病者の収容された建物へ、決死の突撃をかけようというのだ。狂気が、もうひとつの狂気を嘲笑している。無害な狂気が、危険で大がかりな狂気を……危険であると同時に、このものものしさは恐ろしく滑稽だ。

いったいかれらは、なにを相手に闘おうとしているのか？　この精神病院はチェックポイントVからZまで五重にわたって厳重な監視線でかこまれている。侵入してくる者は、だれかれかまわずVからZまでのどこかで阻止され、捕まるか殺されるかしてしまう。その猛烈な迎撃の中心で展開される作戦Pとは、いったいなんなのだろう。

とにかく、奇襲部隊と正面きってわたりあう事態は避けたかった。しばらく静観することにする。こちらの目的は、犬神明の救出だ。人間同士の戦争にはかかりあいたくない。

狼の監視に感づいた気配もなく奇襲部隊は、影のように移動し、病棟に迫った。狼もそっと後を追う。

病院の裏手に、建物からややはなれて建っている木造小屋が、影たちの目標であった。先着の隊員によって小屋の戸がこじあけられた。影たちは次々に小屋の内部へ吸いこまれるように消えていく。

なかで、なにをやりだす気なのか？

狼はなかば好奇心に駆られて小屋に近づいた。当惑をこめて尾がだらりとたれた。人の気配がまったく感じられないのだ。

狼は、そっと細長い鼻面を木の戸の隙間にこじいれた。

内部は、もぬけのからだった。考えられるのはただひとつ、小屋の中に抜け道があるにきまっている。

身をくねらせるようにして、狼は小屋の中へ忍びこんだ。破損した椅子や寝台などがゴタゴタと積み重ねられて埃っぽかった。廃品小屋である。

床に鼻面を寄せて臭跡をたどり、こわれた什器《じゅうき》のうしろにまわっていく。

コンクリの揚蓋が動かされて、暗黒の空間が地下にのぞいていた。予想どおり、秘密通路が隠されていたのだ。奇襲部隊はあらかじめ、それを知らされていたのである。

コンクリの階段が、まっくらな地下へむかってのびていた。灯火はまったくない。多数の人間の残した匂いが生々しくただよっている。十名の隊員は数分前に、この階段を降《くだ》っていったのだ。

作戦Pを展開するために。

狼は鼻面にしわを寄せ、目を光らせた。地下にもぐるのはいいが、隊員どもと出食わしたらことである。連中は自動小銃や手榴弾でものものしく武装しているからだ。

と、狼の耳がピクッと動き、全身の体毛が逆立った。

地下の暗闇の深奥《しんおう》から、すさまじい悲鳴が伝わってきたのだ。まごうかたない人間の恐怖と苦痛に狂ったような絶叫だった。ついで恐ろしい苦悶の叫び。

自動小銃のせわしい鋭い銃声、叫喚、悲鳴がいっしょくたになって、地下の暗渠から噴きあげてきた。

なにごとか異変が生じている。それも想像を絶した騒動である。きたえぬかれたタフそのものの忍者部隊精鋭十名が、恥も外聞もなく恐怖の絶叫をはなっているのだ。

不意に狼はとびすさり、牙をむきだした。異様な音を聴きとったのである。それは人間の喉が発する音ではなかった。肝《きも》が冷えるほど邪悪な咆哮であった。どんな凶暴化した猛獣でも出せない叫びだ。なにかしら身の毛をよだたせる音、悪鬼の叫びだった。

あの声！　あの恐ろしい音は、いったいだれが出しているのだ？

28

そのころ、チェックポイントYでは、スカイラインGTRの侵入者と監視班員の間で、戦闘が終了したところだった。

この侵入者は、神明のように素手でもなく、攻撃されてだまってひっこむような弱腰の人間ではなかった。

消音銃から放たれた弾丸が車のタイヤを射ち抜いたとき、野獣の勘でなにが起きたかを察知し、ただちに逆襲に転じていた。

あっけにとられているはずの運転者をひっとらえようと接近した不運な監視班員三名は、だしぬけの猛烈な反撃を食って、あっけなく射ち倒された。相手はかれらをだしぬくにたる射撃の名人だったのだ。それもそのはず、かれらがつかまえようとしたのは、ＣＩＡの殺人機械、西城恵だったのである。

西城は愛用のワルサーP38を機関銃みたいに速射して、三名のうちふたりをあっさりあの世へ送ってしまった。西城は殺しにかけては天才である。その巧妙さ残忍さは余人のおよぶところではない。たとえ特殊部隊の精鋭であろうとも、殺戮行為に遠慮をしたことのない西城の悪魔じみた巧妙さの敵ではなかった。

残る一名の班員は、両肩と両足を射ちぬかれ、虫の息でころがっていた。当の西城はかすり傷ひとつ負っていない。不公平のようだが、殺人に禁忌のない者の勝ちだ。

西城は、班員の手の近くに落ちていた消音銃を蹴りとばした。暗視スコープや消音器などの附属物で重量の増えたライフルでは、至近距離での射ちあいは圧倒的に不利だ。暗部にひそんで遠距離から狙撃してくれれば、西城のほうが手も足も出なかったろう。ビール瓶みたいに太い消音器には発火炎を隠すフラッシュ・ハイダーもしこまれていたからだ。

「さあ、しゃべるんだ」

西城は、獰猛に笑いながら、負傷した班員の上にかがみこんだ。黒色塗料を顔と手にぬった怪異ないでたちにも驚きを見せていない。相手が白人と知って、達者な米語にスイッチした。

「きさま、どこの者だ？　なぜおれを襲った？」

左手にワルサーを移しかえ、右手にスイッチ・ナイフの刃をとびださせた。刃わたり二〇センチ、細身でバランスがよく、投げるのにも好適だ。刃の鋭さはゾリンゲンにも劣らない。

そいつを使って、腹部の偽装戦闘服を切り裂くと、むきだしになった毛むくじゃらのへその下に切先をあてた。

「正直にしゃべらないと、腹を裂いてはらわたをえぐりだすぜ。ことわっとくが、おれは気が短いほうだ」

「……」

苦痛にあえぎながらも、班員は頑固に口をとざしていた。対拷問訓練を受けているのだ。

「そうか？　ではハラキリというやつをやってみるか？　せいぜい気を強く持ってろ」

西城の目が残忍に光る。ナイフに圧力を加えると、刃先はするすると五センチほど腹筋にすべりこんだ。抜群の切れ味だ。犠牲者はうめき声をあげ、弱々しく身をもがいた。全身に冷汗が粒になって噴きだしてくる。

西城は楽しそうに、腹をそろそろと切り裂きはじめた。横に裂くにつれて、脂肪層と筋肉がはじけてくる。濃い血がどろっとあふれた。

「臓物がはみだしてきたぜ。全部ひっぱりだしてやろう。後始末するやつが苦労するぜ」

西城はものすごい笑顔になった。おもしろくてしかたがないという表情だ。

「や、やめてくれ、しゃ、しゃべる……」

たまりかねて米人が呻《うめ》いた。臓腑を全部ひっぱりだすという威嚇がきいたのだ。この野蛮な日本人は本気でやるだろう……

「ほう。やっとその気になったか」

西城は残念そうにナイフの動きをとめた。白人は、日本人の割腹自殺に異常な恐怖感を持っている。西城はそれを効果的に利用したのだ。

「C……CIAのものだ……秘密作戦行動で……邪魔者を排除するために……」

「秘密作戦？　なにをやるんだ？」

西城の眉がつりあがる。

「さ、作戦Pだ……」

米人は切れぎれにしゃべった。自分がいま虐殺したのが、CIAに操られる特殊部隊と知っても、西城は動揺しなかった。むしろ、それほど大がかりな作戦を、自分に一言も漏らさなかったドランケ支部長への腹立たしさのほうが強かった。波長ベータの識別暗号のことなどまったく初耳である。

「そんなしゃれたことをやってるとは、全然知らなかったぜ。支部長のドランケの糞野郎、おれに一言の挨拶もしやがらねえんでな」

西城は苦い声でいった。その言葉でかれが同じ陣営側と知った米人は、ありったけのいきおいで呪いはじめた。

「おまえ、CIAのエージェントか？　畜生。仲間なのにひでえまねをしやがって……」

安堵がまじって泣き声になった。

「悪く思うな。そっちが先に射ってきたから射ちかえしたまでだ。よくあるこった。でかい諜報組織では、左手のやってることを右手は知らない。あんたらは運が悪かったんだ」

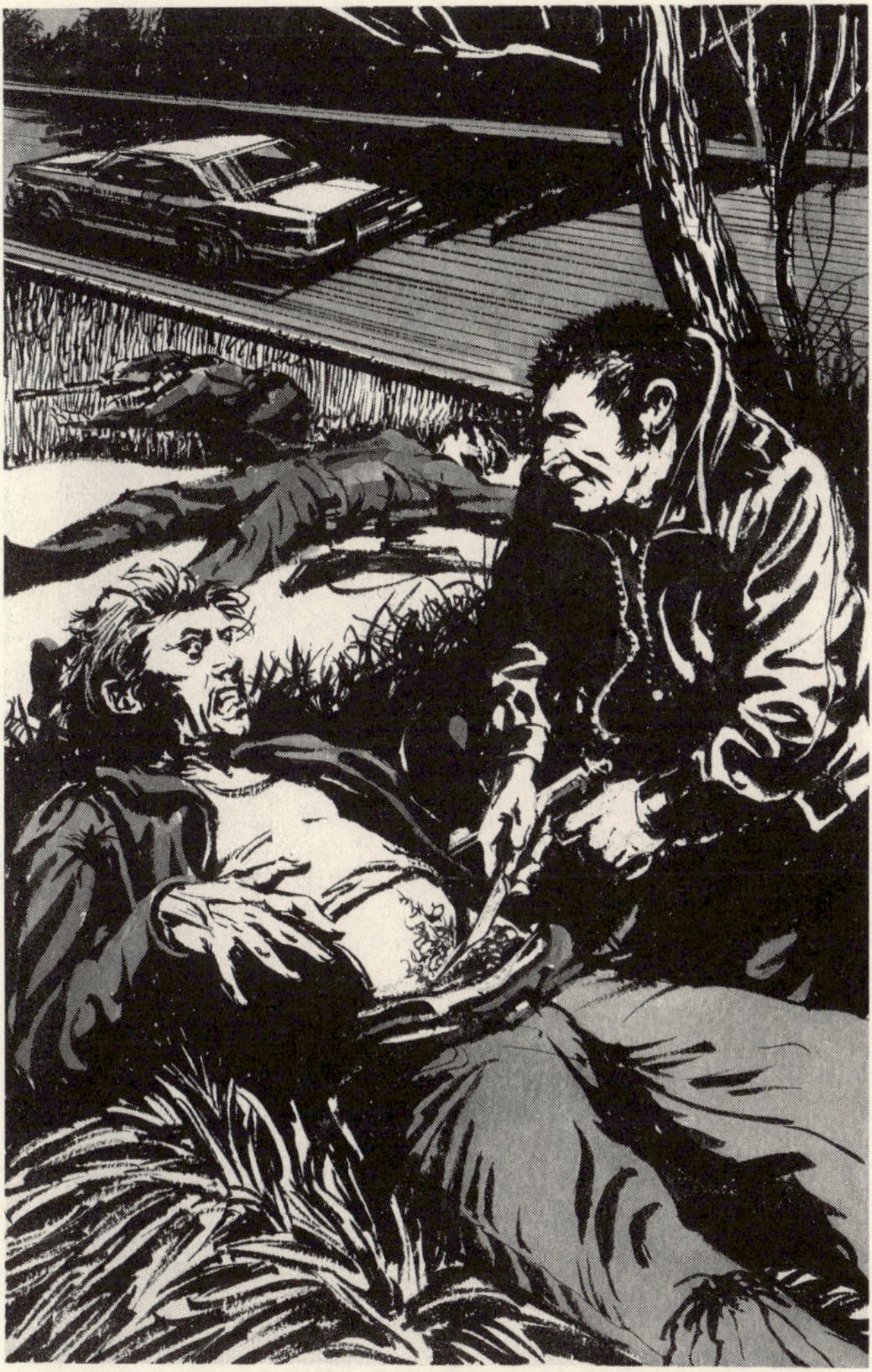

と、西城は平然といった。

「畜生。おれは死にそうだ。そのへんにあるトランシーバーで、指揮官に連絡して、病院へ運んでくれよ」

「ちょっと待て。すると作戦Pというのは、この先にある精神病院から、犬神明というガキを連れだすことだな？」

「そ、そうだ。そんなことより、医者を早く、たのむ……」

「もうすこし待て。これだけの大人数をくりだしたのは、中国諜報部の虎部隊の襲撃にそなえてか？」

苦悶する米人を冷然と見降して西城がきく。

「そうだよ。そうだったら！　いつまでおれをこうしとく気だ……おれは死んじまう……ああ畜生、おれのはらわたが……おれのはらわたが泥だらけだ……医者を、早く……」

「すぐに呼んでやる。これくらいで死ぬもんか。すまんがもう一言だけ教えてくれ。ガキが精神病院にいると知らせてきたのは、だれだ？」

「きっとだな……い、石塚という名の医者だそうだ……大和田というプロフェッサーが気ちがいになって、ガキを殺しちまいそうだと報告してきたとか……くわしいことはよくわからん……作戦は極秘だ……おれたちにだってくわしいことは……」

口がもつれて瀕死のゴロゴロ鳴る音が喉を漏れた。全身を痙攣が襲う。

「すぐに楽にしてやる」

西城はつぶやくと、ナイフを握り直した。頸動脈を一気にかき切った。まだこんなに残ってたのかと思うほど大量の血がほとばしり出、そいつは豚のように死んだ。

「ドランケに知られると面倒だからな。死人に口なしさ」

あざけるようにつぶやいて、汚れたナイフの刃を死人の黒装束でふいた。ナイフをポケットにしまうと身を起こす。こんなことにはなれているので返り血もろくに浴びていない。

清冽《せいれつ》な月光を浴びた顔は緊張し、陰惨だった。ほそまった両眼に、貪欲な炎が燃えた。

そいつはないだろうぜ、ドランケ。犬神とかいうチビは、おれの追っかけてる獲物だ。このおれをさしおいて、妙な真似をさせるわけにはいかねえよ。不死身人間はおれがもらった。

邪魔だてするやつはだれかれかまわず、皆殺しだ……

29

精神病院の地下の暗闇で生じた惨劇は決定的であった。

潜入した十名の突撃班員のうち、廃品小屋の入口まで生還したのはただの一名だった。

全身に恐怖をみなぎらせ、マラリヤに冒されたようにとめどなく震えわななきながら、かろうじて地下の暗渠から這いあがってきたのだ。

顎の先端からボタボタ汗の滴をしたたらせていた。頬がげっそりへこみ、大きくみひらかれた目は焦点が合っていない。下半身はぐしょ濡れである。
縦横に震える手で、ようやくトランシーバーのアンテナをのばした。
「コ、コマンド、応答願う……こ、こちらP小隊長《コマンダー》……」
歯がガチガチ鳴った。
「ピ、P小隊は全滅……おれ以外は全員死んだ……応、応援を、た、たのむ……か、怪物が
……お、恐ろしい……」
言葉がめちゃめちゃに乱れだした。
「み、みんな、殺《や》られた……い、いくら射っても、射っても射っても死なない……ば、化物
……モンスターだ……」
激しく首をふった。泣きわめく調子に近い。
「怪物だ、あれは不死身の怪物だ！　いくら射ちまくったって平気なんだ！　すごい怪力で、
とびかかってくると、首をもぎとって……身体を八つ裂きに……ああ、あの音、恐ろしい
音だ！　なんて恐ろしい叫び声だ！　みんな死んだみんな死んだ死んだ……たすけてくれと
悲鳴をあげながら！　みんな逃げろ！　とてもかなわない！　あれは地獄から這いでて来た
悪鬼だ！　みんな食い殺されるぞ！」
がっと両手で顔を覆った。トランシーバーが手をすりぬけて床にころがった。錯乱しきっ
ている。長く尾をひく狂った悲鳴をあげつづけながら、廃品小屋を走り出た。
〈コマンダー！　どうした、応答しろ！　なにが起きたかちゃんと報告するんだ？　聞こえ

るか？　応答せよ……〉

床のトランシーバーがあわただしく鳴っていた。

破損したベッドの下から這いだした狼は、地下の暗渠をのぞきこんだ。決心はついていた。用心深い足どりで地下への階段に足を踏みこんだ。ぴんと耳を張り、匂いを嗅ぎながら、密生した体毛の一本一本に緊張をみなぎらせて進む。

階段が尽きると、闇の中を地下道が伸びていた。幅も狭く天井も低い。壁や天井をかためたセメントが湿っぽくジトジトしているのがわかる。

廃品小屋の戸が開け放しになったせいか、わずかな空気の動きが感じられた。進むにつれて血の臭気が濃くなってきた。真新しい大量の血が暗闇のむこうで流されているのだ。狼の緊張はさらに高まった。

地下道が急角度で折れ曲った。前方に光が見えた。抜け道が地下構内に接続しているあたりだ。ふたたびコンクリートの短い昇り階段になる。

狼はそろそろと、揚蓋のはずされた隙間から鼻面と目をもたげた。綾目もつかぬ地下道の闇になれた目に、蛍光灯の照明がまぶしい。

そこは地下構内のつきあたりであった。コンクリの廊下は五メーターほど先で折れ曲っている。

血の臭気は圧倒的なものすごさだった。板で鼻面をなぐりつけるような濃密さだ。

廊下のつきあたりの床面を、なにか幅広い黒い帯のようなものがゆるやかに這っていた。

水があふれだして流れているように見えたが、むろんそんな生やさしいものではなかった。

血の河だった！

狼は全身の毛を、ブラシの毛のように逆立てた。

カリカリと大型肉食獣が骨を咬みくだく無気味な音が響いた。なにものかが、これだけのおびただしい血を流させ、死体の山の中にすわりこんで人骨を咬んでいるのだ。

恐ろしい疑惑が、狼の心につかみかかっていた。

もしや、犬神明がこれを……まさか、そんなはずは……

たしかめないわけにはいかなかった。息を殺して忍び寄る。

狼は見た。

ものすごい惨状だ。人間の形状をとどめない死骸の山だ。丹念にもぎとった四肢や生首、腹を裂いてひきずりだした臓物が散乱している。天井といわず壁といわず、ホースで血をばらまいたように一面に濡れて滴を垂らしている。

そいつは、血の海にべったり尻をすえていた。昆虫を解体する幼児の熱意をこめて、死骸の腕をつけ根からちぎりとっていた。チキンの腿をむしるような気軽さで、大柄な男の肩関節をねじり、バキバキともぎとってしまう。

その顔は――まさに鬼とでもいうほかはない。人間でもなければ、野獣でもなかった。邪悪な異世界の生物だ。

その毒念が凝《こ》りかたまった、おぞましい鬼面は、殺戮と破壊の歓喜で炎《も》えあがっているようだった。

　われしらず、狼の喉の奥から嫌悪のうなりがつきあげてきた。どうにも我慢できなくなってしまったのだ。

　ギラッと凶悪な眼光が、狼の目を射た。

　つんざくような奇怪な叫びをあげて、怪物はすばやくはね起きた。手にした人の腕を叩きつけてくる。狼は身をひるがえして避けた。じりじり後退《あとじさ》りながら、牙をむいて吠えた。

　これが、犬神明だというのか。このとほうもない大虐殺をやってのけた、おぞましい怪物が！　おれには信じられない！　こいつは悪鬼だ！　ちがう、ちがうのだ！　こいつが狼人間だなんてことは絶対にない！

　狼は激しく頭を振った。不信の念で心がきしみそうだ。気が動転している。

　そこへ怪物が襲いかかってきた。狼はとびのきざま、牙をその腕にひらめかせた。

　次の瞬間、狼はふりとばされ、コンクリートの壁に猛烈に叩きつけられていた。胸郭がひしゃげて、うめきを絞りだしてしまう。

　むろん、狼男はそれくらいの衝撃ではまいらない。だが、心はショックにしびれた。

　牙がたたないのだった。鋼鉄をすら引き裂く鋭い牙が、あっさりとはじきかえされてしまったのである。

　怪物のそなえた異常に強靭な筋肉組織、超人的な怪力、それらはまごうかたなく、かれと同じ狼人間のものだったのだ。

狼は惑乱してしまった。

こいつが狼人間だったら、なぜおれを襲うのだ？　おれが狼だってことがわからないのか？　狼人間同士、争う理由はなにもないはずだ。だとすると、こいつは気ちがいだ。人間なみの殺人狂だ！

怪物はなおも執拗に襲ってきた。恐ろしい敏捷《びんしょう》さだ。狼はついに、闘うか逃走するかの二者択一に追いつめられた。が、怪物は抜け道の側に巧妙にまわりこんでいた。こいつは恐ろしく抜け目のないやつだった。特殊部隊九名を驚異的な短時間でほふり去っただけのことはあった。

狼は後退に後退をつづけた。どうしてもふんぎりがつかない。こいつが犬神明だとしたら、たとえ発狂しているにせよ、おれには殺せない。同じ仲間は殺せない。満月の夜、不死身の狼人間同士が闘ったら、どんなことになるか想像もつかないのだ。おそらく共倒れになったところを、特殊部隊が漁夫《ぎょふ》の利をせしめることになる。かといっておれが逃走すれば、特殊部隊は今度こそ思いきった攻撃をかけてくるだろう。重火器の猛攻をくったら、いかに不死身の狼人間でも耐えられまい。

めまぐるしい思考が狼の脳裡にとりとめもなく渦《うず》まいた。まったくどうにもならなかった。もう時間がない。特殊部隊はかならず第二波攻撃をかけてくる。いったいどうしたらいいのだ。

おれはどうしたらいいのだ。

絶望的な叫びが狼の喉を漏れた。怪物は確信にみちて肉迫してくる。狼をつかんで木っ端微塵に引き裂く期待の愉悦でうずうずしているのだ。狼の悲痛な叫びは怪物にとって無意味なのだ。あるのはただ貪欲な殺戮の欲望だけだ。

こいつはどうあってもおれを殺す気なんだ。

ついに狼の心に怒りが点火された。救いがたい屈辱感、絶望的な憤怒。鼻面にしわが寄り、目がぎらぎら輝いた。狼の猛烈な闘いの咆哮が轟きわたった。抑制の限界をこえたのだった。

壮絶な雄叫《おたけ》びは、さしもの怪物の前進すら一瞬停止させた。

そのときだった、狼の背後でだれかが叫んだのは。鋼鉄がすさまじくきしむ。狼の注意が背後に集中した。鉄扉がコンクリの破片をまきちらして壁をはなれ、地響きたてて床に倒れこんだ。狼の目は、全裸で立つほっそりした少年の姿をとらえた。少年の目はランプのように明るく輝いた。

犬神明!

狼は叫ぼうとした。狼に生じたすきを、怪物は見逃さなかった。電光のスピードでおどりかかってくる。狼は横にとんだが、わずかに遅れた。鉤爪の生えた手が、片方の後脚をつかんでいた。

怪物は狼の身体を巨《おお》きな円弧を描いてふりまわした。ハンマーをふるうように、力まかせにコンクリの床へ叩きつけたのだ。

ばしゃっというような異音。あたりまえの狼だったら内臓を口からとびださせ、大きな赤い熟柿みたいにつぶれてしまったであろう。

狼人間にとってさえも、手ひどい猛打だった。口、鼻、耳から鮮血がふきだした。くらくらと目がくらんで、もがきながら身を起こしたところへ、ものすごい威力を秘めた両手が、狼の喉へまきついてきた。

特殊部隊九名を、虫けらのようにひきちぎった恐ろしい手につかまってしまったのだ。

奇怪な勝鬨《かちどき》をあげながら、怪物は狼の喉を雑巾みたいにねじりはじめた。狼は牙を咬み鳴らし、猛烈にあばれた。自由にきく人間の両手がないだけに狼にとっては不利な闘いだ。だから狼は猫族の格闘術を応用した。四肢をフル回転させて、相手の下腹を掻き破り、臓物をひきずりだす戦法だ。首をへし折られるかもしれないが、相手の胴体もズタズタになる。

怪物の、喉首をねじ切ろうとするとてつもない力がわずかにゆるんだ。少年の異常に強力な指が、怪物の手首にまきついていた。

「やめるんだ！」

少年の声が鋭く命じた。怪物が怒り狂って咆えたてる。怪物の手がついに狼の首からはなれた。少年はまぎれもない狼人間の怪力の持主だった。

少年は怪物をつきはなした。

「もういい。よすんだ……」

と、静かにいった。怪物はうずくまって、目を光らせ、身体を震わせていた。少年の目に射すくめられていた。

狼はとびすさって、身を立て直した。油断なく怪物に目を配る。

「もう大丈夫だ。これ以上あんたに手はださないだろう」

少年がいった。狼にむけた目は不思議なほど明るくきらきら光っている。こいつにはちゃんとわかってるんだ……狼は奇妙に豊かな幸福感に支配された。そうさ、狼同士、一目でわかるんだ。なんの不思議もありゃしない。

「犬神明だろ？」

と、狼がいった。口蓋の構造の相異で、人間のときほど発音が明瞭でない。

「そうだ。あんたは？」

「神明《じんあきら》……おたくに逢えたことを喜んでる」

「おれも……」

それは出逢いの瞬間だった。この異常な状況にまったくそぐわない、暖かい感情の交流があった。両者はたがいの目の奥にあるものを読みとった。

「くわしい話をしている時間がない。おれはおたくを連れ出しに来たんだ……」

と、いいかけた狼はぞくっと背中の毛を逆立てた。鬼面の怪物がうめき声をあげたからだ。

「この化物はなんだ？」

狼はわめくような声を出した。怪物の緑色の目が憎悪をこめていどみかかる。

「こいつは狼人間じゃないはずだ。こんな狼人間は絶対にいない……」

「ただの人間だ。看護婦だったんだが、おれの血を輸血されて、こんなことになってしまった……いわば、人為的に作られた狼人間なんだ」

少年の声音は沈痛な響きをおびた。狼は身震いした。

「冗談じゃない。本当に冗談じゃないぜ。狼人間どころか、こいつはまったくの人食い鬼だ。地獄から這いだしてきた悪鬼そのものだぜ。この惨状を見るがいい。よくもこんなむごたらしいまねができたもんだ。これは悪鬼外道のやることだ。人為的に作られた狼人間だと？　よしてくれ！」

狼は激しい嫌悪とさげすみをこめてどなった。

「こいつは人鬼だ。狼人間じゃない！」

「おれを護《まも》るつもりだったんだろう……」

少年の目はくもった。

「心のやさしい看護婦だった。おれを好いていて、親切にしてくれた……なぜこんなことになったのかわからない。いきなり恐ろしく凶暴になった……おれの血を輸血したせいなんだ。狼人間の血には、人間を狂わせる物質が含まれているんだろうか？　決して悪い人間じゃなかった。たくさんの人間を殺し、あんたまでを殺そうとしたが、おれをたすけようとしてやったことなんだ……」

「まあいい。そんなことより、この場を逃げ出すことが先決問題だ」

狼はやっとすこし冷静さをとりもどしていった。

「外には特殊部隊が何十人も待ちかまえている。いつ押しこんでくるかわからない。一刻も早く逃げだすことだ。おれといっしょに来るだろうな?」

少年はうなずいた。

「あんたにまかせる。だけど、この三木看護婦をどうしよう?」

「だめだ。こんな殺人鬼を連れていけるもんか!」

狼は猛烈な拒絶反応を起こした。針鼠《はりねずみ》のように体毛を逆立てる。

「しかし、このままほうっておけない……」

「なにをいってるんだ! こんな化物女にかまってるひまはない。いまにも特殊部隊が……」

少年の顔は苦悩にゆがんでいた。

「彼女はおれを救ってくれた。彼女はみずから好んで醜《みにく》い怪物になったわけじゃないんだぜ……彼女も犠牲者なんだ。人間の貪欲さの犠牲になった哀れな女なんだ……」

「しかし……」

狼は絶句した。言葉に窮していたが、やがて首をふった。

「わかったよ、相棒。連れていこう。まがいものの狼人間でも、人間の手に渡しちまうわけにはいかないからな……連れていくよ」

が、そのときすでに、鬼面の三木看護婦の醜怪な姿はそこになかった。

「抜け道のほうへ行ったんだな……なぜだろう? まだ殺したりないってわけか」

と、狼はおぞましげにいった。

「外には獲物がうようよしているからな。文字どおりの殺人鬼だ」

少年は無言で頭をふった。少年にはわかっていた、三木看護婦が立ち去ったのは、かれをたすけるためだということが。みずから特殊部隊の注意をひきつけて、少年を逃がす気なのだ。怪物に変身したとしても、三木看護婦は少年を愛していたのだった。

少年の目に泪《なみだ》がにじむのを、足もとの狼は奇異な目つきでながめていた。

「どうかしたのか？」

と、たずねる。少年は無言で手をあげ、顔をこすった。手をおろしたときは微笑が浮かんでいた。

「行こう、相棒」

と、少年はおだやかにいった。

30

月は皎々《こうこう》と中央に輝いていた。妖しいばかりに美しい満月だ。地上は静謐《せいひつ》な光と影にくっきり彩られている。

が、冷たく冴《さ》えた月光を浴びた精神病院の庭には、悽愴の気が濃かった。暗部にひそみ、凝固した特殊部隊の兵士たちの銃口が、ぽっかり暗い口をあけた廃品小屋の戸口を狙っている。

顔を黒く染めた男たちの目は、銃口よりも刃物の切先に似ていた。かれらの凝視する小屋の地下で、九名の戦友が虐殺されたのだ。ベトナムで、カンボジアで、生死の間をともにくぐりぬけてきた戦友が。かれらは獰猛で酷薄な選《え》り抜きの兵士だった。兵士というよりプロの殺人者に近かったが、戦友間は格別の親密な関係を結んでいた。戦友の仇《あだ》はかならず討つ。それが男たちの荒々しい友情の証《あかし》である。ゲリラの手にかかって友を失うと、この荒くれ男たちは、赤ん坊のように声をあげて泣くのだ。自分の肉体の一部が毀《こぼ》たれた切実さをこめて。たとえ日頃は乱暴きわまる取組みあいの喧嘩に明け暮れていようと、死せる仲間へ寄せる悼《いた》みはあまりにも深い。戦闘中の武勇伝にかぎらず、酒、女、喧嘩など蛮行にからむ追憶が、男たちを悲しみに沈ませる。

が、いまは兵士たちの目に涙はなかった。両眼を無気味な刃物に変え、胸中に執拗な復讐の炎を燃えたたせていた。この報復への欲望こそ、かれらを最上の精強な兵士に変える原動力なのだった。

男たちは、ナイフを着剣したM16自動小銃をかたく握りしめ、セレクターをフルオートにセットし、あらんかぎりの弾倉を射ちつくそうと待っていた。

病棟では、異変を敏感に察知したのか、患者の怪鳥のような叫喚がいくつもあがっている。看護婦や看護人も起きだして、窓が続々と明るくなり、病院全体がざわめいてきていた。地下の銃撃に気がついて騒ぎだしたのだ。

しかし、男たちは冷然と凝固の姿勢をくずさなかった。

病院の電話線は切断してあるから、外部との連絡は不能だ。作戦Pの増援部隊もこちらへむかいつつある。警察が感づいても、別動隊が陽動作戦で注意をそらす。作戦終了後は、大型ヘリで撤退すればいいのだ。兵士たちはなにも気にかけなかった。復讐だけに精神を集中させていた。指揮官の突撃の命令をひたすら待ちかまえていた。

増援部隊を運ぶらしいヘリの爆音が夜空を震わせている。作戦Pはすごく大がかりになってきたのだ。たかのしれたチャンコロのスパイ風情を相手に大げさすぎる。ここにいる仲間はだれもが、ずるがしこいすご腕の東洋人ゲリラを山ほど血祭りにあげてきたのだ。東南アジアの忌々しい湿地帯で、密林で、山岳地帯で、死神のようなゲリラと死闘し、敵の死体の山を築いてきたのだ。おれたちは死神さえもあきらめさせたスペシャル・フォースのエリートなんだ……合図はまだなのか。なにをぐずぐず、もたついているんだ、指揮官のフレッド中佐はブルってるんじゃないのか？　敵の奇襲にあって九名死んだからといって……ジェイク、ウォーカー、マッキノン、ウォルシュ、ライアン、クレイスヴァック、ストーン、レイ、パーマー、ホーテンコ……ホーテンコ大尉は発狂した。ただひとりの生還者は発狂。地獄の悪鬼にやられたとわめきつづけ、鎮静剤で黙らされた。虎部隊かなにかしらないが、たかがチャンコロのスパイがなんだというんだ？　だが……ホーテンコは、ひとりでベトコンを十六人も生け捕りにしたほどの猛者《もさ》じゃないか。〝気ちがい〟とみんなに呼ばれたほど度胸のいいホーテンコが、なぜ……やつはいったい、なにを見たんだろう？

あいつらがあっさり殺《や》られるなんて、とても信じられない。みんなゲリラ狩りの超ベテランで、人間ばなれした連中だった。第二次大戦中、イタリヤ戦線で驚異の的《まと》になった、伝説的な戦闘部隊〈悪魔の旅団《デヴィルズ・ブリゲード》〉の悪魔どもに匹敵する殺し屋たちだったのに。チャンコロの黄色い人食い虎どもめ。いまに貴様らを狩りだして、起重機がいるほど弾丸をぶちこんでめかたを増やしてやる。穴の数の新記録を作ってやるからな……

男たちは熱泥のような情念に身を灼かれながら考えていた。冬のきびしい寒気すらも意識になかった。アラスカの雪原でごろ寝する耐寒訓練を受けているのだ。

指揮官の命令はまだ来ない。

焦燥にかりたてられだした男たちの思考が、突如断ち切られた。

廃品小屋の戸口が、なにかを吐き出したからだ。

悪夢がかれらをとらえた。

なにか、おそろしく異常なものだ。明るい月光は、形容を絶した凶《まが》々しいものの、かたちを入念に照らしだした。

長い頭髪は針金の硬さで逆巻《さかま》き立って空を突き刺し、目はグリーンのランプがともっているようだ。耳まで割れた醜怪で貪婪《どんらん》な大口は、太くいやらしい牙をのぞかせている。看護婦の白衣の名残りをまつわりつけた裸身は、黒い剛毛にびっしり覆われ、つかみかかる形相の両手には、虎のそれのように残忍な鉤爪がのびている。

そいつは、殺しつくし破壊しつくすためにのみ存在する怪物だ。人の心の深奥、どろどろした蟠闇《わだやみ》から這いだしてきた悪霊《あくりょう》だ。そのとほうもない邪悪さ、不吉さは、まさしく呪術世界の存在だった。

男たちは、発狂した仲間が叫んでいた言葉を正確に理解した。

悪鬼である。

肝拉《きもひし》がれるとはこのことであろう。鬼面の怪物を凝視する男たちの顔を、なにかしら人間ばなれした悽愴な恐怖がいろどった。体毛は逆立ち、身体は氷結する。

意味をなさない喚声をあげて、命令を待つことすら忘れ、男たちはいっせいに発砲した。無我夢中で射って射ちまくった。そうせずにはいられないからだ。いずれも心臓を口から吐きだしそうな恐慌の表情だ。

十数の火線が宙に交錯し、鬼面の怪物を押しつつんだ。月光にはえて、怪物の剛毛が無数の短針のように飛び散り、舞った。

熟練した射手十数名が、怒濤《どとう》のような自動小銃の集中銃火を浴びせかけたのだ。このすさまじいフルオートマチック射撃の嵐に耐えて生き残る生物は、この地球上に存在するはずがなかった。たちまち完膚なきまでに引裂かれ、生肉の破片となって四散するはずだ。

鬼面の怪物は数知れぬ弾丸を浴びて蜂の巣だ。高圧放水を受けた者のようにきりきり舞いし、踊り狂い、倒れ、のたうちまわる。何度も何度もころがっては、そのつど執拗に起きあがってくる。

男たちの口から、異様な不信と驚愕のうめき声がもれた。たしかに弾丸を数かぎりなく急所に叩きこんでいるのに、なんの効果も現われない。怪物を傷つけることさえできない。全身の血が凍結する恐怖に耐えながら、矢つぎばやに弾倉を交換しては射ちまくる。十個の二〇連弾倉はたちまち空《から》になった。銃身は過熱して焦げ、撃針がむなしい音を立てた。

不死の怪物はいまだに立っていた！

その醜怪な鬼面は、数知れぬ弾丸にえぐられて正視に耐えぬ痘面《あばた》だ。が、さらに恐しいのは、弾丸のえぐった穴から、一滴の血も流しだしていないことである。

男たちの悪夢は、頂点に達した。

怪物の体表の無数の弾痕から、あざやかにきらめく弾丸の尻が押し出されてきたのだ。おそらく千発を超す厖大な量の弾丸が、体内圧に圧迫されて、体外に逆戻りしつつあった。月光にきらめく雨滴のように、せりだした細長い弾丸の雨がきらきら光りながら落下する。怪物の足許に散乱し、さらに降り注ぐ弾丸とぶつかって、チンチンと澄んだ音を発しつづける。激しい嵐が去った後のように静かさを深めて……

男たちは、魂も失せて、うつろな目でその光景を凝視していた。

怪物の眼窠にめりこんだ弾丸が、ゆるやかにせりだしてきて、ポタッ、ポタッと地表に落ちる。

その真暗な眼窠の洞穴の底に、鬼火のような緑色の光がよみがえってくる。爛ときらめきを放って、茫然と立ちすくむ男たちを、緑色の目がとらえた。

悪鬼が咆えた。残忍な歓喜の叫びだ。

殺戮が始まった。

31

精神科の病棟では、大混乱が生じていた。突如として裏庭で激烈な銃火が荒れ狂いだしたのだ。流れ弾《だま》が裏手の窓ガラスを射ち抜き、粉々に吹き飛ばし、患者の病室にまでとびこんできた。

病院の裏庭で戦争が始まったとわめきながら、患者たちは起きだした。口々に叫びたて、騒然と軽症患者たちは病室をとびだしてきた。独房の重症患者もわけがわからないまま笑声や悲鳴を響かせた。興奮しきって錠のおりた戸に体当りする患者もいる。

銃声を口でまねて走りまわったり、将校気取りで号令をかけ、突撃を命じたり、廊下を匍《ほ》匐《ふく》前進したりする者が続出した。どういう気なのか、銃火のひらめく裏庭へとびだそうとする患者たちを、看護婦たちは必死に食い止めていた。彼女ら自身、患者と等しく狼狽しきって、状況判断が困難な有様だ。

一方では患者に避難を誘導し、もう一方では外に出るなと声を枯らしている。

怒号、悲鳴、笑声が交錯して、病院は収拾不能の混乱におちいってしまった。

「戦争だ！　戦争だ！」

「射て！　射て！」

わめきたてながら患者が右往左往し、看護婦ともみあう。大声で軍歌を歌いだす年配の患者もいる。流れ弾に頭をけずられて、顔に血の縞《しま》を流しながら、ふらふら歩いている患者までいた。

ついに人民はいっせい蜂起し、革命の火の手をあげたのだと主張する患者と、中共が攻めてきたといいはる患者がいきりたって口論していた。それにさらに、これは二・二六の青年将校の決起だという説をふりまわして割りこむ者、なんという騒ぎだ、やかましくて気が狂いそうだと苦情を申し立てる者。

狼だ、狼がいた、と医者に訴えている患者もいたが、むろん相手にされなかった。

「ほんとの狼なんだ！　わしは戦前まで支那にいたから、狼のことはよく知ってるんだ！　あれは本当の狼だ！」

と、懸命に叫ぶ。狼がこわい、狼にたべられる、と女子患者が泣きだす。とりすがる患者を乱暴にはらいのけて、医者は狂ったように通じない電話器にむかってどなりたてていた。

「狼なんだ。本当の狼なんだ。わしゃァ嘘はいわん」

元馬賊あがりの大陸浪人と自称する老人が力説する。医者が相手にしないので壁にむかってしゃべりだした。

「ありゃァわしが蒙古《もうこ》軍を指揮して、四子王旗の錫拉莫林廟へ行ったときじゃったが……」

病院の前庭には、建物からぬけだした二〇人ほどの患者がうろうろしていた。二月の夜だというのに、ほとんど全裸で平然と歩きまわっている若い女もいた。病棟をとびだしたものの、外の凶暴さに恐れをなした患者たちは庭内をあちこち走りまわっていた。

銃声はなおも吠え狂い、喊声があがっている。夜空はヘリコプターの爆音で震え、遠方でサイレンが走っていた。

全裸の少年と狼は、うろうろする患者の真中を突切り、やすやすと病院の塀をこえた。患者たちは驚きの声をあげて、それを眺めていた。物騒な外部へわざわざ脱走していく者の正気を疑っていた。あわてて足もとの地面を両手で掘りだす患者がいた。身をかくす穴をつくる気なのであろう。病院の外はあまりにも敵意に満ちていて危険だ。

少年と狼は、激しい銃声を後に、夜の底を疾走した。畠や雑木林を横切り、一刻も早く病院から遠ざかろうとする。いまはなによりもまず、脱出することが第一義だ。

これだけ派手に銃声を轟かせていれば、いまに東京中の警官が押し寄せてくるであろう。あるいは自衛隊が治安出動するかもしれなかった。

すでに主要道路は交通遮断され、非常検問がおこなわれているにきまっている。もたついていると蟻《あり》一匹這い出せぬ包囲網が張られてしまう。ＣＩＡの特殊部隊だって、逃げられるかどうかわかったものではない。射ちあいを強行して血路を開くほかないだろう。下手すると国際問題だ。世界的な大スキャンダルになる。またしてもＣＩＡの大暴走が明るみに出て、日米関係が大きくゆるぎだす。

ＣＩＡの秘密部隊、精神病院を襲撃！　銃撃戦で死者十数名を出す！　気でも狂ったかＣＩＡ！　野党、政府責任を追及！　野放し外国諜報組織を一掃せよ！　日本政府、米政府に正式抗議！　日本国内でＣＩＡ局地戦をおこなう！

ＣＩＡだっておめおめと縄目の恥は受けまい。なにしろ機動力がすごい。大型ヘリの救援で高飛びするだろう。米軍基地へ逃げこんでしまえば、あとはどうとでもごまかせる。日本警察は口惜しがって足ずりするだけだ。

だが、こちらはそうはいかない。自前の足を用いて一目散に逃走するしかないのだ。頭上を大型ヘリが旋回していた。着地場所をさがしているのか、かなりの低空である。その数も一台や二台ではなかった。

そのうちの一台が、少年と狼の進路にあたる前方の雑木林のむこう側へライトを照射しながら降下していった。大型のボーイング・バートルだ。主回転翼のまき起こす強風が雑木林を騒がせている。

ＣＩＡの増援部隊だ。このまま進めば衝突は避けられないであろう。夜間戦闘装備の暗視スコープにかならずひっかけられる。

少年と狼は足を止め、立ち枯れた叢《くさむら》の中にうずくまった。

「おたくは、狼の姿に変身できないのか？」

と、狼があえぎながらいった。

「包囲を突破するには、そのほうが都合がいいんだが……」

「わからない。まだ一度もそこまで完全に変身したことがないんだ……どうやったらいいのか、わからない」

少年はこたえた。年長の相棒の美しい流線型の体形を、讃美をこめて眺める。狼はふさふさした尻尾に愛情をこめて、少年のはぎを叩いた。

「死ぬまで一度も変身しない狼人間もいるよ。血が人間と混りあって希薄になりすぎたり、必要を感じなかったような場合にはね。変身《メタモルフォーゼ》というのは、たぶんに心因的な反応なんだ。普通の人間でも、心因性の生理現象には、すごいものがある。熱狂的な信仰者はよく奇跡を起こす。催眠術をかけて暗示をあたえると、火傷《やけど》や打撲傷そっくりの症状があらわれてくる。狂信的なクリスチャンには、聖痕《せいこん》といって、十字架のキリストが釘を射ちこまれた四肢の部分に、ひとりでに深い傷口が開き、血が流れだすというケースが昔からある。精神が肉体を支配すれば、どんなことだって起こりうる……」

「おれにできるだろうか？」

「もちろん、できるさ」

と、狼は確信に満ちていった。

「おたくは、狼人間のサラブレッドだ。変身できないわけがない」

とがった鼻面をあげ、中天に冴えわたる真円の月を仰いだ。

「あの月にむかって祈るんだ。月は太古の昔から、狼の守護神だ。本気で祈ってみろ。月はかならず願いをかなえてくれる……」

少年は、片膝を折った姿勢のまま頭をそらせて、輝きわたる黄金の円盤を凝視した。

「十字架とか呪文、怪しげな小道具なんて必要ないぜ……充分な確信さえあればいい。呪術者というのは、自己の思念力を高めるためのプロセスとして、いろいろ怪しげなことをするんだ。どうやって変身が生ずるのか、おれにはわからん。だれにもわからんだろう。だが、それはまぎれもない事実なんだ……いま現に、おれが狼としてここに存在するように」

「そうだ、おれにはできる」

少年は体液が泡立つような興奮に支配されてつぶやいた。おれはすでに、完全な変身への過程のなかばまで、何度か踏みこんだことがある。おれにできないはずがない。なぜならおれはもとより狼だからだ。流れるように美しい狼の体形こそ、おれの本来の姿なんだ……微妙な歓喜の波動が、全身をくりかえし往き来し、広大な解放感を強めていく。

少年はいまこそ完全に解放されるのを知った。直立した猿《さる》のぎこちない無細工な体形こそ、変質的なものだとさとった。全身がとめどもなく柔軟になり、とほうもない流動の感覚が襲ってきた……全身がパテのように溶解し、ほとんど不定形になっていく、超絶した感覚。清新な歓喜の念が少年を包みこんだ。おれはいま、すばらしいものへと生まれ変わろうとしている！　雪原を優美な体軀をしなやかにくねらせ疾走する狼たちの群を、おれはどんなにうらやんだことか！　野暮でまのぬけたおのれの身体を、どれほど恥じたことだろう！　おれの熱い願望はいまこそ満たされる！　おれは完璧《かんぺき》になるのだ！　絹のような深い体毛につつまれた優美な生物に！　おれは畸型《きけい》的に巨大な胎児のようにいやらしく無毛の猿ではない。

おれは狼だ！

変形の過程はすみやかであった。全細胞が配置を転換した。少年の燃えあがる願望にこたえ、細胞のひとつひとつに組みこまれた変形メカニズムが始動したのである。骨格すらもが変わった。

少年はうめきを絞りだして、前方へ身を倒した。巨大でしっかりした前脚が体重をささえた。雪の表面をしっかりつかむことができる幅広の狼の前脚だ。

かれは身を震わせ、四肢を踏みしめて立ちあがった。密生した毛足の長い、黄金色の体毛を月光がすべった。

若く美しい金狼。

身体を伏せて眺めていた年長の灰色狼が、満足げにくっくっと笑った。

「完璧だ。うまくやったじゃないか、兄弟」

鼻を鳴らしながら立ちあがる。

「これでいい……だいぶ脱走しやすくなった。見とがめられても、夜のことだ。犬だと思ってくれるだろう。行こうか」

二頭の狼は、解き放たれた矢のように月光の下を走った。強力な筋肉を思うがままに制御し、疾走するのはたのしかった。

狼は天性のタフな走者だ。走ること自体に喜びを見出すのだ。

32

国道を、パトカーに先導されたトラックが轟音をまきちらして走りすぎる。機動隊員を満載していた。防弾チョッキでふくれあがり、大きな楯を抱いた隊員がしゃがみこんでいるのが、幌の開いた後部から見える。おそらく道路という道路を封鎖しようというのであろう。銃声はいまだに鳴り響いている。いずれ、東京中の警官が動員され、押しかけてくるはずだ。

二頭の狼は、国道ぞいの畠にぴったり身を伏せて、トラック群をやりすごした。

「大変な大捕物《とりもの》になってきたな」

と、灰色狼があえぎながらいった。

「夜のうちに脱出しないと、ことだぜ。まさか昼ひなか、このなりでうろうろできないもんな」

「かくれ場所を見つけたら、どうだろう」

と、金狼がなれない発声器官に苦労しながら提案した。

「警戒がゆるむまで夜だけ行動したら……」

「この辺はしらみつぶしの捜索を受ける。警察犬を使うにきまってる。警察犬のやつら、おれたちの匂いを嗅いでさぞかしブッたまげるだろうぜ」

「そうか。犬という手があったな……」

「犬と咬みあいをやるのは気が進まんだろうが」

灰色狼はシニカルな笑声をたてた。

「このいでたちで都内へ舞い戻ってみろ。たちまち野犬捕獲人に追っかけまわされる。人間どもに石をぶつけられながら、残飯あさりをしなきゃならん。あまりぞっとしない話だがね」

「ともかく逃げだすのが先だ」

「それが、まずいことにおれの車が、現場近くに置きっ放しになってる。おれが事件の重要参考人として手配されるのはまちがいない。だからアパートにも戻れない。金もなし、服もなし、食物もなし。おれたちは哀れなさまよえる狼になっちまったんだ」

灰色狼は悲しげに鼻を鳴らした。

「おたくときたら、もっと具合が悪い。なにしろ、法律的には死人ときてるんだ。それがどうして生きかえったかとなると……説明のしようがないやね。警察はもちろんのこと、CIAだってこのままひきさがるわけもなし、進退きわまったとはこのことだぜ」

「それほどひどくはないさ」

と、金狼がいう。夜空の壮麗な円盤をふり仰いだ……すべての解答がそこにあるというように。

「そんなにひどくはない！　おれは生きてる。おれは自由だ。こうして仲間にもめぐりあった。おまけに希望さえあるんだ。ついさっきまでのおれは、鎖《くさり》でつながれ、ずたずたに切りさいなまれ、二度とこうして月を仰ぐこともないと絶望していた。そうさ、おれは死んだも同じだったんだ！　おれを見てくれ！　おれはこのとおり自由なんだぜ！　おれは生きてやる。とことんしぶとく生きぬいてやるんだ！」

金狼の両眼は炎《も》えたった。おれは生まれ変わった。活《い》き活きと美しくきらめいた。武者震いでたてがみが逆立つ。

「おれは生まれ変わった。おれは狼として生きる権利を人間どもに主張する。生きることが、人間だけの独占的な特権じゃないと思いしらせてやるんだ」

「そうだ。そのとおりだ、兄弟！」

金狼の興奮が伝染したように、年長の狼も武者震いし、むっくり身を起こした。

「しぶとく生きぬいて、邪悪なる人間どもの鼻をあかしてやろう。ほとぼりがさめるまで、野性的な生活をするのもまんざら悪くない。山奥へもぐりこんで、山賊ぐらしをやるか」

狼たちは、ひらめくように国道を横切った。

奥多摩の山岳地帯をめざして、狼独特の速歩で、肩を並べて進む。徒歩の人間の足では絶対におよばない、長距離走者の確実な走法で、かれらは現場を遠ざかっていく。

狼たちは一度も背後をふりむかなかった。背後でどんな光景が展開されようと、もはやいっさい関知しない。野生の狼の倫理がかれらの心を支配していた。

かれらが、後方に注意をむけたのは、多摩の丘陵に分けいってからである。

風むきが追い風にまわったとき、狼の鋭敏な嗅覚が異変をしらせたのだ。

狼たちは同時に足をとめた。くるりと身体をまわして、鼻をひくつかせ、入念に夜気を嗅ぐ。

「尾《つ》けられている」

と、金狼が警告を発した。

「そんな馬鹿な、といいたいが、事実のようだな」

灰色狼は目を光らせて、偵察するウサギみたいに後脚で立ちあがり、風の運ぶ匂いに神経を集中した。いきなり牙をむいた。

「まずい！　全力で突っ走れ、兄弟！」

二頭の狼は地を蹴り、跳躍した。狭い山道を飛ぶように疾走する。二頭とも、純粋種の狼をはるかにうわまわるスピードをそなえていた。草原に棲《す》む狼には苦手の山道もまったく苦にしない。マウンテン・バギーで追跡しても追いつけないだろう。強大な筋力を爆発させて、砲弾のように吹っとんでいく。

頭上の梢《こずえ》が疾風を受けたように騒然と鳴りわたった。狼たちの注意が頭上にそれる。と、巨大な怪鳥に似た影が、前方に降ってきた。狼たちは身をひるがえして方向を転じ、斜面をかけ登る。その行手にも、黒い影が舞い降りた。

「お待ちよ！」

女の声が鋭く命じた。

「お待ちったら、神明！」

その声は二番目の影から放たれた。狼たちの足がとまる。

影は人の形をしていた。だが、目だけが人間のものではなかった。夜行獣の反射率の高い青く光る目であった。

「面倒なやつが出てきやがったな」

と、灰色狼が不快そうに低くうなった。金狼のもの問いたげな目に小声で答える。

「虎4《フースー》といって、うるさがたの中国工作員だ。まだ話してるひまもなかったが、おたくが生きてることを、おれに教えたのがこの女なんだ」

「ずいぶん迷惑そうな顔をするじゃないの。すこしは愛想よくしたって、罰は当たらないわよ……」

中国娘は例によって、せせら笑うようにいった。勝ち誇った傲慢さが癇《かん》にさわった。

「どう？　あたしのいったとおりでしょ、狼ちゃん、あんたたちの正体は、こっちにはとっくの昔に割れてるんだから、そんなに浮かない顔することないわよ、神明。ほめてあげるわ。あんたにこれほどうまくやってのけられるとは、いささか意外だけどさ……そっちの黄金色《きん》のきれいな狼さんが、かの犬神明ってわけね？」

虎4《フースー》は満足げに喉で笑う。

33

同じころ、監視線の特殊部隊を殺戮して、精神病院に侵入した西城は、現実の〈悪夢〉と遭遇した。

さしもの冷血漢も棒立ちになるほどの衝撃だった。たとえ虎やライオンのような巨大な肉食獣とわたりあうことにもたじろがない、この獰猛な殺し屋が、背筋を氷柱に変えて立ちすくんだ。

口中がからからに乾き、脇の下を冷汗が気味悪く濡らした。

こいつは人鬼か。

まさしく鬼だった。月下に、流出した血は、大きな水溜まりのように黒々と光っていた。人間の形状をとどめない、肉体の破片がうず高く積みあげられ、にじみ出る液体が黒い水溜まりの面積をさらに広げている。

人鬼は、鈍いいやな音をたてて、ぐんにゃりした死体の四肢を無造作にもぎとっているのだった。悦に入った笑声がたえまなく漏れている。まるで幼児がつかまえた昆虫の脚をもぎとるように楽しげに、恐ろしい行為に熱中しているのだ。

四肢を失ってずんぐりした肉塊と化した死体を、うず高い肉塊の山にぽいと投げ捨てた。濡れた重い音を発して、黒い飛沫が大きくはねる。

人鬼は周囲を物色すると、虫の息でうごめいている犠牲者にとびかかっていった。男はすでに両脚を膝のところでねじ切られている。逃がさないように、人鬼はあらかじめ足を奪っておいたのであろう。そのことは、人鬼の徹底した残忍さ狡猾さを物語っていた。

瀕死の弱々しい悲鳴をあげつづける犠牲者の両肩をつかみ、仔猫のように宙吊りに持ちあげると、喉首に牙を埋めた。気管を切断された男の悲鳴が泡立つような音に変わる。頸動脈が裂けて、噴出する血が人鬼の顔に音をたてて降り注ぐ。人鬼は舌を鳴らした。猫がミルクをなめる音だ。

西城は全身鳥肌立った。異様な倒錯した感覚が皮膚の下を這いまわり、胸郭を押しつぶされる絶息感が襲いかかった。脳貧血を起こして頭の芯《しん》がくらくらしびれた。下腹部の筋肉がこぶのような結節をつくった。鈍くうずきながら、男根がすさまじく膨隆してくる。女と交ったときですら味わったことのない熾烈さで、性中枢の神経細胞がたけり狂いだしている。恐ろしい死の味わいを持つ蠱惑《こわく》だ。西城の肉体の深奥で黒い獣がうごめいた。黄金色の目を開けた。西城はすばやく激しくふるえはじめた。耐えがたい灼熱感が背骨を火柱のように貫いた。黒い獣がはねあがって、背骨にどすんと体当りした。西城はほとんど射精寸前だった。耐えがたい快感にのたうっている女のそれのようなうめき声が漏れ出た。

人鬼は、わずかな気配すら逃さなかった。ピクッと上端のとがった耳を動かし、コンクリート塀際の西城をふりかえった。

新鮮な犠牲《いけにえ》を見出した歓喜が、緑色のつりあがった目を炎に変えた。咆哮をあげて、手にした死体を血溜りに投げこむ。

襲ってくる！

死に似た異常な恍惚にとらえられていながらも、西城の右手は反射的にひらめいた。ワル

サーの銃口が人鬼の胸板をむき、機関銃に劣らぬスピードで弾丸を射ちこんだ。

なんの効果もない！

豹のようなスピードで襲ってくる人鬼の手を逃れて、西城は旋風みたいに二転三転した。

西城の生命を救ったのは、その抜群の反応速度、きたえあげた拳法の高度なテクニックであった。いつまでもワルサーにしがみついている愚は犯さなかったこともある。

めまぐるしく地表をころがりまわりながら、ワルサーを落とし、腰のベルトから四四マグナムを抜きだしていた。三段がまえの撃鉄を親指がひき起こす、その音が天上の音楽のように甘美だ。

一メーターに達する太い火炎が噴きのびた。馬に蹴りつけられる強烈な反動で手首が折れそうにそりかえる。耳孔にリベットを射ちこむ轟音。

やった！

真正面から暴走してくる大型トラックを急停止させるものすごいマグナム弾のエネルギーが、まっしぐらに躍りかかってくる悪鬼を空中で捕え、炸裂《さくれつ》したのだ。

ビルをとりこわす破砕鉄球の一撃をくったように、人鬼の身体がもんどりうって後方へ吹っとんでいく。

が、西城は、おのれの目を疑わねばならなかった。

四四マグナムの巨弾を胴体にくった人間は、大量の肉をもぎとられ、まっぷたつにちぎれてしまう。ワルサーやM16自動小銃の射ち出す高速弾とちがって、あっさり肉体を貫通することなく、圧倒的なエネルギーを筋肉、骨、身体組織のすべてにぶちまけ、文字どおり粉砕してしまうのだ。弾丸が頭をかすめただけでも、衝撃波で脳がいかれ、廃人になることだってある。

ところが、いま西城が相手にしているのは、生物学のあらゆる常識を破壊する存在であった。たいした痛手をこうむった気配もなく、むくむくと身を起こしてきたのである！

西城は、血溜りにうず高く積まれた死体がなにを意味するか、舌の根が硬直する思いで理解した。恐怖が万力と化して心臓を締めあげた。

特殊部隊が全滅した理由はあきらかだ。こいつは不死身の怪物だったんだ！

四四マグナムですら、この人鬼には通用しないのか！

恐怖で発狂しそうだった。西城の口から、意味をなさないわめき声が噴きだした。絶叫をまきちらしながら、人鬼の顔のどまん中へマグナム弾を射ちこんだ。

人鬼はふたたび七、八メーターすっとんで、背後のコンクリ塀に激突した。

さらに、その崩れた醜悪な鬼面に巨弾をたたきこむ。輪胴が空になり、撃針がむなしく空を撃つまで、西城は歯ぎしりしながら発砲しつづけた。

人鬼は全身ぐしゃぐしゃにつぶれた。顔はもはや目も鼻もさだかでない生肉の塊だ。しかし、太くたくましい牙の間を、舌が炎のようにうごめきつづけている。

実に六発のマグナム弾を急所という急所にたたきこまれながら、まだくたばっていないのだ。執拗に逆襲の機会を待っている。その超絶した生命力で速《すみ》やかによみがえりつづけ、西城を捕えて寸断しようとしている。

なみの人間だったら、とっくに発狂するか、戦意を喪失し腑抜けになっていたろう。しかし、西城の神経は特別製だったのだ。どんな極限状況からも生還すべく、西城の戦闘能力は殺人機械の域に高められていた。頭で考えるまでもなく、身体が自動的に動き、反応する。それが西城と特殊部隊の兵士たちを、生と死を分つものであった。

西城は無意識のうちに行動した。四四マグナムを放した手が、腰に吊った手榴弾に伸びる。両手に握った手榴弾のピンを歯で次々にひっこぬく。レバーを押して撃発させる。ガスベンドからフューズの燃える白煙が噴出する。正確に三秒間待つ。西城の目はうつろだった。自動機械になりきっているのだ。アンダースローで同時に左右の手榴弾をほうると横っとびに身を投げた。両腕で頭をかばって、庭の木のうしろにころげこむ。

たてつづけに閃光が夜の闇を引裂いた。地面が大きく波打つ。ばらばらと土砂、コンクリの破片が降り注いだ。

爆発がおさまったとき、コンクリートの高い塀は五メーターにわたって大きく崩れ落ちていた。なんの動きもない。

西城は用心しながら、たしかめに近寄った。これでだめなら、とどめを刺すのはあきらめて逃走するしかない。首筋のうしろがよだってくる。

が、さしもの悪鬼も完全に動きをとめていた。挽肉のようにつぶれた肉が、崩れた塀の破片とまぜこぜになっている。いくら不死身でももう生き返ることはないであろう。

西城はよろめいた。安堵のあまり腰が抜け、尻もちをつきそうになったのだ。かろうじて踏みとどまると、地面に落とした四四マグナムとワルサーを拾いあげた。その場にひっくり返って身を休めたい欲望にかられた。

が、休んでいる余裕はない。気力をふるい起こし、ガクガクする膝を叱りつけて行動に移る。

西城が姿を消した病院の裏庭は、皎々たる月光を浴びて動くものの影とてない。コンクリートのかけらになかば埋まった鬼面の目がガラス玉のようにうつろに、中天の円盤を凝視している。いや、それはもはや鬼面とはいえなかった。石膏に似た三木看護婦のデスマスクだ。

しかし、その死顔は奇妙に充足した平穏さをきざみつけている……

34

「おめでとう……」

虎4《フースー》の声には満悦の響きがあった。

「無事でなによりだわ。もっとも、満月の夜の狼男が、そう簡単にしてやられるわけがないと思ってたけどね……いくら相手が米軍の特殊部隊でも」

「送り狼というのはあるがね」

と、灰色狼は嫌悪をのぞかせていった。

「狼のあとを尾《つ》けるってのは、話がアベコベだぜ。なんの用だ、虎4《フースー》？　犬神明は、このとおりおれが連れだしてきた。もうおれたちに用はないはずだ。おれたちもスパイだの〈不死鳥作戦〉だのといった、けったいな代物に用はない。そこをどいて通してもらおうじゃないか」

「そうはいかないわ」

虎4は落ちつきはらっていった。

「このままほっとけば、また捕まるにきまってるもの。あんたたちを保護しなきゃならないわ」

「ちいっ、保護だと？　笑わせないでもらいたいな。そっちの腹はミエミエだぜ。お目当はわれわれ狼人間の秘密ってやつさ。まったく、スパイなんて、どいつもこいつも同じだな。舌は真赤で腹は真黒だ」

灰色狼は声高にののしった。

「おれたちは気が立ってるんでね。咬みつかれたくなかったら、妙な手出しはしないほうがいいぜ。おれの牙は素早いんだ」

「馬鹿ね。いつまで逃げられると思ってるのさ」

虎4は両手を腰にあてがい、狼たちを睥睨《へいげい》した。あざけりをこめて口がゆがむ。

「やっぱりアマチュアだわ。考えが甘いわよ。あっという間にCIAの手に落ちるにきまってる。あたしといっしょに来れば、安全にかくまってあげるといっているのよ」

「鎖で縛りつけられた保護か？　まっぴらだ、ほっといてもらおう。おれたちが欲しいのは自由なんだ」

「自由？」

中国娘は嘲笑《あざわら》った。

「野犬のように追いまわされたあげく、殺されるのが自由だというの？　たいした自由じゃないの。すばらしいわ。すばらしすぎて泣けてくるわよ」

「なんとでもいえ。おれたち狼は自由の民《たみ》だ。薄汚いスパイ風情になにがわかる」

灰色狼の声には、虎4の顔色を変えさせるほど痛烈なさげすみがこもっていた。

「狼には、人種差別もなければ国家間紛争もない。裏切りも権謀術数《けんぼうじゅっすう》も縁がない。力の論理は狼には通用しないんだ。人間ほど野蛮なものはない。そこをどけよ、虎4。狼は決して人間の奴隷にはならないんだ」

「演説はそれだけなの？」

虎4は無気味なほど静かにいった。

「あんたの考えはどうなの、犬神明？」

金狼は無言で虎4の顔を見返した。美しい澄んだ目が言葉よりも有能に答えていた。虎4はあらわに動揺を見せた。狼の誇りは、だれにもうち砕くことができない。人間にできるのは、ただ殺すことだけだ。

「どうやら、口でいってもわからないようね……」

虎4の目が爛々と光りだした。腹を立てたのだ。

「そうら、きた」

灰色狼は後退りしながら、辛辣《しんらつ》にいった。

「実力行使だ。力は正義……こいつはすべての人間のモットーだものな。気をつけろ、犬神明。このアバズレ娘は手強いぜ。だが相手にすることはない。逃げの一手さ」

「逃がすもんですか……」

虎4はじりっと足を踏みだした。

「虎部隊から逃げだせると思ったら、大まちがいよ。いま、それを教えてあげるわ」

狼たちは、虎4をふくめた四人の人影に包囲されていたのだ。虎4の自信からすると、よほどの手練れにちがいない。全身からすさまじい気迫を放射してにじり寄ってくる。

「ずいぶん見くびられたもんだな……」

と、灰色狼が悲しげにいう。

「おれたちを素手で生け捕りにする気だぜ。虎部隊だとさ」

四つの影がすばらしい動きを見せて、狼たちを襲った。長い革の鞭《むち》がひらめいて、輪になった先端を狼の首にひっかけた。鋼鉄のケーブルが芯にはいっている。そいつが締って狼たちの首を絞めあげ、ひきずり倒そうとする。あざやかな攻撃だ。ただの狼だったらひとたまりもなくひき倒され、両側から二重に絞めつける輪に身動きもとれずくびられていただろう。

が、狼たちは地に根を生やしたように四肢を踏んばり、微動もしなかった。ケーブル芯の革鞭はぴんと張りつめた。全力をあげて鞭をたぐり寄せ、ひきずり倒そうとつとめる。筋肉を怒張させた四人の東洋人の顔に汗が噴きだしてきた。木の葉を洩れる月光が、かれらの精悍な顔に糸を引く汗を照らす。

狼の鉄像をくびり殺そうとするようなものだった。鉄芯の鞭は、狼の鉄みたいな首の筋肉にはじきかえされている。

うめくようなあえぎが、虎部隊のくいしばった歯の間を漏れた。

突如、狼たちはしなやかにはねた。垂直にジャンプする。虎部隊はやすやすとひきずられ、前のめりに崩れる。剃刀より鋭利な狼の牙が、目にもとまらぬ速さで鉄心鞭を切断していた。狼たちは貂《てん》の神速をうわまわるスピードで逆襲に転じた。牙がひらめき戛然《かつぜん》と鳴る。たとえ虎部隊が神技《かみわざ》のような格闘技の名手ぞろいであっても、狼のスピードには追いつけなかった。毛の一本に触れえずに、斜面をころげ落ちていった。

残ったのは、虎4だけだった。それも狼たちが攻撃を抑制したからである。

「殺しゃしない。アキレス腱を咬み切ってやっただけさ。もう手出しをする気はないだろう……」

灰色狼はだらりと舌を垂らして笑った。首をのばして斜面の下をのぞく。密生した熊笹《くまざさ》に視界をさえぎられてかれらの姿はみえない。うんともすんともいわない。

「これも警告だぜ。おれたちに手を出すな。やろうと思えば、喉にくいつくことだってできたんだからな」

娘は憤怒と屈辱に、それとわかるほど身体をふるわせていた。

「とうとう、あたしを怒らせたね……」

娘は異様なしゃがれ声でいった。目は青い炎と化していた。

「ゆるさない……」

なにかしら人間放れした表情が、中国娘の顔を隈取《くま》っていった。いや、なにごとか虎4の身に生じているのだった。異様な隈が顔に浮き出てくる。呼吸がしだいに荒《すさ》み、それにつれて口が大きく拡がってきた。きつく刺激的な体臭を発散しはじめる。

狼たちは茫然として、虎4の身に生じた変化を見つめていた。下半身がだるく、しびれたような感覚にとらえられていた。

中国娘の猫を想わせる顔は、いま、その正体を狼たちの眼前にさらけだしつつあった。

虎4は、人虎に変身していく。黒い隈に彩られたその顔は、まさしく虎のものだった！

ホモ・モンストローズスに属する亜種は、狼男だけではなかったのである。

そうだ、当然疑うべきだったんだ。灰色狼の片隅で後悔がうずいた。この若い女には、はじめから人間放れしたところがあったんだ。なぜ見抜けなかったんだろう。

「やめろ」

我にかえって灰色狼が驚きにしわがれた声をしぼりだした。

「あんたと闘う気はない……争う理由がないんだ」

「おだまりよ。よくもあたしを馬鹿にしたね。思い知らせてやるんだ……」

虎4は荒々しくあえいだ。

「生意気な。たかが痩せ狼のくせに……いうことをきかないのなら、力ずくでしたがわせてやるからね」

「よせよ、虎4。そっちがしかけてこなきゃ喧嘩しないですむんだ。かよわき女性とファイトするのは、狼の騎士道に反するんでね」

灰色狼は冷静さをとりもどして、にやりと笑った。

「したがって、おれたちはおたくを相手にしない。レディらしく、しとやかに退場したらどうだい？　いやだというなら、こっちが退場するまでさ」

「畜生……」

虎4は嵐を吹いた。

「逃がすもんか！　二匹もいるくせに、あたしに手が出せないのかい。臆病者！　腰抜け狼！」

「あきれた喧嘩好きだな。どうやら虎と狼は友好関係を結べないらしい。行こう、犬神明。こういう好戦的なのを相手にしてると、ろくなことはない。ほっときゃいいんだ」

灰色狼は吐きすてるようにいった。

「畜生っ、殺してやるっ」

凶暴な怒りに燃えて虎4は狼たちにおどりかかった。風のように狼がとびのく。虎4は灰色狼に突進すると見せかけて、いきなり金狼を襲った。なかば人間の手指の形状を残した虎4の手が、金狼の後脚の片方をひっつかんだ。すばやく巧妙にひきずり倒すとのしかかった。鉄みたいな指で金狼の毛深い喉をつかむ。鋭い鉤爪をくいこませ、勝ち誇ったように笑った。

「手向かいしたってむだだよ。これ以上あたしを怒らせると、本当に殺してしまうよ！」

「力ずくで相手を支配することしか考えられないのか？」

と、金狼は静かにいった。

「いうことをきかないやつは、こうやってねじ伏せてやるんだ。ほかに方法があるっていうのかい？」

虎4が嘲笑う。

「痩せ狼なんかに馬鹿にされてたまるもんか。あたしは強いんだ。一度だって敗けたことがない……手も足も出ないとわかるまで、徹底的に痛めつけてあげようか。あたしは、おまえたちみたいに生意気なやつらをこらしめてやるのが大好きなんだ」

「やってみろ。おれを屈服させられると思うんなら、やってみるがいい」

金狼は冷たい静かな声にさげすみをこめていった。

「暴力では決しておしつぶすことができないものもあるんだ。それを教えてやろう……」

虎4は怒り猛った虎の咆哮をあげた。目は炎の渦だ。金狼の喉に牙を立てようとする。カッと牙がぶつかって鳴った。

そこへ救援にとびこんだ灰色狼が、虎4の尻にかみついた。虎4は猛り狂ってふりむきざ

ま、手の鉤爪で灰色狼の顔を掻きむしる。狼はわめきながら跳び退《すさ》った。そのすきに金狼は虎4の猛烈な把握からすりぬけていた。

虎4の服はズタズタに裂けた。黄と黒の縞にぬりわけられた体毛が激怒に粗く逆立ってい た。ほっそりと美しいが、獰猛このうえない虎だ。ふたたび金狼に挑みかかる。灰色狼が後方から牽制《けんせい》をかけたが見むきもしない。まともに金狼に強襲をかけた。

狼たちは期せずして絶妙なチームワークを発揮した。灰色狼が虎4の後脚を狙った。ガップリとくいさがる。間髪を入れずに金狼が虎の毛深い喉もとをとらえていた。そのまま熊笹の密生した斜面をいきおいよくすべり落ちる。狙いは斜面に突き出た、太い松だった。

虎は背中から松の幹に激突した。狼たちは虎の身体の両端にくいさがったままぶらさがり、逆エビの形に虎をそりかえらせた。背骨がへし折れたのかもしれない。虎の身体をすさまじい痙攣が襲い、口からだらりと舌がはみだした。

35

西城は、精神病院の地下へ侵入することに成功した。血が泥濘《でいねい》をなした惨状を見ても、もう平気だ。感受性が麻痺してしまっていた。それより時間切れの焦燥で目を血走らせていた。特殊部隊の増援が迫っているからだ。夜空の大型ヘリの爆音がそれを証明している。日本警察にも面子《メンツ》がある。猛烈な銃声におびえて、いつまでも手をつかねているわけにもいかないだろう。

ぐずぐずしていると、西城自身脱出の機会を失ってしまう。

西城は、スチールドアのこわされた部屋で、ただひとり生き残っている石塚医師を発見した。気絶しているだけだと知って、西城の身体は灼けるように熱くなった。手荒らに顔を張りとばすと、息を吹きかえした。強度の近視らしく、とびだした目がうつろだ。

「しっかりしろ」

西城は、乱暴に医師の胸ぐらをつかんでゆすりながら大声でどなった。

「ああ……ああ……」

頭の鉢のひらいた医師はあえいだ。目に正気の光がよみがえってくるまでが、たまらなくもどかしかった。

「石塚か？　医者の石塚だな？　おい、返事をしろ！」

石塚は、恐ろしく獰猛な形相の大男に気づくと、悲鳴をあげて逃れようともがきだした。

「安心しろ。おれはＣＩＡだ。あんたが石塚ならたすけに来たんだ。落ちついて返事してみろ」

「わ、わたしは石塚だ。ほんとにＣＩＡか？　ＣＩＡなのか……」

石塚は安堵のあまり、ふたたび失神しかけた。西城はその顔を平手打ちした。

「しゃんとしろ！　おれの質問に答えるんだ。犬神明というガキはどこだ？　おまえたち医者が、ここへ連れこんで閉じこめていたガキだよ。いまどこにいる？」

「ああ……ああ……」

石塚医師は懸命にうなずいた。

「遅かった……なぜもっと早く来てくれなかった……」

もつれる口で必死にしゃべる。

「そんなことはどうでもいい！　犬神明というガキはどうしたときいてるんだ」

西城はいらだってどなりつけた。石塚医師は四つ這いになり、冷汗をしたたらせながら、周囲を両手でさぐりはじめた。

「僕のメガネ……メガネがない……メガネはどこへ行った……」

眼鏡がないと、盲目に近い強度の近視なのだ。髪の薄い頭頂の肌まで汗に濡らし、両手で床を叩きまわる石塚医師の姿が、滑稽どころか、西城に悪寒をもよおさせた。氷塊のようなしこりが胸中にわだかまった。大魚を逸したという予感で身の毛がよだってくる。

眼鏡をさがしあてた石塚は叫び声をあげながら、わななく手で顔にかけた。

石塚は地下構内を走りまわり、悲痛に叫びたてた。

「いない！　どこにもいない！　どこへ行ったんだ！　どこへ行ってしまったんだ！」

両手をふりまわし、地団駄を踏んだ。顔色は死人みたいだった。惑乱しきっているためか、凄惨な死体の山にも反応を見せない。それどころか、血で汚れるのもかまわず、肉塊の山を素手でかきまわすしまつだ。

「いない！　どこにもいない！　逃げたんだ。そうだ、きっとそうだ！　逃げてしまったんだ！」

熱に浮かされたように口走りながら、へたへたとその場に尻をついてしまった。頭をかきむしる。

「逃げた？」

西城の顔も脂汗で光っていた。

「くそっ、肝心の不死身人間を逃しちまったんじゃ、なんにもならねえ！」

歯ぎしりした。腹が煮えかえる思いだ。

「畜生っ、これまでの苦労が水の泡だっ」

ここへたどりつくまでに、西城は特殊部隊員を六人は殺している。それがＣＩＡに知れたら、むろん生命はない。マッチの炎よりもあっさりと消されてしまう。

が、西城の判断は機敏だった。思いきりよく断念する。

「そうとわかったら、こんなところにぐずぐずしていられねえ」

執着《しゅうちゃく》を唾とともに吐きすてた。

「ま、待ってください。ぼくも連れてってください！」

われにかえった石塚が、西城の足にしがみついてきた。

「冗談じゃねえよ。これから血路を切りひらこうってのに、足手まといのあんたを連れていけるかよ」

西城は鼻で笑い、邪険《じゃけん》に石塚を蹴はなした。

「たのむ、待ってくれっ」

石塚は驚くべき速さではね起きると、西城の両脚にすがりついてきた。

「くどいぜ」

西城の目が凶暴に光った。ワルサーをひっこぬく。医師の頭に一発ぶちこむのを思いとどまらせたのは、次の一言だった。

「お願いだ！　不死身人間の秘密を知っているのはぼくひとりなんだ！　ぼくを連れていかないと、あんたたちＣＩＡは大損失をこうむってしまうんだぞ！」

西城は冷酷な笑いを浮かべた。

「ふん、だからどうした……おれを不死身人間にでもしてくれるってのか？」

「あんたは不死身人間になりたいのか？」

「なりたいにきまってるじゃねえか。だが、不死身人間の犬神明を逃がしてしまったんじゃ、どうにもならねえだろう」

「わかった。あんたを不死身にしてあげたら、ぼくを安全に連れだしてくれるか？」

「なに？」

西城の目がすさまじく光った。右腕をのばすと、石塚の肩をつかんで軽々とひき起こした。

「そんなことができるのか？」

興奮に声がかすれた。石塚は肩にくいこむ西城の握力の強さに顔をゆがめた。

「できる。それで、約束してくれるだろうね？　まちがいなくぼくをここから逃がすと」

「よし。約束するぜ、先生！」

西城は医師を軽く突きはなした。荒い呼吸音を響かせていた。とてつもない勝利感で身体がふくれあがりそうだ。

「そのかわり、でたらめとわかったら生かしちゃおかねえからな」

「大丈夫だ……」

石塚はよろめきながら先に立ち、西城を隣室に案内した。ビーカーやフラスコ、遠心分離機などの置かれた研究室だ。片隅に丈の高い大型の冷蔵庫がある。医師はドアを開け、透明な液体入りの試験管を一本取りだした。

「なんだ、そいつは？」

西城がきく。

「血清……〈ウルフ〉、つまり不死身人間の血液から分離した特殊な血清だ。これを注射すると、あんたは不死身になれる……」

石塚は蒼白な顔に汗を伝わらせながら説明した。膝の関節をたよりなくガクガクさせていた。

「この血清は〈死に対する免疫〉をつくりだすんだ。身体細胞は不死の再生能力を持つようになる。老衰者は若返り、身体障害者は、欠損した器官をとりもどすことができる……」

石塚は懸命に説明した。生化学的に不死性の転移が可能だということを、眼前の粗暴な巨漢に理解させようと苦心する。

「その血清は、本物なのかい？」

「もちろん本物だ。保証する」

「では、その血清をおれに注射してもらおうか」

と、西城があっさりいった。

「え、いまするのか？」

石塚は思わず怯《ひる》みの色を見せた。身体中が冷たくなる。西城の目が残忍にぎらっと光ったからだ。

「ほう、やっぱりでたらめかい」

形相が変わってきた。なんともいえず凶暴な日本刀の抜身のようなすさまじさだ。

「おれに一杯食わせようとしゃがったな」

血に飢えた声を喉の奥から出した。

「ちがう。思いちがいだ！」

「ふざけやがって……」

「待て。早合点《がてん》するな。たったいま注射をする。あんたを不死身にしてあげる！」

石塚は生命の危険を感じ、叫ぶように金切声をたてた。

「いますぐ、この場で注射する！　だから、落ちつくんだ」

「どうもこの話は、きなくさいぜ……先生よ。なぜ、あんたはその血清を自分に注射して、てめえが不死身にならないんだ？　不死身になっちまえば、なにもこわいものはねえはずだぜ。え、先生、どういうわけなんだ？」

「そ、それは……」

石塚は、西城の恐ろしい目に射すくめられ、絶句してしまった。この粗野な大男はすごく抜け目がないのだ。うまいい抜けを見出そうと、石塚は汗をしたたらせてあせった。

「どうした、先生？　答えられないのか……と、いうことはやっぱり……」

西城の顔に陰惨な表情がひろがった。すばやい一挙動で抜きだしたワルサーの銃口が、石塚の額に狙いをつけていた。

「おれをだまくらかそうとしたな？」

殺気でしゃがれた無気味な声を漏らした。

「ちがう！　ちがうんだ！　話を聞いてくれ、たのむ！」

石塚は死物狂いで叫んだ。苦悶するように激しく頭を振る。

「この不死身の血清には副作用があるのだ！　きき目が強烈なだけに、副作用も激しい。まだ正確な処置のしかたも充分にわかっていない……」

「どんな副作用だ？　いってみろ」

西城は、医師の額に孔をあける用意をおこたらずにきいた。

「理由はわからない。だが、この血清を注射されたものは、人間動物をとわず、たいへん凶暴化する。殺しをなんとも思わなくなってしまうんだ……」

石塚は歯の触れあう音をさせながらしゃべった。

「おれはいまだって、殺しをなんとも思わねえよ。じゃ、副作用といっても、別に変わりばえもしねえな」

西城はまじめな顔でいった。

「率直にいうと血清の標準量も超過量もまだ究明されていない……血清ではないが、不死身人間の血液をとって、看護婦に輸血したんだ。すると、彼女は二〇歳も若返った。だが、その後で恐ろしいことがおこった……」

欺瞞《ぎまん》が野獣の勘を持った西城に通用しないとさとり、石塚はいっさいをぶちまけた。

「看護婦は言語に絶する変身をとげた。満月の夜の狼男みたいなものすごい殺人鬼になってしまったんだ……看護婦は素手で、大和田教授を文字どおり八つ裂きにした」

「おれが上で出合ったのは、その看護婦らしいぜ。すごい怪物だった。まるで人鬼だ」

西城は凄惨な記憶をよみがえらせ、身震いした。

「いくらマグナム弾をたたきこんでも、びくともしやがらねえ。たしかに不死身だ。しまいに手榴弾をまとめて使って、やっと吹っ飛ばした」

「三木看護婦を殺したのか」

「殺らな《や》きゃ俺が殺られた。しかし、いくら不死身でも、あんな醜怪な人鬼になるんじゃ、ぞっとしないぜ」

「マウスを使った実験では、それほど異常な変身はなかった。ガンマグロブリンだけをあたえたせいかもしれない。三木看護婦の場合は、大量の輸血だった。だから血清を注射されたあんたが、三木看護婦のようになるかどうかは、なんともいえない。確実なのは、あんたが不死身になるということだけだ……」

「どうやら嘘はなさそうだな」

西城は額にしわを寄せて思案した。

「じゃ、血清の量を少なめに注射してみたらどうだ？」

と、提案する。

「本来はそれが一番いいのだ。少量ずつ時間をかけて注射し、様子を見るのが一番望ましいんだが……」

「いまは時間がねえ。よし、わかった、先生。やってもらおう。あんたがいいと思う分量だけ、射ってくれ」

西城は決断をくだした。上衣の袖をまくりあげ、異常なほど筋骨たくましい腕をむきだしにする。

「あんたは凶暴になり、ぼくを殺したくなるかもしれない……そうなっても、あんたは抑制することができるか？」

「心配するなよ、先生。おれは理性的なんだ。カッと逆上して人をブッ殺すのはアマチュアのやることさ」

ふてぶてしくにやりと笑う。

「さ、注射をたのむぜ」

石塚はブルブル震える手で試験管の透明な液体を少量、注射器に吸いあげた。

「残りの分は、おれがあずかっておく」

西城の手がのびて試験管をとりあげ、口に栓をして内ポケットにおさめた。石塚はアルコール消毒ぬきのまま、大男の普通の人間の太腿に匹敵する前腕に注射針を刺した。助かりたい一心だった。要求をこばめば、この凶悪な大男はあっさりと石塚を殺すだろう。

〈ウルフ〉の血清を注射された西城がどのような変化をしめすか、考えると身の毛がよだった。輸血を受けた三木看護婦が悪鬼に変身をとげるまでに、どのくらい時間経過があったろう？　たぶん四時間から五時間のあいだだ……それまでにこの男から逃げだせればたすかるだろう……この巨漢にゾアントロピーが生じたら、成長しきった羆ですら引き裂いてしまうにちがいない。

石塚はこめかみを痙攣させながら、注射器の内筒を底に押しさげ、一滴残らず血清を西城の血管に注入を終えた。針をひき抜く。と、西城が全身からすさまじい殺気を放射するのを感知して、石塚は恐怖に硬直した。殺《や》る気だ！　わめき声が喉もとにせりあがった。注射器が手をすり抜け落下し、床に割れ砕けた。

西城の身体が旋回した。手にしたワルサーP38が生きものみたいに脈動し、はねあがった。

地下室の壁がはねかえす銃声が、錐《きり》を突きさすように耳を襲い、鋭い苦痛を脳に走らせた。

部屋の入口で、だれかが力なく咳きこんだ。ガシャッと金属音が床に響き、鈍く柔らかい音がつづいた。黒装束の特殊部隊員が、自動小銃を投げだし、床に両膝を突いていた。両手を胸にあてがい、口から血泡を噴いている。生き残りの隊員がまだいたのだ。そのまま床にのめってしまう。恨みをこめて西城を凝視していた目がくるっと反転し白くなった。

西城は苛酷な線を顔の下半分に刻み、さらにワルサーを吠えさせて、止《とど》めを刺した。

「殺した……」

石塚が茫然とつぶやいた。

「殺してしまった……なんてことだ……味方なのに……味方を殺してしまった！」

信じられぬという目で西城を見つめる。

「ぼくを救出しに来たのに、それをあんたは射ち殺してしまった」

ふらふらと後退りした。壁に背中がぶつかる。バイブレーターのアタッチメントみたいにふるえる指先を西城にさしつけた。

「あんたは仲間を裏切り、不死身の秘密をひとり占めする気なんだ。きっとそうだ。やっとわかったぞ。あんたは、ぼくも殺して口をふさぐ気だろう。そうだろう」

声がヒステリックに甲高くつりあがっていく。しまりをなくした口もとから、よだれがこぼれた。

「だったら、どうしたってえんだ」

西城はせせら笑った。そのふてぶてしさは比類がなかった。

「たしかに先生のいうとおりよ。おれはな、CIAのやとわれ殺し屋に、もううんざりしたんだ。不死身になっちまえば、こわいものなしだからな。CIAの死刑執行人がたばになって押しかけても、ビクともするもんじゃねえ。水爆戦争が起きたって、おれは生きのびてみせるぜ」

「やっぱりその気だったのか……だが、あんたにいっておく。あんたは不死身になることで、恐ろしい運命を背負いこんだ……」

石塚は壁に窮鼠《きゅうそ》のように背中をすりつけたまま、憑かれたようにしゃべった。

「あんたは、伝説の獣人狼男になるだろう。破壊と殺戮の衝動のままに、人を襲い、殺さずにいられなくなるんだ。人間の精神の深奥には、なにか恐ろしい狂気がひそんでいる。不死身人間の血は、その狂気をひきだしてしまうのだ。残忍で貪婪で凶暴な殺人狂……それが、人間の真の正体なのだ。どんなおとなしい人間でも、自分ですら気づかないすさまじい素顔を持っている……それが人間の宿業なのだ。あんたはもはや、絶対に救われることはないだろう。あんたは生きながら地獄に落ちてしまったのだ」

声は奇妙な熱狂の調子をおびた。顔に得体のしれぬ自足の表情があらわれていた。

「どんな罪人もみずから悔い改めることができる。過去に犯した悪業を、善業を積むことでつぐなうことができる。だが、あんたにはそれすらも不可能になったのだ。あんたは今後、自由意志すら持てなくなるからだ。あんたにはもはや新生も回心も解脱《げだつ》も往生もない。あんたは宿業《しゅくごう》の化身となって、衝動のおもむくままに殺生《せっしょう》を犯し、はてしもなく恐ろしい罪業を積むだろう。それがあんたの宿命だ……」

「抹香臭《まっこう》いことをいうじゃねえか」

と、西城が鮫《さめ》のような口をして嘲笑う。

「医者の片手間に坊主もやっているんじゃねえのかい？　てめえの殺した患者に引導を渡すんじゃ世話はねえや」

しゃべりながら、せっせと奇妙な作業をつづけていた。ポケットから粘土に似た塊をとりだし、地下室の壁にべったりとはりつけているのだった。

「なにをしているのだ？」

と、石塚がきいた。

「高性能のプラスチック爆薬さ。これだけあれば、国会議事堂ぐらい吹っとばせる……」

導火線の一端を粘土状の爆薬にねじこみながら、平然とこたえる。

「証拠はなにも残さない主義なんでな」

「いかん、やめろ。上には病院の患者がたくさんいる。皆殺しにするつもりか」

石塚が叫んだ。

「患者の家族が肩の荷を降ろして喜ぶこったろう。人助けだ」

ライターをつけ、導火線に点火した。

「この極悪人！　外道！」

つかみかかろうとした石塚の額にぽつんと穴があいた。ワルサーの高速弾はたやすく石塚の頭蓋骨を貫通し、血煙りを後の壁に吹きつけざま、めりこんだ。衝撃でメガネがはずれ鼻の下にずり落ちた。驚いた顔を凍りつかせて、ころりところがってしまう。

西城は白煙を吐いているフューズを一瞥し、素早く部屋を走り出た。しゃにむに抜け道のトンネルをかけぬける。

やがて、夜を真紅の光で引裂いて大爆発が生じた。病院の建物が一瞬空中に浮きあがったように見え、それから万雷の轟音とともに崩壊していく。

安全圏まで巧妙に逃げのびた西城は、爆発を見物しながら、大声で笑いだした。これで証拠は残らず消えた。あとは例によってかくしてあるミニコプターで遁走すればいいのだ。気の毒に、ドランケの作戦Pは壊滅的な失敗に終わった。ドランケの面が観物《みもの》だ……

笑っているうちに、歯ぐきの奥がむずがゆくなり、口中にころがった異物を無意識のうちに地上に吐きだしていた。再生した大臼歯に押しだされた鋼鉄の義歯だということに気づかない。勝利感に酔い痴《し》れ、中天をこがして踊り狂う炎の照り返しを受けた、赤鬼みたいな顔で笑いつづける。

36

虎と狼たちの争闘は終わった。

虎の喉首には金狼が牙を埋めて食いさがり、下半身は、灰色狼が横腹にくいついて虎の動きを制する。斜面に生えた松の巨木が、虎の背中を逆エビにしめあげる支点となり、虎は完全に身動きとれぬまま絶息した。狼たちの絶妙なチームプレイに敗れたのだった。強力な牙や鉤爪を駆使する余地もなかったのだ。

みひらかれて虚空をにらむ目に薄膜がかかっていた。金狼に喉を絞めあげられて、呼吸停止が三〇分間にわたってつづいたからである。

舌が突きだし、ぐにゃっと口の横にはみだしていた。むなしくあがき、空をかきむしっていた前脚の動きも止んだ。不死身人間の驚異的な体力も限界に達したのだろう。

虎の肉体にも変化が生じはじめた。徐々に人間の形状を回復していく。死にのぞんで、細胞が変態能力を失っていくのだろうか。

変化を感じとった金狼は、口を虎4《フースー》の首からはなした。

「もういい……勝負はついた」

と、灰色狼に声をかける。待ちかねていたように灰色狼は虎4からはなれると、熊笹の斜面をずるずるすべり降りていった。

「ああ、ひでえ目にあった……」

と、斜面の下から、げっそりした声でぼやいた。

「さんざひっ掻きゃがった。どら猫め」

長い舌をだして、鼻面をなめた。

「これだから、猫と女は嫌いだよ。まして虎女となると、生命にかかわる。おれの毛皮はボロボロだぜ……どうした？」

と、ふと仰いで、虎4の匂いを嗅いでいる金狼に声をかけた。

「死んでしまったんじゃあるまいな？」

「心臓がとまってるみたいだ……」

金狼は重苦しい声音で答えた。頭をふる。

「そうか……」

灰色狼は苦い顔をした。

「ま、しょうがないさ。殺《や》るか殺られるかだったものな。しかもむこうから喧嘩を売ってきたんだ。こっちは正当防衛だぜ」

気をとり直していった。その目がまるくなる。金狼が、虎4の片手をくわえて、斜面をひき降ろしてきたからだ。底の窪地に横たえる。もう完全に人の姿に戻っていた。全裸の肌がまぶしいほど月光にはえた。夜空にむかってみひらかれた大きな瞳が硬玉のように非情に光っている。

「これぐらいで死ぬはずはないと思ったんだ……まさか、死ぬとは……」

灰色狼は、金狼が平静を失っているのに気づいた。ショックを受けているのだ。

「おれが殺したんだ」

金狼の目は暗く陰鬱だった。

「あまり深刻に考えるなよ。これはただの事故だ……殺す気なら、首をくいちぎることだってできたんだ。それにひきかえ、むこうは本気でおれたちを殺そうとした……こうなったのも身から出た錆だ。しかたないじゃないか。そうだろ？」

「そうかもしれない。だけど、おれはどうにもやりきれないんだ……今夜、大勢の人間が死んだ。みんなおれのために死んだんだ。おれに関わりを持った人間たちは、だれもかれも、片っぱしから悲運にとらわれ破滅してしまう。いつもおれは災厄の元凶だ。おれはこれまで一度だってだれかを傷つけたいと思ったことはない……それなのになぜ、いつもいつも、こんなことになってしまうんだ……」

うつろな響きのない声だった。

「それが、狼人間の宿命なんだ。しかし、狼人間にだって生きる権利はあるんだぜ」

と、灰色狼はおだやかにいった。

「宿命？　疫病みたいに災《わざわ》いをまきちらすのが、おれの宿命か……」

冴えわたる円月は、彫像のように立ちすくむ二頭の狼の上に透き徹《とお》った光を投げかけていた。

「生きる権利があるというのか？　こんなに胸の中は空っぽなのに……こんなことが際限もなくつづくのか、いつまでもいつまでも……人間どもが、おれの不死身性をほしがるかぎり。ほしいならくれてやる。おれの血を抜け！　おれの身体を切り刻め！　そして不死身になるがいい！　だがおれはもう真平だ。生きる権利なんかほしくない」

「絶望するのはまだ早い」

まずいな、と灰色狼は思いながらいった。犬神明は、虎4を死なせたショックで心をむしばまれている。鋼鉄の肉体を持った狼人間といえども、心まで鉄でできているわけではない。むしろ、その逆だ。つねに、超然と誇り高い姿勢をくずさない少年が秘めた、孤独で繊細な魂をだれが知ろう。酷烈な肉体の苦痛を平然と耐えぬいた、少年の魂が、心の傷みにもろくもくずれ折れる瞬間を、だれが知りえようか。不屈の自制心がくずれたとき、少年の絶望はあまりにもいたましかった。

「生きていさえすれば、いつかは、いいことにお目にかかれるさ。楽しいことを考えるんだ。世の中それほど不公平じゃない。そのうちに、青鹿さんにだって逢えるんだぜ」

「青鹿？」

「そうだ。青鹿先生はいまアメリカへ渡っているんだ。山本女史の世話でね……彼女はコロラドで狼たちといっしょに暮らしてる」

高圧電流に触れたような不快な衝撃が、身体を貫き走りぬけた。

あれは、苦悶の生んだ幻覚ではなかったのか。

雪。青鹿晶子と狼の群れ。FBIと名乗った二人組。かれらは青鹿に拳銃を突きつけ、連れ去った……

あれは幻覚ではなかったのだ！

鮮烈な認識が心をえぐった。なぜかは知らない。が、あのとき、おれは数千キロのへだたりを超越して、青鹿晶子とともに在《あ》った！　彼女の姿を見、声を聞いた。そうだ。あれが幻覚だったはずはない。

十年前、アラスカで両親を襲った凶手が、いままた青鹿にものびたのだ。拉致《らち》されたのだ。おれのせいだ。青鹿晶子は、おれと関りあいを持ったがゆえに、拉致されたのだ。

我知らず、苦悩のうめきが喉をついて出た。

あまりにも残酷すぎる。むごたらしすぎる。青鹿晶子はおれと関りを持った、それだけの理由で、はてしのない悲運に沈んでいかねばならない。

飽くことのない貪婪な人間ども。おれに追いすがるやつらと、いやおうなしにおれは闘い、殺しあわねばならないのか。

おれは、卑劣な人間どもの迫害には屈しない。おれは不死身の狼人間だからだ。

だが、おれの魂は不死身ではない。こんなことがつづけば、いつかおれは狂う。三木看護婦のように怨念の悪鬼と化してしまう。そうなったとしても、おれの責任ではない！　おれはもう耐えられない！

金狼の目はつりあがり、絶望的な怒りに青く炎《も》えあがった。

37

その男は、いつのまにか狼たちの間近かに立っていた。おそろしく大きな男だった。小山のような巨軀を、知覚の鋭敏な狼たちに、それと感づかせることなく至近距離に運んだ芸当は非凡であった。

灰色狼がバネのようにはじけ飛び、猛烈な咆哮を浴びせかけた。

巨大漢はいっこうに動揺しなかった。仏眼を想わせる細い目が柔和《にゅうわ》だ。手には武器を持っていなかった。にもかかわらず磐石《ばんじゃく》の重量感は圧倒的であった。巨体がのしかかってくるようだ。

二頭の狼は、目を青く炎《も》やし、影絵のように立って巨大漢と対峙《たいじ》した。

「その娘を、こちらに渡してもらいたいのだが」

巨大漢の声音は穏和だった。

「だれだ？」

と、灰色狼が咬みつくようにいった。

「だれだっていいが、ただものじゃないな。またまた剣呑《けんのん》なのがお出ましだ。賭けてもいい、このでかぶつも化物だぜ」

「その娘、虎4《フースー》はわたしの部下なのだ」

「すると、虎部隊とやらの親方か。死んだ部下のとむらい合戦をやろうって寸法だろう」

「きみたちが、そう考えるのも無理はない。虎4はおろかにも、闘いをきみたちに挑んだ。たいへんおろかしい行為だったというほかはない。虎4はおのれの超常能力を過信し、きみたちを力づくでしたがわせようとした。しかしながら、だれも狼を力で支配することはできない。狼を動かすのは力ではなく、愛と友情による連帯心だ。狼は暴力的独裁者を好まない。その点で、狼は人間と異なる……不幸にして虎4はそれを知らなかった。虎4は狼の性《さが》にははなはだしく無知だったのだ。どうか虎4の非礼をゆるしてやってほしい」

巨大漢の声はなごやかで耳に快《こころよ》かった。

「やけに、ものわかりのいいことをおっしゃいますがね……」

と、灰色狼は油断なく目を光らせた。

「部下の仇討はやらないというのかね？」

「そのとおりだよ、神明君。きみたちは自分の身を守っただけだ。わたしは虎4に、きみたちの安全をはかれと命じたのだが、虎4はそれを誤解してしまった……彼女の傲慢な優越感が、この結果をもたらしたのだ。おそらく自分の強大な力を誇示したかったのだろうが、悪意はなかったはずだ」

「お言葉だが、おたくはスパイの親玉だ。おれは、スパイのいうことなど一から十まで信用しないことにしているんだ。ましてスパイの元締《もとじ》めの言葉となると、どこかの山のてっぺんを吹いてる風の音に耳を傾けたほうがましだね」

灰色狼は鼻面にしわを寄せ、あざ笑った。

「たしかに言葉は無力かもしれない。美辞麗句にあざむかれるのは、言葉を作りだした人間だけだろう。だが、さいわいにしてわたしたちは人間ではない……」

巨大漢は、相変わらずおだやかにいった。

「すると、おたくも……」

「さよう。あるがままの姿にかえって、話しあいをしてみたらどうだろう？」

「おたくも虎人間か?!」

男は月光の下、銀白にまばゆいほど輝く厚い毛皮に包まれた、巨大な白虎に変じた。

白虎は、反射的にとびすさった狼たちを見つめた。その目に凶悪な光はまったくなかった。非常に年老いたものの叡智《えいち》の光が宿っていた。

白虎はゆるやかにうずくまり、組みあわせた巨きな前脚の上に、どっしりした顎をのせた。

「恐れることはなにもない。わたしはきみたちに危害は加えない。わたしたちは、いわば同胞だからだ。狼と虎と、外見の差異はあるにしても、同じ種族に属しているのだ」

「信用しよう」

灰色狼は白虎の威容に目を見はりながら答えた。もしかすると、この白虎はたいへんな高齢者かもしれない。たいした風格だ……

「われわれは、古来より人間たちによって、妖怪とか精霊と呼ばれていた種族だ。妖怪伝説は、世界各地に広汎に分布し、語り伝えられてきた」

白虎は朗々とした声で語りはじめた。

「ヨーロッパの狼人間や熊人間、南米大陸のコウモリ人間、蛇人間、アジア大陸の虎人間、牛人間をはじめ、多種多様にのぼる。また、モンゴル人、北米インディアンなどは、自分たちの部族の祖先は、狼、鹿、鷹《たか》など野生動物だったという神話を持っている。それらの伝説神話に共通するのは、人間が野生動物に変身し、あるいは動物が人間に変身するという信念だ。

太古より、人間たちはわれわれの存在を知っていたのだ。われわれはかつては、自然神、自然の精霊として、人間たちに崇拝され、畏怖《いふ》されてきたものだ。

人間といえども、むやみに野生動物を殺害することはゆるされなかったし、狩りの必要に迫られた場合は、儀式をとりおこなうことによって、自然の神々にゆるしを求め、狩りのあとは供物をそなえ、感謝をささげた。われわれが人間たちと野生動物を仲だちしていたのだ。そこでは、すべての生物が平等であった。貪欲を禁ずる、ひとつの掟をまもって平和共存していた……」

白虎は、原始世界の調和について語った。多種多様の生物の共存関係がいかに、巧妙にバランスをとり、自然界の秩序を形成していたかを語った。

緑なす広大な草原に群れ集《つど》う大型草食動物の繁栄。かれらを捕食し、劣悪な個体を適当に間引くことによって繁栄の維持を助ける肉食動物の群れ。

牙を持つ動物ですら血に飢えたり、貪欲である必要はなかった。獲物の豊富さが、かれらの性格を極度に穏和にし、捕食するものされるもの双方とも、まるまると肥え、楽園を形造っていた。

草原の地面では、小型の齧歯《げっし》動物が穴を掘って造巣する作業で、大地をすき返し、植物の成長に寄与していた。草原に棲む小動物や昆虫を捕食する鳥類も繁栄し、大草原は精妙な生命の維持が成されていた。そこには、狩猟性の人間集団が組みこまれる余地があり、かれらは決して貪婪ではなかった。かれらもまた自然界の一部であり、楽園の住人であることを感謝していたからである。野生動物と人間のあいだに、きわだった懸隔は存在しなかった。かれらの祖先は、野生の鹿であり、狼であり、鷲でもあったからだ。自然の精霊につかさどられて、すべての生物は一種の共同体をいとなんでいた。

いつからだったのであろうか、人間が貪ることをおぼえたのは。貪欲を禁ずる自然界の掟を破棄し、他のすべての野生動物に一方的に宣戦布告したのは。

おそらく、自然たる神々を捨て、新しい神を持ったときであろう。

その新しい神は、憎悪に満ちた凶暴な神だった。みずから唯一絶対の神と称し、穏和な自然の神々を捨てることを人間たちに強制した。恐るべき偏狭な精神、憎しみいがみあい、敵対する心を人間たちに吹きこんだ。自然神、精霊を邪悪な悪魔外道におとしめた。

その悪しき絶対神は、実に巧妙な詐術を用いたのだ。自分にしたがうものには、全世界を与えようと約束したのだった。

全世界を人間の占有物とし、生きとし生けるものは、人間の奴隷だと教えた。人間以外の生物は、人間によって食われたり、狩りの楽しみをあたえるために、おのれが造ったのだと、人間の耳に吹きこんだ。なんという卑劣なたくらみだろう。人間の最悪の弱点、貪欲に訴えるとは……

それからだ、人間たちによる殺戮と破壊のいまわしい大嵐が全世界に吹き荒れたのは。殺しつくし、焼きつくし、奪いつくせ。

人間たちは、悪しき絶対神の教えを忠実に守った。かれらはまず奴隷狩りに着手した。野生動物を奴隷にし、草原すらも隷属させた。森林を切り開き、火を放って畠に変えた。野生動物を片端から殺し追いはらい、家畜の大群で草原を独占した。獲物を奪われ餓《う》えた肉食動物が家畜を襲うと、これも殺戮した。人間本位の世界に改造し、敵対するものは皆殺しにしていった。

オオツノシカ、ステラー大海牛、巨鳥モア、シマウマモドキ、キウイ、タスマニア・オオカミ、バイソン、リョコウバトなど有史以来、人間の手によって絶滅した獣は一二〇種、鳥一五〇種にもおよぶ。そして絶滅に瀕している種は、双峰ラクダ、オオカモシカをはじめ鯨、象、狼、ライオンなど三〇〇種をはるかにこえる。

なかでも特筆すべきは、アメリカ・バイソンとリョコウバトである。一億頭のバイソンと二二億をこすリョコウバトが絶滅するのに、わずか百年で充分だったのだ。

このものすごい大虐殺は、野生動物にかぎったことではなかった。人間同士も猛烈に殺しあった。

第一次大戦の死者八百五十万。第二次大戦では死者二千二百万。ナチス・ドイツのユダヤ人虐殺千二百万。中国内戦では二百万殺され、投げこまれた死体を飽食した揚子江《ようすこう》のワニが異常繁殖した。インドネシアのクーデターで百万。すこしさかのぼれば、中世の異端虐殺、十字軍の異教徒虐殺で五百万以上。北米ではインディアン根絶が実行され、南米ではインディオが六百万人殺され、白人に土地を奪われた。

イギリス人はタスマニア土人を、スポーツとして射殺し、毒餌をまいて絶滅させた。キリスト教徒にとって、異教徒は人間の範疇《はんちゅう》にはいらず、白人にとって有色人種は人間の形をしたいやしい動物にすぎない。いまですら、おおかたの白人にとっては、全人類の平等は、〈神の摂理〉に反した悪平等でしかない。

人間以外の動物を殺すのは、本来罪悪ではないのだから、平然と殺しまくることができるのだ。相手を動物におとしめたとき、人間はとほうもない残忍さを発揮する。第二次大戦中、わずか二時間で十万人以上の非戦闘員を焼き殺した東京大空襲が、ひとつの例だ。南京《ナンキン》虐殺をはじめ、日本軍が中国大陸の各地でおこなった残虐行為もそうだ。同じアジア人でありながら、蔑視《べっし》感にこりかたまったとき、日本人の目に中国人は虫けらとしてうつりはじめた。だからこそ、とめどもなく、非道に、野蛮に、殺戮行為にのめりこんでいったのだ。なんという救われようのなさだろう。人間が自然界に宣戦布告した、そのときから、人間は抜きさしならぬ罠にはまりこんでしまっていたのだった。

それこそ、まさに、人間が地球生物相において未曾有《みぞう》の異常大発生をとげ惑星全体を食いつぶして絶滅へむかう道程の第一歩だったのだ。

人間の容赦ない略奪が、自然の復元力の根底をおかしたとき、自然は急速に荒廃し、人間自体をも殺してしまう。それは試験管中で栄養物と酸素をあたえられたバクテリアが、異常増殖したあげく、みずからの老廃物に毒されて死滅する状況に酷似している。

過去の人間の大聚落地《しゅうらくち》——古代文明都市の栄華を誇った土地、メソポタミア、フェニキア、インダス、ガンジスなどがことごとく不毛の砂漠に変貌していった過程は、例外なく異常な人口集中が自然破壊をまねいたことにある。

肥沃《ひよく》な大草原は、ひび割れた表土を露出した荒野と化し、豊かな大森林は荒れはてた裸の岩山に変わった。

科学技術時代となると、自然破壊の進行速度は驚異的だ。もはや、自然界のバランスの狂いは復元不能なのだ。人間は地球全生物を道連れに、〈大絶滅〉へとしゃにむに突き進んでいる。地球的規模で進行した汚染物質の累積は、収拾不能に達してしまったのだ。

すでに人類中心主義は破局をむかえていた。それは、人類の種としての破産だった……

38

「人類のすべてが、みずからの破産状況について認識を欠いているというわけではない」

と、白虎は軽く目をとじたまま語りつづけた。

「技術文明の先進国ほど、破局の脅威を実感しているといえよう。低開発国の人口爆発は、破滅を必至にするという恐怖が支配的だ。異常繁殖しすぎた人類を間引こうという考えが頭をもたげてもふしぎはないかもしれない。

が、はたしてだれを間引き、だれが生き残るのか？

そこで高開発国のほとんどが白人圏であり、低開発国の大部分がＡＡ諸国の有色人種圏だという事実がある。しかも、白人は三六億の人類中の少数派だ。ここに、とりわけ過激な白人優越主義者グループがいたとしよう。かれらは考える――われわれはすぐれた種族だ。知的で美しく、高度な文明人だ。薄汚い、色つきのドブネズミみたいな畜生どもが、むやみにはびこり、異常発生したあげく、地球を破滅させようとしている。こんなに美しく清らかな白人のわれわれが、なぜ、野蛮な醜悪な獣どもと滅亡の運命をともにしなければならぬのか？

そんなことが許されてはならない。それは神の摂理に反する。われわれ白人は生きのびねばならぬ。薄汚い畜生どもだけが滅びるべきだ。やつらがくたばって酸素を消費するのをやめれば、人類はふたたび自然界とのバランスを回復することができる。

われわれは、人類のもっとも望ましい、よりよい部分なのだから、生き残る権利があるのだ――かれらは本気で考えている。窮極兵器を使用して、〈ドブネズミども〉を死滅させ、かれらグループに属する白人だけを生き残らせる方法を真剣に検討している。それこそが、横暴な人類中心主義の行きつくはてだ……かれらは、それを〈不死鳥作戦〉と名づけた」

と、白虎は瞑目をつづけながらいった。

「かれらは、アメリカの高級軍人たちを中核にしたグループだ。あらゆる有色人種を地球上から一掃することだけが、かれらの目的ではない。同じ白人ではあっても、かれらの目から見て、劣悪な大部分を焼きすててしまい、ひと握りの選びぬかれた純粋な、最上の部分だけを生き残らせることだ。不死鳥が火中でみずからを焼きつくし、灰の中から再生する伝説にちなんで、〈不死鳥作戦〉と命名したのだ」

狼たちは声もなく、ただ耳をそばだてていた。月光の中で、かれらは影像だった。

「それゆえに、かれらは不死身性をさがしもとめているのだ。みずから不死身人間と化して、地獄の劫火《ごうか》の中で世界を焼き滅ぼし、かれらだけが生き残り、新世界を支配するために！」

白虎はカッと両眼を見開いた。炬火《きょか》のような光が巨眼からほとばしり出た。

「かれらの陰謀はうち砕かねばならぬ！　不死身人間が、かれらの手中におちいることを阻止せねばならぬ！　不死身性を得た人間は文字どおり悪鬼羅刹《らせつ》と化すからだ。血に飢えた鬼畜そのものになるのだ！」

「それは本当だ」

金狼がはじめて口を開いた。背中の毛が粗くなっていた。激しい動揺に見舞われているのだった。

「おれの血を輸血された三木看護婦は、悪鬼になってしまった。狼人間とは似ても似つかない、恐ろしい殺人狂の怪物になった……」

「それが、人間の真の姿だ」

白虎は頭をうなずかせた。巨眼はなかば閉じられ、柔和な光が戻っていた。

「人の心の深奥、意識下にひそむ、凶々しい毒念が具象化してあらわれたのだ。自分でも知らぬ心の闇に棲む悪鬼羅刹がおどりでて来たのだ。伝説中の悪鬼、悪魔、妖怪、魔物などの醜怪きわまる姿かたちは、実はみな人間の自画像にすぎない。人間自身の底知れぬ邪悪さ、貪婪さを、それと知らずに表現したものだ……」

「まったくだ」

と、灰色狼が力をこめて同意した。

「それなのに、残忍貪欲の代名詞に虎狼《ころう》なんて使いやがるんだから、いい気なもんだ。気ちがい沙汰だ。人間ってのは、どこか無茶苦茶に狂ってるところがあると思ってたよ。してみると、文明というやつは、人間にとりついた狂気だね。殺しつくし、焼きつくし、奪いつくす、というのが文明の自然にかかわりあう本質的な態度だものな……それにしても、〈不死鳥作戦〉を推進してる白人グループというのは、すごく強力な連中らしいな。悪名高いCIAを、手足のようにあやつっているんだから」

「われわれに、安全な隠れ家を提供させてもらいたいのだが。敵ながらCIAは有能にして巨大な組織だ。かれらは全力をあげてきみたちの行方《ゆくえ》を追うだろう。そして、遅かれ早かれかならず追いついてくる。きみたちには援助が必要だと思う。われわれの助力を受けてもらえるだろうか？」

「その提案は、中国情報部の親玉としてかね？」

と、灰色狼がさりげなくたずねた。白虎の重厚な顔に微笑がゆっくりひろがった。

「いうまでもない。同じ不死身人間としての友誼《ゆうぎ》からだ。きみたちを利用する気など毛頭持っておらぬ。きみたちの自由意志は尊重する」

「信用しよう。人間より虎と協定を結んだほうが安心できるからな」

灰色狼はあっさりいった。金狼をふりかえる。

「おたくはどう思う、犬神明？」

「おれは、あんたの部下を死なせてしまったんだ……」

金狼の声は重く、苦々しかった。

「なにごともなかったように、あんたの好意に甘えることは、おれにはできない。好意はありがたいと思うが……」

「そのことなら、気にすることはない」

白虎は微笑した。

「ほんと。気にしなくてもいいわよ」

と、ふいに娘の声がいった。

虎4《フースー》はゆっくり上体を起こし、横坐りになって、乱れた髪を両手でかきあげた。吊鐘《つりがね》型の乳房が柔らかく重そうにゆれ動いた。全裸の肌は、月光を浴びて青銅色に輝いていた。

「改めて紹介しよう。虎4《フースー》こと林芳蘭《りんほうらん》だ」

白虎が笑いを含んでいった。

「虎人間の血をひいた、わたしの実の娘だ」

「死んだんじゃなかったのか……」

灰色狼が、あんぐりと口をあけていった。

「あんたたちと同じ不死身人間が、そうあっさり死んでたまるもんですか。馬鹿ね」

と、娘は目を輝かして笑った。可愛い笑顔だった。鉤爪を隠した仔猫だ。

「今夜は満月よ。殺されたって死なないわ」

金狼にむかって手をのばす。金狼は身を避けなかった。娘は平然と裸の身体をすり寄せ、金狼の絹のようなたてがみに指をもぐりこませ、感触を楽しんだ。

「さっきは乱暴してごめんね」

中国娘は喉をごろごろ鳴らすような甘い声音を出した。

「心配しなくてもいいわ。これからは、あたしがあんたの面倒を見てあげるわよ」

金狼は身じろぎもせず、虎4のなれなれしい愛撫に耐えた。が、その目は凝然とどこか遠くをながめていた。

39

三週間が過ぎ去った。

特殊部隊を動かして不死身人間を寸前まで追いつめながら、長蛇を逸した米中央情報局極

東支部は、重大な失態を挽回すべく、総力をあげて追及にかかっていた。

ありとあらゆる下部機関が動員された。

ＣＩＡの息のかかった情報屋が無数にかりだされた。猟犬の、蛇の目を持った男たちが、手がかりを求めて奔走していた。暴力組織も動きだしていた。全国に根を張る広域暴力団、山野組の配下一万人の組員たち、準構成員のチンピラ非行少年数万人が、複写に複写をかさねてエロ写真みたいに不鮮明になった、犬神明と神明の写真をふところに、夜の街々で凶悪な目を光らせていた。

主要な交通機関、駅、港、空港などにも、黒眼鏡、黒い背広の、陰惨な雰囲気を漂わせた男たちが張りこみをつづけた。キャバレーやバー、飲食店の女たちにも写真がばらまかれた。写真の二人組には高額の懸賞金がかかっていると吹きこまれた女たちは、街を歩くときにも血走った目をきょろつかせた。

無数の犬どもが、狼を嗅ぎだしにかかったのだ。それは警察ですらおよびもつかぬ、精密な網だった。全国のホテル、旅館、モテルのたぐいにいたるまで、監視の目は張りめぐらされた。

それにもかかわらず、三週間がむなしく流れ去っていった。ふたりの不死身人間は、幻《まぼろし》のように姿を消してしまったのだ。

ＣＩＡ中枢の焦燥をよそに、非情な正確さで夜空の月は痩せ細り、新月をむかえ、ふたたび満ちてきていた。

四週目にはいった夜。

極東支部長ドランケの招集に応じて、ＣＩＡ非合法工作員が五名、鋼鉄で装甲された地下施設に集まってきた。

人種や体格は異なっても、爬虫類の冷たい目と、すご味のある雰囲気で共通した精悍な男たちであった。

北欧系の金髪の巨漢。黒髪と浅黒い皮膚のウェールズ系。一見陽気そうだが殺伐なイタリー系。鞭のようにしまった長身のきびしい風貌の男は、アメリカ・インディアンの血がまじっているらしい。そして、ギリヤークかツングース風になためにつりあがった目を剃刀みたいに光らせている東洋人。

かれらはたがいに、なんらの親愛のそぶりもしめさなかった。極限まで戦闘能力をみがきあげられ、非人間的なまでに有能な殺人機械に変えられた男たちだ。

かれらの心は、酷烈な不毛の砂漠さながら、一片の人情味も慈悲心も持たず、なにものも信じない荒涼とした目にあらわれていた。

組織の援助を期待しない一匹狼として訓練されたかれらは、人間不信を最大の鎧《よろい》としてまとっていた。行動中に窮地におち、あるいは捕えられても、使い捨ての道具として冷酷に見すてられるかれらにとって、すべての人間は敵か、潜在的な敵にほかならない。同僚の非合法工作員といえども、失態をおかした自分に対して、いつ死刑執行人に早変わりするかわからないのだ。

他人に友情や愛着を感じる心の軟部は、きびしい年月の間に完全にはぎとられてしまっていた。

そんなかれらを行動にかりたてるものは、もとより愛国心でもなければ、組織への忠誠心でもない。

かれらをかろうじてCIAにつなぎとめているのは、金銭欲と、組織の傘下にあるという安全感だけであった。

完全な一匹狼として生きるには、あまりにも敵が多すぎたからだ。

職業的殺人者としての経歴は、敵対する諜報機関はいうまでもなく、同陣営に属する各国家機関の怨みを買うことで塗りつぶされていた。マフィアや青星社のような国際犯罪結社の殺人名簿に特筆されていることは疑いもない。

CIAを離脱することは、即座に執拗な報復が襲いかかることを意味していたのだ。巨大で強力なCIAの庇護がなければ、一日ですら生命をまっとうすることは困難かもしれない。それればかりか、非合法活動の秘密漏洩を恐れるCIAの、死刑執行人によって容赦なく抹殺されてしまう。かつての同僚たちに追いつめられ、殺されるのだ。

それゆえに、非合法工作員たちはCIAを離れて生きる道がなかった。所詮、かれらは一箇の生ける凶器でしかない。人間の心を持つことはゆるされないのである。その認識が、非合法工作員を虚無的にし、徹底的に酷薄残忍な存在にした。かれらの心は、虫歯の空洞のようにむしばまれていた。

したがって、かれらが同僚に抱く関心は、蟹が他の個体に寄せるものに等しく、冷血そのものであった。

非合法工作員たちは、たがいに私語をかわすこともなく、むっつり不機嫌におしだまり、おもいおもいの席にすわっていた。分厚い特殊ガラスに隔離されたまま、飼主ドランケとの対面を待っていた。

ドランケは、かれらと同室の空気を呼吸することすら忌避していた。かれらを巨大な鋏《はさみ》を持った人間蟹だと思っているのだ。いつ、飼主の自分を襲ってくるかわからぬ、凶暴な生物としてあつかっているのだった。極端すぎるほど完全な防備は、ドランケの病的な恐怖心と侮蔑のあらわれだった。

非合法工作員たちは、それを知っていたが、別に気にもとめなかった。屈辱感を持つほど繊細な心は持ちあわせていなかったし、それどころか、ドランケの考えは真実だとひそかに肯定すらしていた。

いつか機会があったら、ドランケの血ぶくれ野郎をブッ殺してやろうと内心で殺意をたぎらせているのだった。かれらはしんそこ飼主を憎んでいる、ろくでなしの猛犬どもであった。

「いったい、いつまで待たせやがるんだ、ドランケのくそ野郎」

と、イタリー系の陽気な顔立の男が熱のない調子で毒づいた。やや小肥りの身体は毛深く、女に目のなさそうな、無邪気なほど好色な顔つきをしている。ナイフを持たせると情容赦のない殺人鬼に一変するとは信じられぬくらいだ。

「こっちは、ベッドに三人も若い娘を置き去りにしてかけつけてきたんだぜ。ドランケのファック人形とちがって、朝までベッドにおとなしくしてねえよ」

と、ドランケの変質ぶりを皮肉る。ドランケの性生活はダッチワイフ専門だ。生身の女はまったく近寄せない。

そいつは、ドランケの性的嗜好を毒々しくののしりつづけたが、言葉ほどいらだった様子もなかった。他愛なく頭に来るほど薄手の悪党ではないのだ。

他の非合法工作員たちは、イタリー系好色漢のぼやきに反応もみせなかった。てんでにタバコをすったり、またたきもせずに虚空の一点に目をすえたりしていた。インディアンの高い頬骨を持った男は、耳のないような顔で、斧《おの》みたいに硬い右掌のへりをぼんやりなでている。トマホークほど威力があって、牡牛の首を一撃で叩き折ったという噂がある。クチン族出身のこの長身のインディアンは、おそろしく無口だが、素手の格闘になると全身が凶器になる。プロレスラーが三人かかっても、最後に地上に立っているのは、鞭みたいに強靭なこのインディアンだという。忍びにかけては、グリーン・ベレーにも太刀うちできる兵士はいない。

頬に傷のある浅黒いウェールズ人は、貧乏ゆすりしながら、残忍な目を虚空に放っていた。長身で碧眼のアングロサクソンと異なり、目は黒く、背丈も低い。だが、暗殺にかけては超一流のエクスパートだ。英海軍奇襲部隊《コマンドウ》の出身だという。

タバコをすっている金髪の大男は、やや顔色がさえなかった。一ヵ月ほど前に重傷を負い、病院から出てきて間もないからだ。しかし、これがつい最近、心臓に穴をあけられた人間とは思えない頑健さであった。名前はオブライエンだ。

西城はニヤニヤ笑いながら、だらしなく両足をテーブルに投げだし、ウィスキー瓶を口呑みしていた。ぎらぎらする動物的な精気をたくましい体から発散している。エネルギッシュという以上に、獰悪なほど精力的だ。他の虚無感をおびた男たちとは対照的であった。体内に蔵したすごく大容量のダイナモが全力駆動のうなりをあげているみたいだ。

「ドランケの血ぶくれ野郎、ワシントンからきさまはクビだという電報が来たんじゃねえのか」

と、金髪のオブライエンが、タバコを床の絨氈に落とし、靴のかかとでねじりながらいった。

「ドランケは、西多摩でどえらい大失敗をやらかしたからな。特殊部隊を四〇人も死なせたうえ、肝心の不死身人間をとり逃がしちまったんだ。ワシントンのお偉方もカンカンだろうよ」

と、西城はにたりにたり笑いながら、なにくわぬ顔で論評をくわえた。

「ま、ただじゃすまねえだろうな」

非合法工作員たちの顔に残忍な喜びが影のようにかすめていった。ドランケの左遷は、まずまちがいない。本国へ呼び返されて、つまらない伝票チェックかなにかの本局勤務を命じられるだろう。

「やつは死にもの狂いさ。失点挽回のために、どんな血迷ったことをやりだすかわからねえぜ」

西城は楽しげにいった。一同の顔にいやな表情があらわれるのを面白がっている。

そのとき、ステッキをついたドランケが、曲らぬ足をひきずり、特殊ガラスの隔壁のむこう側に姿をあらわした。

無言で巨大な執務デスクの後に気球みたいな肥満体をはめこむ。巨大な顔は、しぼみかけた気球みたいに醜怪なしわで埋もれていた。ひどい憔悴《しょうすい》ぶりであった。皮膚がだぶつき、禿頭までがたるんでひだが寄っている。目は暗く病的に燃えていた。

「不死身人間は、虎部隊の手に落ちた……」

ドランケは開口するなり、象のトランペットみたいに吠えた。非合法工作員たちは、声もたてずにざわめいた。

中国保安省の虎部隊は、幽霊《ゴースト》と呼ばれる、捕捉しがたい強敵だ。古代中国の仙術を復活させ、存分に駆使するとまでいわれる、卓越した忍者部隊である。虎部隊の名は、蠍《さそり》のような非合法工作員たちにすら、心に得体の知れぬ恐怖を生じさせるのだった。

「ほぼ確実な情報だ。犬神明、神明の両名は、虎部隊の手によって、東京周辺にかくまわれている公算が大きくなった……虎部隊が不死身人間どもを、日本国外へ脱出させる機会をうかがっていることは、まずまちがいない。各国諜報機関の動きも活発化している。うっかりすると、友邦の機関にさえも寝首をかかれる危険がある……」

冷血、非情なスパイ地図にあっては、利害が反すれば、イデオロギーを共にしたグループ間でも裏切り行為がまかりとおる。それどころか、もっとも油断がゆるされないのは、友邦の同種組織だというのは、諜報関係者の常識である。複雑をきわめる国際政治の、諸要素の流動によって局面は無限に変化する。巨大な政治的経済的な取引がからめば、英国情報部が中国保安省に加担して、CIAを一杯食わせる可能性すら絶無ではないのだ。いってみれば、その日その日の風まかせで、スパイ地図は塗りかえられていく。

「中国と経済面での接近を望んでいる国家は数多い。チャンコロどもの甘言にのって、自国の外交ルートを使い、不死身人間を日本国外へ出すぐらい、どこの政府でもやりかねない……」

ドランケの肉のひだの間に玉の汗がびっしりとこびりついていた。

「それだけは、絶対に食い止めねばならん。おまえたちの今回の任務は、虎部隊のアジトを襲撃し、不死身人間両名を奪い返すことだ」

「すると、虎部隊のアジトをつきとめたというわけか？」

金髪のオブライエンがたずねた。驚きの表情をかくせない。

「本当かい？」

「そうだ。しかし、相手は名にしおう虎部隊だ……うかつに手を出せん。気配を感じれば、幽霊のように消える……しかも今回は、大人数をくりだすわけにはいかんのだ。なにしろ、現在の虎部隊のアジトは、市ヶ谷《いちがや》の自衛隊駐屯所の真裏なのでな……したがって、少数精鋭で行かざるをえない。これは非合法工作員の任務だ」

男たちは動揺の色を禁じえなかった。

「たったこれだけの人数で、虎部隊とわたりあえというのかい」

あきれ顔でオブライエンが反問した。

「冗談じゃねえぜ」

「無茶なことをいうじゃねえか、ドランケさん。おれたちに死んじまえというのか」

イタリー系の非合法工作員ルイジが色をなしてかみついた。

「むろん、ボーナスははずむ。ひとりに二千万ずつ出す」

と、ドランケがいった。

「笑わせちゃいけねえよ」

と、ルイジがわめく。

「おれはなみの人間なんだよ、ミスタ・ドランケ。荒仕事はやるが、それは相手がおれと同じ生身の人間のときだ」

と、頰に傷のあるウェールズ人が陰気にいった。

「おれの専門は狙撃屋だ。相手をスコープサイトにとらえたら、必中弾を叩きこんでみせる。相手が特殊な防弾服を着ていたってかまわない。かならず弱点はあるからな。だが、不死身人間は、どこをどう射てばいいんだ？　まずそれを教えてもらおう」

「虎部隊だけなら、まだいいさ。だが、そのうえ恐ろしい人狼をとっつかまえるなんて、とてもできない相談だぜ」

オブライエンが口をゆがめて冷笑した。

「全滅した四〇人の特殊部隊に感想をきいてみろよ、ドランケさん」

「人狼にバラバラに食いちぎられるなんざ、願いさげだ。おれはまっぴらだ」

と、ルイジがわめきたてる。

「虎部隊は魔法使だ。魔法使と人狼の連合軍に、カミカゼ特攻をかけろってのか！」

「エンで三千万だ……」

と、ドランケが身じろぎもせずにいった。額に青筋が隆起し、ピクピクうごめいていた。

「四千万……よし、五千万だそう！」

男たちはそれに嘲笑でむくいた。

「もう一声、一億といってみな。もっとも答は同じだがね。ノーだ、ドランケ。ノーだ」

「ゼニの問題じゃない。決死隊はごめんだといってるんだ」

「おれたちは、不死身人間じゃねえんだからな」

ドランケの失脚は必至と確信している男たちは、あからさまに残酷な嘲弄の表情を浮かべていた。無力になった飼主をながめるやくざ犬の目つきだ。さからっても懲罰の恐れはないのだ。

ドランケは救いを求めるような目を、無口で鈍重なインディアンと、ウィスキー瓶を口呑みしながら薄笑いしている西城にむけた。

西城はおもむろに、空になった瓶を床にほうり、テーブルから靴をひきおろした。ソファにすわり直し、卓上シガーケースに手をのばし、細巻のシガリロをつまみだした。悠揚《ゆうよう》せまらず口にくわえ、卓上ライターで点火する。

「こいつらをあてにしなさんな。臆病風に吹かれちまってるからな」

西城は、シガリロの煙と笑いを、ドランケのひきつる顔にむかって吹きつけた。大量の煙が特殊ガラスの隔壁にぶつかり、渦巻き流れた。

「なにをいったところで無駄さ。戦車でもやらないことには、こいつらは狼人間に指一本動かすもんか」

「なんだと……」

「でかい口をたたきゃがって」

男たちは殺気立った目を西城にむけた。

「ひとりあたま、五千万といったな？　五人分しめて二億五千万、まとめておれによこす気があるか？　それなら、おれひとりで引受けてやろう」

と、西城は平然としていった。

「ちっ、この馬鹿、気が狂いやがったらしいぜ」

「ひとりでだと？　笑わせやがって」

オブライエンとルイジがののしった。

「それに、もうひとつ条件がある。不死身人間をとっつかまえるのに成功したら、おれを自由の身にしてもらいたい」

西城は不敵にいい放った。

「すんなりと手を切ってくれ。CIAの死刑執行人におれのあとを追わせたりせずにな。報酬の二億五千万は、税抜きでスイスの銀行に振り込んでもらえばいい。あとは一切おかまいなし、ということで、どうだ？」

ドランケはまたたきもせずに、西城のふてぶてしい顔を凝視していた。

「自信がある、というのか、西城？」

と、ゆっくりたずねる。

「自信がなかったら、こんなことはいわねえよ」

西城が器用に片目をつぶってみせる。

「よし。わかった。条件を呑もう……ほかの四人はどうなんだ？」

ドランケは視線を西城の顔からひきはがすようにして、男たちに移した。

「勝手にやらせればいいだろうが」

「おれは、西城みたいな気ちがいとちがうぜ」

「答えは同じさ。ノーだ」

インディアンをのぞいた三人は、悪意を光らせた目を刺すように西城にむけて答えた。

「いっとくが、ドランケ、この黄色いジャップ野郎は酔っ払って出まかせをいってやがるんだぜ」

と、ルイジがあざけるようにいった。

「見てる前で、ウィスキーを一本空《から》にしちまいやがった。飲んだくれの口から出まかせさ。できもしねえことを、酒のいきおいで大口たたきやがって……とんだお笑いの一席じゃねえか」

「お笑いの一席かどうか、ためしてみるか」

西城は、鮫に似た口つきで薄笑いした。

「臆病者てのは、おまえのほうじゃねえのかい？　西城。手錠をはめられて動けねえ虎4《フースー》をおっぽりだして逃げやがったのはだれだ？　もっとも逃げ足の速さだけは認めるがな。たいしたもんだったぜ」

金髪のオブライエンが憎悪にまみれた声を出した。

「おまえの逃げ足も、ここじゃ通用しねえ」

「虎部隊を襲う前に、小手だめしといくか」

と、西城は相変わらずニヤニヤしながら、すばやく椅子からはね起きた。靴先で椅子の位置を横にずらす。

「とんでもねえキ印だな。ひとりで、おれたちを相手にまわす気かい？」

オブライエンがあきれ声を出す。

「たかが三人、それに病みあがりがひとり。いささかものたりないがな」

西城の目は残忍そのものだった。

インディアンが椅子から身を起こすと、音もなく部屋のすみに歩いた。壁を背に立ち、無表情な目で天井を見つめた。

「インディアンは降りたとさ。あとは二人と病みあがりか……」

と、西城。残りの三人も立ちあがった。

ルイジが手を出してあとの二人を制した。

「このジャップ野郎はおれにまかしとけ。二度と大口をたたけないようにしてやるぜ」

「口がきけなくなるのは、そっちだよ、イタ公」

と、西城が冷笑する。

「おっかちゃん《マンマミーア》と叫んで胸を叩くのも、いまのうちだ」

ルイジの目が底光りした。陽気なイタ公の仮面がはげ落ち、陰惨で下司な殺し屋の素顔がむきだしになった。すっと右肩を落とし、手が服の内側にはいった。細長い白く光るものがルイジの指につままれて出てきた。それはナイフの形状を持っていた。

「なんだ、それは、プラスチックのペーパーナイフか？　読書する柄でもなかろうに」

と、西城があざける。

「ところがな、こいつは特殊ポリマー製でな。耐久力はないが、使いはじめはゾリンゲンなみの切れ味だ。てめえの喉を掻っ切ったあとで、髭ぐらい剃れるんだ」

ルイジは血に飢えたような無気味な声音でいった。シシリー島出の凶悪な人殺しの顔をしていた。ナイフのかまえにも非の打ち所がなかった。

「ドランケ、よく見な。いくら検査を厳重にしたって、ちゃんと得物《えもの》を持ちこむやつはいるんだぜ。プラスチックじゃ、金属探知器もレントゲンもきかないからな」

西城は落ちつきはらって、隔壁ごしに声をかけた。ルイジがしゅっと鋭い息を歯の間から漏らし、床に足をすべらせながら、ポリマーナイフを走らせる出鼻に、西城の右脚がひらめいた。靴先でひっかけた肘掛椅子が真向からルイジの上体を襲った。爆発の激烈さだ。三〇キログラムは優《ゆう》にある椅子の猛襲をくったルイジは後方の壁まで吹っとばされた。オートバイが人体に激突したような音がした。椅子はバラバラになったが、ルイジの顔の下半分も粉砕された。歯と下顎の骨がけしとび、血みどろの洞穴になった。目と耳孔からも鮮血を噴出させて床にのめりこんでしまう。

西城は稲妻のように敏捷だった。椅子をはねとばすと間髪を入れず、オブライエンに襲いかかっていた。

金髪の巨漢の太い胴に両腕をまわすと、足を踏んばり、ぐいとかかえあげた。オブライエンの分厚い胸板に顔を埋めこみ、恐ろしい力で胴体を締めつけた。西城の両肩が隆々ともりあがる。熊の抱き締め《ベア・ハッグ》だ。巨漢は牡牛みたいに咆えたてながら、西城の肩や背中をなぐりつけた。幼児が打つほどの効果もなかった。西城は平然と、両腕をひきしぼりさらに強烈な締めを加えた。咆え声はものすごい苦痛の悲鳴に変わった。バキバキメキメキと巨漢の肋骨が

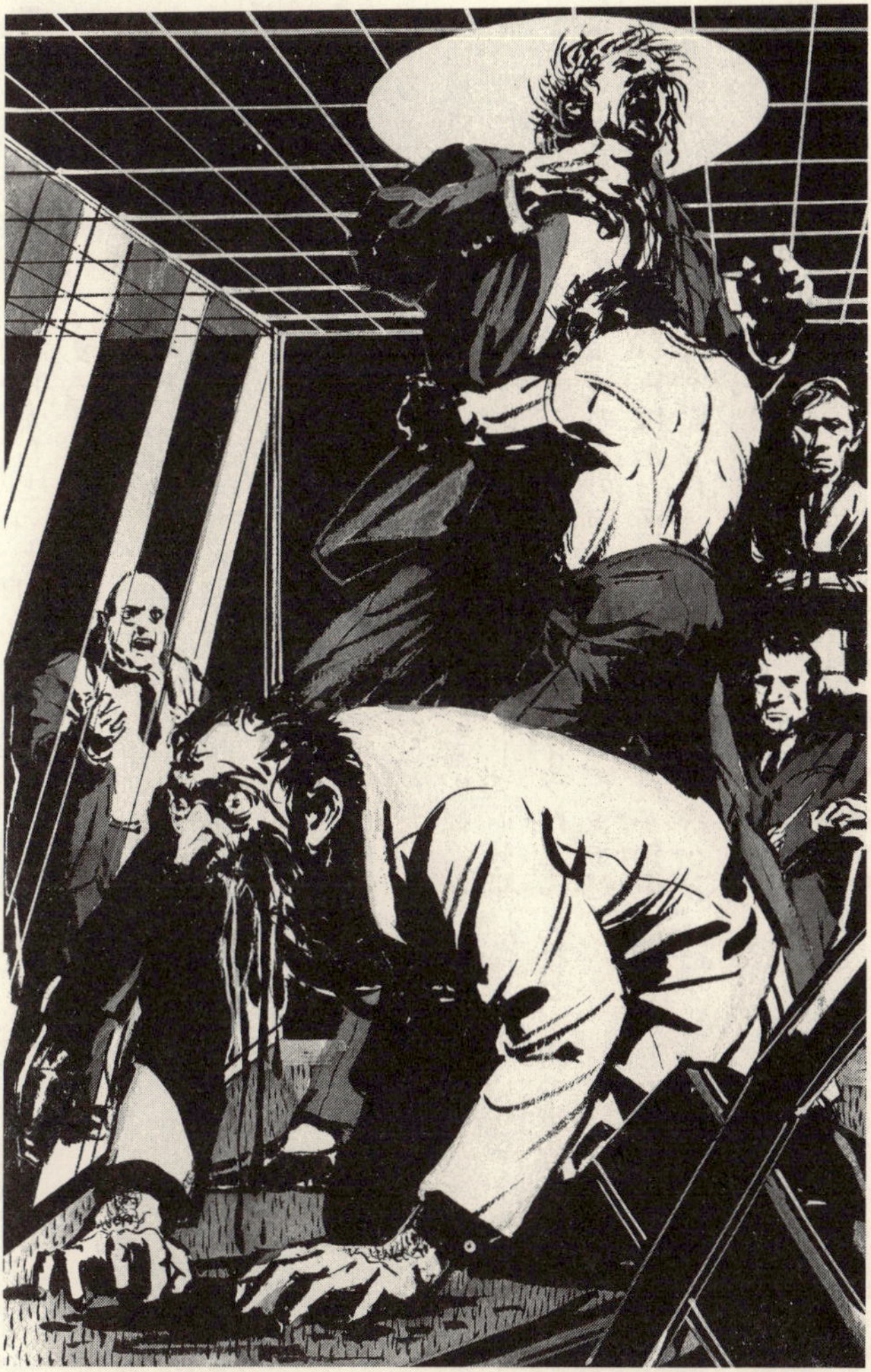

異様にきしみだす。鼻と口からどっと血があふれだした。

「やめろ！　おい、やめろ！」

特殊ガラスのむこうで、ドランケが灰色の顔で絶叫しはじめた。パン粉をこねて乾《ほし》ブドウをはめこんだような顔つきになっていた。

が、西城はやめない。オブライエンのすべての肋骨を砕きつづけている。浅黒い肌の沈着なウェールズ人が、床にころがっていたポリマー・ナイフを拾いあげた。素速くおどりかかり、西城の背中にナイフを突きたてようとした。

しかし、西城は背中にも目があるようであった。オブライエンをかかえたままふりむこうとする。狙いのそれたナイフの鋭利な刃先は、西城のたくましい腕を刺した。

西城はうなり声を発すると、オブライエンの巨軀を軽々とつかみあげ、ウェールズ人に叩きつけた。地響きたててオブライエンは落ち、テーブルを押しつぶした。ウェールズ人はあやうくかわし跳び退った。その手のポリマー・ナイフは二つに折れ、刃の半分しか残っていない。刃先の部分は、西城の二の腕の筋肉に刺さったままだ。

ウェールズ人の浅黒い皮膚から血の気が失せ、傷痕が鉛色《なまり》に浮きだした。西城が襲いかかってきたら、生命がない。腕におぼえがあろうとなかろうと、怒り狂ったロウランド・ゴリラにつかまったように木っ端微塵にされてしまう。

「助けてくれえっ」

無惨な恐怖の悲鳴が、ウェールズ人の肺胞から爆発的にとびだしていった。長身のインディアンは、壁に背中をつけて、手出しをする気配もない。

西城がウェールズ人に襲いかかる。両手を喉にまきつける。

ドランケはうめいて、椅子の肘についたプッシュボタンを押した。

天井についたノズルから、麻酔ガスが噴きだしはじめた。黄色く着色したガスが、ガラスの隔壁のむこうに立ちこめていく。

と、西城の身体がガスの煙の中から現われた。組みあわせた両手をハンマーのようにふるう。特殊ガラスが真白にくもった。ドランケの目が驚愕にとびだしてきた。至近距離で四五口径弾を射ちこんでも割れないはずなのだ。

西城は肩をたたきつけ、特殊ガラスの破片をばらまいて、ドランケ側へとびこんできた。すごい形相だ。

ドランケはあわててハンカチで鼻と口をおさえ、ガスの侵入を防ぎながら、部屋の換気ボタンを押した。わずかに吸いこんだガスでたちまち目がまわり、頭が風船みたいにふくれあがる幻覚が襲ってきた。

換気装置はフル作動《さどう》したが、それでもドランケのめまいがおさまるまで四、五分を要した。大きく破られた隔壁のむこうに、三人の非合法工作員が血まみれになってころがっているさまが目に映じた。

隔壁のこちら側には、西城と長身のインディアンが立って、ドランケをながめていた。インディアンはげんなりした様子で壁によりかかって身をささえているが、西城は平気な顔だった。

「正気づいたかい？」

西城はドランケに獰猛な笑いを浴びせた。親指で隔壁のむこうをさす。

「やつらは、もう使いものにならねえ。気の毒にオブライエンはまた病院に逆戻りよ。今度は当分出てこられねえだろう。インディアンはお利口にしてて得をしたぜ……こうなると、いやでもおれひとりにやらせるほかはねえようだな」

ドランケは激しく震えていた。汗をしたたらす顔に、目がはじけた豆の莢《さや》みたいだった。幽霊を見るような異様な表情があらわれていた。

「待て……おれもやる。仕事を引受ける」

と、壁に寄りかかって立っているインディアンがいった。西城はふりむき、意外そうな目をインディアンにむけた。

「よせよ……おれのボーナスが減っちまうじゃねえか」

不平そうにいった。

「おれ、仕事をことわったおぼえはない。引受けさせてもらうよ、ドランケさん」

インディアンは頑固にいった。ドランケはハンカチで顔の汗をぬぐいながら、無言でうなずいた。

「ちっ、五千万も取り分が減るんじゃかなわねえ。さっきおまえもついでに片づけときゃよかったぜ、インディアン」

西城がぼやいた。

「心配するな。さっきの約束どおり、西城には二億五千万払う。チーフスンには五千万でいいな?」

ドランケはようやく落ちつきをとり戻していった。インディアンのチーフスンはうなずき、西城は相好をくずした。

「腕の傷はどうだ?」

ドランケはすばやい目を西城の左腕に走らせた。服地が裂けているが、ほとんど出血は見られない。ナイフの刃先は抜き捨てたらしい。

「いま、医者を呼ぼう」

「おれはいい。かすり傷だ。それより仕事の話が先だ」

と、西城。

「よろしい。実は、不死身人間をおびき寄せるのに、いい餌を用意してある」

と、ドランケはいった。

40

地下施設内のわずかな距離を歩いただけで、ドランケは大きく息を切らせていた。大量の贅肉《ぜいにく》をまといつけた胸部が苦しげにふくらんだりすぼんだりし、大げさに肩が上下する。車椅子を使えば楽なのだが、その習慣をつけると、バルーンのように膨脹しきって身動きもとれなくなってしまうことを恐れているのであろう。

大腿骨を砕いた一発の銃弾が、ドランケの筋肉質のヘラクレス型の体軀を、醜怪な肉の大袋に変えてしまったのだという。それが、この肥大漢に、自己に対する暴力への病的な恐怖心を植えつけたのだともいわれる。

鋼鉄の廊下に太いステッキで体重を支えながら進むドランケの顔には、背後を歩く二人の非合法工作員への恐怖がかくしきれなかった。隔壁なしに、殺伐な雰囲気を発散している無法者といるのは生理的な耐えがたさがあった。二頭の虎か獅子が、きびすを接して尾《つ》いてくる、そんな無気味さが心臓を絞めあげ、ドランケに汗をかかせていた。

この連中は、CIA正局員、良家の出で教養のある、礼儀正しい、清潔な肌をした若者たちとは根本的に異なる。暴力と死の匂いを濃くまといつけた、人間猛獣だ。薄汚なく凶悪な諜報活動が排出した最低の澱《おり》だ。人間の形をした蝎だ。こいつらは、両手をちょっと動かしただけで、他人を殺せるのだ。冗談みたいに気やすく、人間の息の根をとめてしまうのだ。この人間蟹が気まぐれを起こせば、自分は死の暗闇につき落とされる……

全身を脂汗が伝わった。ステッキを握りしめる掌がぬるぬるとすべる。絶望的な恐怖と憎悪で、ほとんど恐慌《パニック》の気分におちいりそうだ。懸命に自制心をかきたてる。自分も若い時分には、この男たちに劣らず、強靭でパワフルで、戦闘能力にたけ、熟練した射手だったのだ。

第二次大戦が生みだした最高の諜報員と賞讃された輝かしい過去。OSS、CIC、そしてCIAと、一生の大半を高度の訓練を受けつづけ、諜報活動に専念してきた男。のみならず優秀な諜報員を無数に育成してきたプロのスパイ、アレン・ダレスの信望厚く、有力な諜報機関責任者として任じられ……中国、満洲、ロシヤ、と相手どって謀略活動を展開し、咬みあった敵は数知れぬ……

そのベテランの諜報専門家が、スパイ組織の巨人CIAの要職にあり、世界史を裏面からあやつる謀略のプロが、なんてことだ、たかのしれた使いすての末端工作員を、冷汗を流すほど恐れているとは。

この、まったくどうにもならない執拗な根深い恐怖心。直接的暴力への盲目的な恐れ。殻《から》を失った軟体動物の感じるような救いがたい恐怖が魂に巣食ってしまっているのだ。

暴力だけが取柄《とりえ》の末端工作員ごときは、自分の裁量でどうにでもしてしまえる。命令ひとつで死地に追いやり、ほうむってしまうことだってできる。利用価値が減ずれば、思いきり苛酷につぶしてしまうことも平然とやれる。

だが、ひとたび面とむかいあうと、とりついた恐怖がすみやかに魂を食い荒らしだすのだ。

自分がたるんだ贅肉をぶらさげた老人ではなく、タフで筋肉のひきしまった、荒々しい戦闘力を秘めた肉体を回復しないかぎり、この執拗な恐怖は自分を決してはなさないだろう。

いまは耐えるのだ。あらんかぎりの自制心をふりしぼって、恐怖をおさえねばならぬ。隔壁抜きでの人間蟹どもとの接触に耐えるのだ……

ドランケは足をとめた。壁のサーモ・エレメントを用いた開閉装置に手をふれる。鋼鉄の壁の一部がスライドして、入口を開けた。

「ここだ……」

と、ドランケはいった。

部屋の中は、洞穴のように暗かった。西城は戸口に立ったまま、鼻翼をかすかに動かしていた。

「女か」

と、いいあてた。

「そうだ。どうしてわかった？」

「気配でわかるのさ。おれは女には目がないんでな……」

西城はなに食わぬ顔で答えた。

ドランケを先頭に、インディアン、西城の順で室内に足を踏み入れた。ドランケが照明をつけた。

殺風景な部屋だった。床はむきだしのままで、ベッドをのぞけば備品らしいものはなにもない。独房の印象だ。

ベッドに腰かけているアジア人の若い女の姿が、場ちがいになまめいて見えた。

女は、はいってきた三人に真正面から顔をむけていたが、表情も変えず、身じろぎひとつしなかった。まったく反応を見せない。両膝をきっちりとつけ、棒を呑んだようにかたくなってすわっている。

身体つきは牝鹿みたいにほっそりと優雅だ。胸と腰だけが豊かで、手足は先細りである。長い首の線が特に美しい。痛々しいような無力さがあって、西城の嗜虐心をそそりたてた。抱けば骨がないような柔らかい肉体にちがいないと思った。

三人の動きにつれて、女の視線が動かないことに西城は気づいた。顔にはなんの表情もあらわれない。筋肉のすべてが凍りついているのが異常だ。蠟《ろう》人形のうつろな非現実的な雰囲気があった。きれいな女にはちがいないが、精神作用の停止状態が、女を血のかよわない人形に見せているのだった。予備知識がなかったら、ドランケ愛用のダッチワイフかと思ったであろう。

西城はベッドにすわっている女に歩み寄り、見降ろした。えりぐりの深いワンピースの胸もとにのぞく柔らかそうな双《ふた》つの白い隆起がゆるやかに動いていた。下着をつけていないのがわかった。ワンピースの下は、むいた卵みたいな裸かなのだ。西城の顔が冷笑にゆがむ。

ドランケのほうが先口だったわけだ……

「餌というのは、この女のことか？」

と、たずねる。

「名前は青鹿晶子だ。犬神明が、この女に特別な関心を持っていることがわかったので、手に入れたのだ」

ドランケは落ちつきなく答えた。なぜ青鹿を選んだか説明する。ドランケは、青鹿晶子に関して、綿密な調査結果を入手しているのだった。有能な調査機関の手にかかると、本人すら知らないような事実まで洗いだされる。たとえば、青鹿が幼女時分に性的暴行を受けた事実までも、報告書には記載されているのだった。

性的暴行の対象になりやすいタイプの女がいる。おおよそは知能の低さが原因である。過度の自己顕示欲、好奇心、情緒不安定、強度の性的抑圧などが、性的暴行者の好餌《こうじ》にさせるのだ。

調査資料の分析によると、青鹿のケースにはある種の特殊性が見出される。

青鹿は知能も平均をかなり上まわり、情緒安定度も高く性的欲求度のランクも低く、やや保守的な心理傾向を有する。にもかかわらず、彼女は、四歳、十二歳、十六歳、二十四歳のそれぞれの年齢に、性的暴行の被害を受けた事実がある。これらの事件は、青鹿本人にある種の精神的障害が潜在することを示している。

心理学的、精神病理学的専門家の所感によると、青鹿本人には、軽度の動物化妄想《ゾアントロピー》の心的傾向がうかがえる。これは本人の青鹿という姓が妄想内容を規定しているようである。本人は幼時にくりかえし、自分が鹿になるという夢を見たという。自分が美しい牝鹿だという想像に魅了され、本人＝鹿の自己同一化がおこなわれたのである。それに附随して、草食動物は肉食動物に捕食されるという事実の発見が本人に強い葛藤を生じさせた。

鹿は強い肉食動物の餌食になる運命を背負っている。鹿である自分は、狼や虎に襲われたら、逃れることができないという強迫観念が、さらに妄想をゆがめ、本人のマゾヒズム傾向に作用した結果、みずからを、自然神（犬神――オオカミ）にささげられる犠牲《いけにえ》と想像するにいたったようである。

これらの想像は、性格的弱点を暗示するものである。捕食獣である狼は、性的暴行者を意味するものであるが、暴行を受ける際の本人の反応は、動物化妄想の内容と正しく対応する。神にささげられた犠牲《いけにえ》として、暴行を甘受し、抵抗をこころみることはない……

本人の精神症状の特異点は、自己を犠牲に供することによって、心身の浄化を体験することにあると思われる。

「つまり、この女は、強姦されたいという願望を潜在意識に持っているというわけかい？」

西城は口をゆがめていった。さげすみをこめた薄笑いだ。かれは精神分析学者のたぐいの怪しげなご託宣をまったく信じていなかった。男と女の仲にくだらない屁理屈などあるものか。女は牝だ。男に犯されるのをいつだって期待しているのだ。

「で、この女は、犬神ってガキの年上の情婦だったんだな？」

西城が単刀直入にきく。

「おまえの考えるような関係とはちがう。性的交渉はまったくない。もっと特殊な心理的なものだ……」

と、ドランケ。西城はとまどった顔になった。

「どうも腑に落ちねえ。じゃ、この女とガキの関係ってのはなんだ？　ただの女教師と生徒か……それとも、プラトニック・ラヴってやつかね？」

これも西城にはおそろしく非現実的な代物でしかなかった。かれは自己の欲望に忠実にしたがうことを唯一の掟として生きてきた男だった。

「まあ、どうだっていいが、たかが女ひとりにつりだされて、のこのこ罠にはいってくるほど狼人間ってのはまぬけなのかい？」

「おまえがそう思うのも無理はない。おまえにとっては、女というのは単に女陰を股の間に持った人間にすぎないのだからな。いや、人間どころか、物自体でしかない。おまえが女のために体を張るなんてことは、およそ考えられん……」

ドランケの言葉には苦みがあった。

「だが、狼人間はおまえのような血も涙もない人殺しとはちがう。この女はかならず役に立つ。狼人間はまちがいなくつりだされてくるはずだ」

「世の中にはまぬけが多いからな。あんたのいうことがたしかなら、狼人間なんて甘いもんだぜ」

西城は鼻で笑った。やにわに手をのばすと、青鹿のおとがいに手をかけ、顔を上むけさせた。仮面の無表情さだ。瞳孔が針で突いたように収縮している。

「麻酔薬を使ったな。まるで人形だ」

「ナルコティック800だ。感情も意志も麻痺している。こちらが命じたとおりに動くだけだ。こうしておけば、騒ぎたてる心配がない」

ドランケの口調には、弁解がましさが混りこんでいた。

「なんでもいうことをきくロボットか……」

西城は女の顎から手をはなした。女の顔は自動的に正面をむき、虚空に視線を放っていた。女に対して哀れみこそ感じなかったが、ドランケのやり口の毒々しさにはあきれていた。

「ナルコティック800とは、すごい薬を使ったな。この女は一生廃人になっちまうぜ」

ナルコティック800は、対人攻撃用の、精神活動を停止させる目的で造られた化学兵器だ。精神分裂病と同じ思考困難、離人体験、無関心の症状を人為的に生じさせる。その効果は、LSD25、リゼルギン酸ジエチルアミドよりはるかに強力で、長時間持続する。

「やむをえなかった。こうしておけば、後で記憶消去の処置を講じないですむ」

嘘をつきやがれ、と西城は思った。この女は美人だ。これさいわいと人間ロボットに変えておいてから、意志のない女の若い肉体をダッチワイフがわりに使用したんだろう。女を恐れているドランケは、こんなときでないと生身の女の肉体に接することができないのだ。未練たらたらの面《つら》をしていやがる……

ドランケの醜怪な肉塊が、女の美しい肉体を思うさま蹂躙《じゅうりん》する光景を想像して、西城は嫌悪の薄笑いを浮かべた。ドランケは死体愛好症《ネクロフィリア》だ。汚らしい屍姦爺《じじ》いだ。屍肉食《スカベンジャー》いだ。西城の裡《うち》に異様な興奮がつきあがってきた。なにかしら奇怪な暴力の衝動がうずいてくる。口が乾き、頭の中が熱く灼けて、いても立ってもいられなくなってくる。西城は下腹部がねじくれかえるような感覚の襲撃に抵抗した。ドランケの屍姦爺いをブチ殺したくてたまらない。

「この女は山羊《やぎ》か……」

西城はかすれ声でいった。両の拳を握ったり開いたりして、腹の中の固い結節をゆるめようとつとめる。

「山羊を杭に縛りつけておいて、虎がのこのこ出てきたところを仕止める……古くさい手だな」

「しかし、きき目はある」

「よし……だが、この女の使い方は、おれにまかせてもらいたい。狼人間は、おれの思いどおりの方法でとっつかまえてみせる。ドランケ、あんたも、インディアンも口出ししない……いいな？」

「どうするのだ？」

「いいからおれにまかしといてもらおう。この女はおれがあずかっていくからな」

いやな顔をするドランケに笑いを浴びせて、西城は女の腕をつかんだ。思ったとおり、骨がないような柔らかい身体だ。

「いいだろう。西城、おまえにまかせる」

と、ドランケはしぶしぶ答えた。西城はうなずき、女の腕をとって立たせた。女は従順にしたがう。女を連れ去る西城を見送り、ドランケは、影みたいに立っている長身のインディアンに目をやった。行けと合図する。インディアンは足音も立てず、西城と女のあとを追った。

ドランケは吐息をつき、全身の肉を波打たせた。別人のように毒々しい表情が顔を覆っていた。おそろしく冷酷な傲慢さがよみがえってきていた。

41

広い窓が切りとる濁った夜空を、TV局の鉄塔の影が突き刺していた。暗い部屋に身じろぎもせず立って、少年は夜空を刺すとがった影に目をあてていた。洋間のドアを開けて、神明がはいってきた。奇抜なヒッピー・スタイルをしていた。頭髪が腰のあたりまで垂れさがり、濃い髭が顔中を埋めている。新宿をうろつく素性不明の若い連中の風態だ。

窓際にたたずむ少年のほっそりした後姿に声をかける。

「こんなところにいたのか？　これから移動だぜ」

犬神明はふりむき、光る目を年長の友人にむけた。美しい目だ。美しいだけでなく力強い。屈服を認めない目だった。その目にあらわれた渇望の激しさが、神明の心を動かした。いたましいほど自由を熱望しているのだった。

「移動か……」

と、少年は自制のうかがわれる静かな声でいった。本心は大声で叫びだしたいにちがいない。

「移動、移動。三日ごとに同じ言葉をきかされる。いったい、いつまでこんなことがつづくんだろう……」

この一ヵ月近く、ふたりは虎部隊のアジトを転々としてきた。都心部のマンション、郊外の住宅地や農家に見せかけたアジト。横浜の中華街の小さな飯店の二階にひそんだかと思うと、横浜港を見おろす高台の、プールつきの豪邸に移動したりする。おそらく華僑《かきょう》の顔役の邸《やしき》と思われた。虎部隊の首領林石隆《リンシールン》は、底の知れない組織を自由にあやつっているようだった。中国系の巨大な犯罪組織、西のマフィアに比較される青星社の巨頭らしい中国人と林石隆が会談している現場を目撃して、神明は林《リン》のとほうもなく巨大な政治力の一端をかいまみたように思った。

無気味な目をした青星社の大幹部の中国人が、林石隆の前ではチンピラなみに卑小化してしまうのだった。

林は糸のように細い目にやさしい笑みをたたえて、柔和な声でしゃべるだけだ。魁偉《かいい》な巨体にも、他人を圧倒するような猛烈な精神力は一片も感じさせない。それでいて対面する者は例外なく深甚な敬意をあらわし、頭を垂れていた。ひとたび林の巨眼が炬火の光を発したなら、その場で驚死するのではないかと想えるほどの畏怖の態度であった。

神明と少年は、たえず影みたいに静かな男女によって警護されていた。ことさらに屈強でもなく、むしろ平凡な目立たない連中だったが、虎部隊の息がかかっているからには、いざとなればおそろしい有能さを発揮するにちがいない。

が、護衛とはいえ、監視には変わりはない。拘束をなににもまして嫌う少年が、檻の中の狼と変わらぬ立場に耐えようとする努力は、いたましいほどに明瞭であった。少年はめったに不服めいた言葉をもらすことさえなかった。

「もうしばらくの辛抱さ」

神明は、自分でも気休めとしか思えぬ言葉で少年をなぐさめてきた。ＣＩＡの猛烈な追及が永久につづくはずはない。いつかは息切れして、手をゆるめるときがかならずくる……

しかし、もうふたたび、以前のような自由な生活が戻ってくることはあるまい、と神明にはわかっているのだった。過去の一切を捨て、別人として生まれかわる覚悟が必要だ。しかし、どんなに巧妙にやってのけ、新しい名前と新しい生活を手に入れたところで、世界最大の諜報組織ＣＩＡは、執拗に追いすがってくるだろう。狩人《かりうど》の大群が、狼を追跡する努力を放棄することは決してあるまい……

が、それよりも、神明は、年少の友人が日ましに屈託の色を濃くしていくことを気にしていた。行動を束縛されたフラストレーションとだけは思えないのだった。林石隆は、逃避行をつづけるふたりに、できるかぎりの配慮をはらっている。新聞や雑誌は自由に読めたし、腕のいい中国人コックが同行し、絶妙な料理を味わわせてくれる。気晴らしのため、北京《ペキン》語や広東《カントン》語を教わり、華僑の豪邸の地下に設けられた射撃場では、拳銃やライフルなど小火器の手ほどきを受けた。

虎部隊員の教師に、少林寺《しょうりんじ》拳法を仕込まれたりもした。これはけっこういい気晴らしになったが、狼人間の神経反射の異常な速度は、体術を必要としないという事実が証明されて幕になった。超高速度撮影でないととらえられない狼人間の神速に対して、拳法の高級テクニックですら通用しないのだ。

むしろ、狼人間は先天的な体術の名手といえた。習得しなくても、身体が自動的に動き、反応するのだ。本能として身体にメカニズムが組みこまれているとしか考えられなかった。

そのかわりに神明は、ナイフ投げの指導を受けて楽しんだ。拳銃やライフルのほうはどうにも見こみがないと診断されたが、身体を動かすぶんには、超人的な勘がものをいった。

少年のほうは、神明ほど気晴らしに熱中することはなかった。林石隆にたのんで手に入れた、わけのわからない難解な横文字の学術書を一日中読みふけっていた。英語がマザー・タングなので苦にならないらしい。学者だった両親の血を想わせた。

静かな少年の顔に、ときおり神明ははげしい憂悶《ゆうもん》の色を見出してギョッとすることがあった。

なにかが、少年の心をひどく悩ましているのだった。それがなんなのか、神明には想像もつかなかった。かといって問いただす気にもなれない。その気があれば、少年のほうから口をひらくだろう。

神明と少年をつなぐものは、埒《らち》もなくべたついた友情ではなかった。狼は、自主独立の気風をもっとも大事にするのだ。

少年を悩ましているものに、中国娘、虎4《フースー》の気まぐれがあった。虎4は、なんのてらいもなく犬神明に求愛するのだ。頭から少年を自分の配偶者と決めてかかっていた。外部の活動から戻ってくると、少年につきまとってはなれない。強引すぎて率直な求愛だったが、そんなときの虎4は、別人のように変貌した。瞳はまばゆいほど光を放ち、ほれぼれするようなコケットリーが全身に満ちあふれた。強暴精悍な女戦士とはとうてい思えないほどであった。虎4の獰猛さをよく知っている神明ですら、その魅力に感心するほどであった。

しかし、ストイックなところのある少年には相当迷惑だったようである。いつも虎4の求愛をにべもなく退《しりぞ》けるのだった。

虎4はいっこうにへこたれなかった。懸命に少年の機嫌をとり、自分の魅力に気づかせようと専念していた。滑稽なほど、虎の性を持った中国娘は、つれない少年に熱中しきっていた。自分の熱情で、いつか少年のストイックな心を動かせると確信しきっているようだった。

少年にとって、虎4の求愛はわずらわしいにちがいないが、それ自体はとるにたらないことである。少年のはげしい憂悶の原因は別にあるのだ、と神明は考えた。

拘束の苦痛、行く先の不安、どれも理由にはなる。だが、言語を絶する苦しみに耐えぬいてきた少年にとって、なにほどのことでもないはずだ……

「こんなことをつづけていて、なんになる」

と、少年は頭をゆっくりふりながらいった。

「際限もなく、ドブネズミみたいに逃げまわるのか……あまりにもみじめすぎる。そうじゃないか、神さん……」

「気持はわかるが、しかし……あせってみたところでどうにもならないぜ。敵は巨大すぎるからな」

「ほんとにそうだろうか？　おれたちは闘う前から、あきらめちまってるんじゃないだろうか」

神明は口をあけて、少年の顔を見つめた。意表をつかれたのを感じていた。

「敵はたしかに巨大だ。強力な組織を持っている。おれたちをひねりつぶすくらい、造作もないことかもしれない。でも、闘ってみないでなにがわかる？　おれたちには人間にはない超常能力がそなわっている。ＣＩＡがいくら巨大な組織でも、構成員のひとりひとりはただの人間なんだ。そして、おれたちはドブネズミじゃない。牙がある。人間どもの暴虐な迫害をひたすら耐えしのんだはてに、いったいなにが待っているというんだ？」

「では、こちらから逆に闘いを挑むというのかね？」

神明はショックを受けていた。徒手空拳で世界的規模の大謀略機関とその暴力装置に挑む。それは、あまりにも子どもっぽく絶望的な夢想だ。

「それは無茶だぜ。本気でいっているのか？」

「わからない。だが、おれはもう逃げまわるのにあきあきしてしまったんだ」

少年は沈んだ声音でいった。

「おれは物心ついてから、いつもなにかに追われて逃げまわってきたような気がする。理不尽な迫害がつねにおれにつきまとっていた。うんとちいさいガキのころ、ものすごく大きい凶暴なドーベルマンが、なんの理由もなく、おれを襲ってきた。隣家で飼っている猛犬で、おれはその犬と遊びたかっただけなんだ……おれは全身をズタズタに咬み裂かれた。犬の攻撃をやめさせるには、その犬を殺すしかなかった。おれはみずから求めて、だれかを傷つけたり殺したりしたいと思ったことは一度もない。だから逃げまわる。闘いを避けるには、それが一番手っとり早い方法だったからだ。しかし、いつかはまた、あの狂犬みたいなドーベルマンが襲いかかってくるときが来る……闘いをよけて通れないときが来る」

「いまがそうだというのか？」

「わからない。わからないんだ……」

少年は絶望的な苦しい顔をした。

「気になることがあるんだな？」

神明は少年の肩をつかんだ。

「よかったら、おれに話してくれ。おれたちは仲間だ。仲間というのは、こんなときのためにあるもんだぜ。犬神明。おたくはもう一匹狼じゃない。チームを持っているんだ。おたくひとりで処理しきれないときには、おれが援護する。なんなりと手を貸すぜ」

神明はいつになく熱くなっていった。

「おれはこれまで、人間とのかかわりあいを避けてきた」

と、少年はつぶやいた。

「おれは狼人間だからだ。人間を愛することも、愛されることも拒んできた。おれがアラスカの狼の世界から人間の世界に連れ戻されてまもないころだ。おれの変身を知った伯母は、気が狂うほどショックを受けた。伯母にしてみれば、恐ろしい体験だったろう。伯母が悪いんじゃない……だが、そのときの伯母は気が狂ったようになった。おれを怪物と呼び、化物とののしった。山本家の血筋に畜生の血を持ちこんだおれの母を呪った。おれのことを死んでしまえばいいと叫んだ。けだものの子は出ていけ……おれは、あのときの憎しみとさげすみに満ちた伯母の目を一生忘れない。おれを愛してくれた伯母が、敵意と呪詛《じゅそ》をこめて、おれを拒絶していた。それ以来、おれは、人間とはだれともいっさいかかわりを持つまいと決心した。おれを愛している人間の目から愛があとかたもなく消え、嫌悪と拒絶が現われるのを、二度と見たくなかった。おれを愛し、理解してくれるのは狼だけだ……伯母を責めようとは思わない。伯母はつぐないをしようと、おれにできるだけのことをしてくれた。だが、おれには、あのときの伯母の目をどうしても忘れることができなかった。おれは、自分がだれかを愛することを、しんそこ恐れた。自分が好意を持ちかけた人間からは、大急ぎで逃げださねばならなかった。何度も、何度も……」

　少年は歯をくいしばった。

「まだ、ほんの子どもだったおれが、どんなに愛情に餓えていたか……おれは滑稽なほど思いつめた。そして夢想にふけった。もし、おれが狼人間だと知って、それでも愛してくれる人間がいたら、おれはその人のために死のう……本気でそう思った。むろん、そんなことはありえないとわかっていた。肉親の伯母ですら、おれを化物とののしったんだものな……ところが、ついにおれは、その人にめぐりあってしまったんだ」

青鹿晶子、と口に出しかけて、神明は思いとどまった。少年の目は苦悩で黒ずんで見えた。

「子どものころの決心は、まだ生きつづけていたんだ。おれはその人のために死ぬ。その人のためなら、全世界を敵にして闘ってもかまわない……馬鹿げているかもしれない。だが、おれは本気なんだ」

なんという鋭い孤独に満たされた情念だろう。この少年に満身の愛を傾けつくされた女は、人間が知ることのないような愛を得ることができるのではないか。

神明はほとんど嫉妬に近い感情で心を満たされた。

しかし、少年の思いつめ方は、いくらか異様にも感じられた。青鹿晶子はコロラドにいて、当分再会の機会がない。ただそれだけの理由なのか。生木《なまき》を裂かれた愛は激しく燃焼する法則、ただそれだけなのか？

「敵にかぎつけられたわ。移動を急がないと……」

しかし、少年はにわかに口をとざしてしまった。少年の目が部屋の戸口にむく。神明もふりむいた。足音もたてずに、虎4が姿をあらわしていた。

と、虎4がいった。

「用意はできてる。どうせ身ひとつだ。身軽なもんさ。敵さん、張りこんでるのか？」

と、神明。虎4はうなずいた。

「まだ、手出しをする気配はないけど……すごい追及ぶりだわ。敵も必死よね。襲撃してこないともかぎらないわ」

「やってみりゃいいんだ」

神明は笑った。

「自衛隊駐屯所のおひざもとで、こないだみたいにドンパチおっぱじめたら面白いぜ」

目つきの鋭い若者が廊下に現われて、虎4に声をかけた。あわただしく早口の北京語で話しあう。

「部下たちが、張りこみの連中をおびきだすわ。その間に、こっちは悠々と脱出よ」

若者が立ち去ると、虎4がふりかえっていった。ついてくるように、という身ぶりをする。地下室へ降り、抜け穴を通って、道路ひとつへだてた隣家の庭へ出た。むろん隣家も、所有者は同じである。

さっきまでいた邸の正門から、ライトを光らせて大きな外車がすべり出た。四、五人乗っているようだった。当然、敵は張りこみから尾行にきりかえるであろう。しかし、監視の全員が引きあげるはずはない。単純なトリックプレイにひっかかるほど甘くはないはずだ。

虎4は、ふたりを導いて庭を横切り、裏手にまわった。丈の高いブロック塀を、三人は影のようにのりこえた。闇夜のうえに、付近の街灯は消えていた。虎部隊の工作なのだろう。

裏側の道路には、山崎食品とボディに書いた八・五トン積みのトラックがとまっていた。

虎4はすばやくアルミパネルの箱型荷台に近寄り、ボディをノックした。後部ドアが自動操作で開く。三人を呑みこむと、ドアは静かに閉じた。アルミ・パネルの荷台には窓がついていない。荷室の内部にトヨタ・マーク2《ツー》が収容されていることは外から見てもまったくわからなかった。

トヨタ・マーク2の座席には、先客がひとりいた。

「引越しに次ぐ引越しで、まことに恐縮だが、ご辛抱願いたい」

と、林石隆が笑いながらいった。運転台側の隔壁ののぞき窓のカーテンをはぐって顔をのぞかせた若者に、手で合図を送る。若者がうなずいて顔をひっこめると、始動したディーゼル・エンジンのうなりが荷室を震わせた。ゆっくりとトラックが発車する。

42

「なかなか奇抜な移動方法を考えつくもんだな」

マーク2の助手席にすわった神明が感心したように首をふりながらいった。

「トラックに尾行がついても、あっという間にマーク2でずらかっちまうというわけだな。敵は血眼《ちまなこ》で大型トラックを追いつづける……」

「あの手この手だよ、神明君。大げさなゲームみたいなものだ。野蛮で凶悪で、ときには血の流れるゲームだ」

「さしずめ、ゲームの賞品はおれたちというわけだな。今度はどこへ行く？」

「西へ移動する。これまで利用していた組織にどうやら内通者がいるようなのでね。ＣＩＡ

の息ごみはまことにすばらしい。これほどアジトの保《も》ちが悪いのは、初めての経験だ。今回ばかりは、CIAの底力に脱帽というところだな」

「おれたちのせいで、とんだ迷惑をかけちまったようだな」

と、神明はいった。

「気にすることはない。これがわれわれの日常生活というものだ。だが、正直にいうと、この先きみたちの安全を保持する確信が多少うすれてきたことはいなめない……」

「そうだろうな」

と、神明はつぶやいた。自分たちが中国諜報網にとって重大な負担になっていることは察しがつく。諜報活動にも支障をきたしているだろう。

「われわれは約束はかならず守る。それで、ひとつの提案として聞いていただきたいのだが、思いきって日本を脱出する気はないかね？」

「脱出？」

「北京へお出願ってもいい。賓客として歓迎させていただく……」

「……」

「むろん、行く先は諸君の自由な選択におまかせする。キューバでも南米でも、好きなところへ送りとどけてさしあげよう」

「そんなことが可能なのかね？」

「可能だとも。秘密ルートはべ平連の専売特許ではないよ。なんなら、たったいまからでも、手配することができる」

と、林石隆は微笑を含んでいった。

「そうだな……」

神明は心を動かされていた。このままはてしもなく、CIAに追われて逃げまわるのもしんどい。まして、虎部隊のお荷物である身にとってはなおさらだ。

「しばらく考えさせてもらいたいんだが」

神明は後部座席の少年をふりかえった。

「どうするね、犬神明？」

「……」

少年は無言だった。

「いっそのこと、日本脱出といくか？」

犬神明はなにもいわなかった。神明は見返す目の沈鬱さが気になった。

「どうした？　なにか日本に心残りでもあるのかい？　それだったら……」

「なにもあわてる必要はない」

と、林《リン》が口をはさんだ。

「じっくりと考えて結論を出せばよい。強制する気は毛頭ないのだから」

「このまま日本にいたって息がつまるだけだわ」

少年の隣席にすわった虎４がいった。

「日本はあんたたちに狭すぎるわよ。狭くてゴミゴミしてて、人の心も腐ってる。思いきってとびだしちゃいなさい。新しい世界と新しい友人たちが、あなたを待っているのよ」

少年は依然として沈黙をまもっていた。

「どうしてだまってるのよ、ウルフったら」

中国娘は歯がゆそうに、少年の膝をゆすった。

「なにを考えてるの？　じれったい人ね」

そのとき、運転台のカーテンがはぐられ、若者が大声で叫んでよこした。林石隆と意見を交換する。早口の北京語だから、なにをいっているのかわからないが、緊急事態のあわただしさだった。

「なにかあったのか？」

と、神明がきく。

「尾行されているのだ。敵もなかなか抜け目がない」

林《リン》はおちつきはらって答えた。

「いま、どのあたりを走ってるんだ？」

「甲州《こうしゅう》街道だ。まもなく調布から中央道にはいる。籠抜けが役に立つときが来たようだ」

中央道にはいった大型トラックは、轟々とディーゼル・エンジンを咆え猛らせ、加速をはじめた。極端なクロソイド曲線のため走りづらい中央道を、猛然とトラックの巨体を吹っとばしていく。尾行車にあまり接近されていては、籠抜けができない。

が、トラックについた尾行車は、スカイラインGTRだった。おとなしく引き離されるどころか、逆に猛然と追いあげてきたのだ。豪快な排気音を残して、一瞬にして抜き去っていく。

運転台の二人の青年の口から鋭い警告の叫びがほとばしった。GTRの後尾に突きだした三本の太くたくましい排気管の一本が、いきなり猛烈な勢いで濃い白煙を噴出しはじめたのだ。

トラックは重く立ちこめた白煙の中に突入していった。反射的に急制動をかけたがまにあわない。トラックの強力な前照灯のビームですら白煙の幕を貫くことができず、視界は完全に奪われた。

トラックは煙のまっただ中にとまった。ベンチレーターから侵入した煙を吸った運転台の若者ふたりは、喉をかきむしって苦悶していた。顔は黒紫色にふくれあがり、大量の嘔吐物と粘液まじりの血をまきちらし、のたうちまわっていた。運転していた青年が、死力をふるって、ダッシュボード下のレバーをつかんでひっぱった。そのまま悽惨なうめきをしぼりだして動かなくなる。

荷室の後部ドアが、下端を軸にして垂れさがった。すべり止めのついた内側を見せて、上端が路面に接地する。

生臭い悪臭をともなった白煙が、トラックの荷室になだれこんできた。

「これは毒ガスだ！」

林石隆の形相は恐ろしいものに変わった。巨眼が爛とすさまじい光を放った。

「運転台の虎5《フーウー》たちが……」

虎4が咳こみながら悲痛な叫びをあげた。林石隆は地鳴りのするようなものすごいうなりを発した。歯咬みしながら、マーク2《ツー》のエンジンを始動し、ギアを叩きこんだ。

トヨタ・マーク2は、後部ドアを踏み板にして、トラックの荷室からバックでおどりだした。運転台の若者二名の生命をまたたく間に奪った毒ガスも、月齢の熟した不死身人間たちには通用しなかった。わずかに目を充血させ、咳きこむ程度だ。

林《リン》はマーク2をガス幕の中につっこませていった。ガスは道路幅いっぱいにひろがり、密雲のように閉ざしている。強引に百メーターほど突破すると、急激にガスが薄れた。

さらに五〇メーター先にGTRがとまってい、薄いガスの中に、こちらにかけ寄ってくる人影がマーク2のヘッドランプの光芒に捕えられた。

林《リン》は一声咆えると、マーク2の車首を人影めがけてつっこませた。

いきなり眼前に出現したマーク2のライトを浴びて、そいつは泡を食った。横っ跳びに身をひるがえす。鋭くハンドルを切ったマーク2のバンパーの左側にはねられた。鈍い衝撃が来て、人体がガードレールまで吹っ飛んでいった。

車がとまりきらないうちに、虎4《フースー》は車の窓から外にぬけだしていた。ガードレールにすがって身を起こしかけた男は、顔面部に防毒マスクをつけている。虎4は電光のようにすばやかった。大柄な男の首筋に鞭を振るような音を発して、強烈なまわし蹴りを叩きこんでいた。

大男はもう一度車にはじかれたように吹っとび、道路の中央部分までころがっていった。

虎4は追撃し、男の部厚い胸板に片膝を激しく食いこませた。常人なら最初の蹴りで首が折れ、ついで肋骨が砕けて肺臓に突き刺さっていたろう。が、この巨漢の肉体は、トラックのたくましいタイヤみたいな手ごたえがあっただけだった。

虎4は左手をのばして、防毒マスクを男の顔から力まかせにむしりとった。

「西城！」

異様な叫び声が、虎4の喉を漏れた。つりあがった両眼が緑色の光を噴いた。強力な両手を、大男の太い喉につかみかからせた。

「やっときさまに逢えた！」

憎悪と復讐の歓喜に狂ったような声音だった。

「八つ裂きにしてもあきたりないきさまに、逢えた！　殺してやる……なぶり殺しにしてやる！　身体中をバラバラにひきちぎってやる。きさまに虐殺されたたくさんの同志たちの仇《あだ》をとってやるんだ！」

すさまじく笑いながら、虎4は鋼鉄の指を、西城の喉の筋肉にじわじわとえぐりこませていった。

「待ってくれ！　殺さないでくれ！」

西城は声をしぼりだした。

「助けてくれたら、なんでもする。ＣＩＡの重要機密を教える。おれの知ってることを全部しゃべる」

「見苦しい！　いまさら生命乞いとは……犬めが！　きさまだけは許しておけない……」

虎4は歯ぎしりした。

「首をひきちぎってやる！」

「たすけてくれ」

西城は悲鳴をあげた。

「頼む、待ってくれ！　情報をやる。青鹿という若い女を知ってるか？　おれたちのおさえてる女だ。その女の居場所を教える……」

「殺せ！」

と、林石隆が鋭く命じた。

「待てっ」

神明と少年が同時に叫んだ。

少年は閃光のように身をおどらせて、虎4の腕にとびついた。西城の首をつかんだ虎4の手をひきはなそうとする。

「なにするのよっ」

虎4が怒りに燃えて叫ぶ。少年は無言で中国娘を突き放した。目が光っている。虎4は少年の目に射すくめられたように動きをとめた。

「青鹿といったな？」

少年は、路上にすわりこんで顔をしかめ、首をもんでいる西城に問いかけた。

「青鹿晶子……そうなのか？」

「そ、そうだ。中学校の女教師だった女だ」

「その女は、いまどこにいる？」

「葉山《はやま》だ。葉山のおれたちのアジトに監禁してある……あんたと、そこにいるトップ屋をおびきだす餌にするつもりだった。そのために、わざわざアメリカから連れ戻してきたんだ」

西城は必死の語調でしゃべった。

「そうか。やっぱりそうだったのか」

と、少年はつぶやいた。微妙な戦慄の波動が繰りかえし背筋を這った。驚きは感じなかった。やはり、あれは幻覚ではなかった。おれにはちゃんとわかっていたんだ。

「西城、きさま、それは本当か？」

と、神明は目をむいてどなった。

「青鹿晶子をほんとにアメリカから誘拐してきたのか?!」

「嘘にきまってるわ！　ＣＩＡの犬のいうことなんか信用できるもんか！」

と、虎4が叫んだ。つりあがった目を青い炎が満たしている。

「嘘はいわねえよ。おれの生命をたすける切札だからな」

西城の顔にふてぶてしさがよみがえってきた。

「たすけてくれるんなら、青鹿を監禁してある場所に案内してもいいぜ。だが、その前におれがくたばったら、永久に青鹿には逢えなくなる……どうだ？ ひとつ青鹿の身柄とおれを交換といかないか？」

「でたらめをいうんじゃないよ。そんな手にのってたまるもんか」

虎４は躍起となっていった。

「見えすいた罠よ。罠にきまってるわ」

「罠かもしれないが、でたらめじゃない」

と、少年は静かな声でいった。

「この男と話をする間、黙っていてくれ」

「そんな時間ないわ。こいつをいますぐ始末しないと、あとの行動にさしつかえるわ！」

「いまは殺させない」

「邪魔立てすると、たとえあんたでも容赦しないよ……」

虎４は殺気立ってきた。

「そこをおどき、犬神明。この西城というＣＩＡスパイだけは生かしておけないんだ。おどき！ おどきったら！」

「女は無事だろうな？」

犬神明は虎４の言葉を聞いていなかった。

「もちろん無事だ。じゃ、取引は成立だな？」

西城は安堵の声を出した。

「その恐ろしい中国娘におれを殺させないように頼むぜ。青鹿晶子を無傷で取り返したかったらな」

「おまえの車で行く。案内しろ」

「犬神明！」

虎4の声にはすご味があった。異様に目がきらめいた。

「そんな勝手なまねは許さない。青鹿なんて女のことは忘れなさい。いい？　これは命令よ。さもないと……」

「ああ、ああ、わかってないな」

と、神明が舌打ちしていった。

「よくない癖だ。すぐに高圧的に出るのは。それに、狼に命令でいうことをきかせようとしたってむだだよ。狼は犬とちがうんだ。自主独立の精神を忘れちゃ困るね」

「神明、あんたまでが……」

虎4は身体をふるわせていた。神明はじろりと林石隆に視線を投げた。

「犬神明は、おたくらの筋書を読んじまったんだよ。なぜ、おれたちを急いで国外に脱出させにかかったかをね。おたくらは、CIAが青鹿晶子をおさえたことを、とうの昔に嗅ぎつけてたんだ。CIAはむろん彼女を囮《おとり》にして犬神明をおびき寄せにかかる。青鹿晶子のことが耳にはいったらたいへんにまずい。犬神明が青鹿をそのまま放っておくはずがない。それを恐れて、おれたちを二階に上げたまま、大急ぎで国外へ送り出そうとはかったんだ。どうだ、ちがうかね？」

「それがどうしたっていうのさ！」

虎４はもうやぶれかぶれだった。顔は真青だ。

「青鹿なんて女、どうなったってかまやしない！　あんたたちは大事な身体なんだ。つまらない女のひとりやふたり、どうなろうと知っちゃいないわよ！　この手で殺してやりたいくらいだわ」

憎悪をみなぎらせ、荒々しく叫んだ。

「くだらない女に邪魔されてたまるもんか。畜生、殺してやりたい……」

「あんたがたは、狼の愛がどんなものか知らんのだ」

と、神明はゆっくりいった。憎悪と憤怒でゆがんだ顔つきの虎４に、悲しげに頭をふってみせた。

「狼は一度愛した者を一生裏切らない。決して変わらぬ愛と忠誠をささげるんだ。だから、犬神明をとめてもむだだ。たとえ罠とわかっていても、青鹿晶子を救いだしにいくだろう」

「行かせないよ。行かせるもんか」

虎４は狂おしい声でいった。逆上しきっていた。

「西城はあたしが殺す。食い殺してやる！」

変貌の徴《きざし》が中国娘の顔を異様に黒ずませた。すさまじい身震いが虎４の全身を走りぬけた。

「虎４、もうおやめ」

林石隆が重い声音をだした。

「かれらを行かせるがいい。かれらをとめることはできないよ。そんなことは、だれにもなしえない……」

憐愍がこもっていた。虎4の顔が泣きだしそうにゆがんだ。唇を強く咬みしめ、蒼白な顔をそむけた。

「ありがとう……」

少年はぽつんといった。

43

闇に波濤《はとう》が白い歯をむいている。

三浦半島の油壺《あぶらつぼ》に近い三戸浜《みとはま》——。

車を降りた三人にどっと冷たい潮風が吹きつけ、神明と少年の長髪を舞いあげた。

ひねこびた背の低い松林の間の細い道のつきあたりは、磯混りの砂浜になっていた。村から離れているので人家の灯火は見えない。GTRのエンジン・ノイズが停止すると、潮騒《しおさい》のまっただ中であった。

「あれだ……あの建物だ……」

西城がしわがれ声でいった。手首にかけられた手錠をがちゃつかせて、砂浜のむこうを両手でさしめす。

波打際に建てられた高床式コンクリート造りの建物だった。テラスから海中にむかって桟橋がつきだしていた。灯火もなく、黒々と潮風の中にうずくまっている。

「女は寝室にいる……見張りは三人のはずだ」

西城は寒いのか、かすかに震えながらいった。

「みんな腕が立つ。気をつけたほうがいいぜ」

「どうして、そんなことまで心配してくれるんだ？」

と、神明が皮肉っぽくきいた。

「なに、こっちの身の心配さ。あんたらが返討にあえば、こっちの裏切がバレてしまう。裏切行為の科《とが》で処刑されるのはごめんなんでな。あんたらがうまくやってくれれば、あとはなんとでもごまかせる……せいぜい成功を祈ってるよ」

「そいつはどうもご親切さま。しばらくの間、ここでおとなしくしていてもらうぜ」

神明は、スカイラインＧＴＲのトランクから持ちだしたロープで、西城を厳重に縛りあげた。

「たいしたもんだ。プロの縛り方だ」

西城がほめた。

「もがけば首が締まって死ぬかもしれないぜ」

と、神明が警告する。

「残酷なようだが、おたくに妙なまねをされたくないんでね。おれたちが戻ってくるまでじっとしていろよ」

「早いとこ頼む。あんたらがいない間に、例の中国娘がやってきたら、おれはイチコロだ。青鹿を手に入れたら、おれを釈放する取引を忘れんでくれ」

「心配するな。おれたちは約束をまもるさ」

神明は、心細そうな顔つきの西城に、タオルで猿轡《さるぐつわ》をかませた。松林の砂地に大男の身体をほうりだす。

「行こうか、犬神明……」

少年に声をかける。少年は長髪を旗のようにはためかせて、波打際の建物を凝視していた。神経が張りつめた表情だった。星みたいに光る目で神明を見返し、うなずいた。

ふたりは足音も立てず、闇の中に消えていった。

湿った砂地にころがって聞き耳を立てていた西城は、満身の筋肉をふくれあがらせた。ものすごい筋肉の隆起で、身体の厚みが倍になったように見えた。直径八ミリのナイロン・ロープが木綿糸みたいにあっさりとはじけ飛んでしまった。

身を起こすと、猿轡をむしりとる。口にはしたたかな嘲笑が浮かんでいる。砂地にあぐらをかいてすわり、両手首をつないだ手錠の鎖を、軽く反動をつけて左右にひっぱった。異音を発してモリブデン鋼の鎖がちぎれ、だらっと垂れさがった。

気ちがいじみた怪力であった。先刻、虎4《フースー》に首を絞められ、だらしなく悲鳴をあげ生命乞いした男と同一人物とは思えない。それどころか、林《リン》の車にはねられた痛手を微塵も残していなかった。

身軽にはね起きると、GTRに走り寄った。ダッシュボードの下の隠し場所から、小型のトランシーバーをひっぱりだした。すばやくロッドアンテナをひきのばす。

「こちらワイルドキャット。ブラックパンサーどうぞ」

早口に暗号をくりかえして呼びだす。

「こちらブラックパンサー。ワイルドキャットどうぞ」

「狼どもはいま罠にかかる……」

「ロジャー。準備オーケイ」

答を聞いて、西城の顔にすご味のある笑いが口もとから這い登った。

建物に忍び寄った神明と少年は、広いコンクリートのテラスの下にひそんでいた。

「どうもおかしい……」

と、神明が少年の耳もとにささやいた。

「こんなに簡単に接近できるはずがない。警報装置もないなんて……こいつは罠だ。まちがいない」

「罠でもいい。罠がこわかったら、こんなところには来ない」

少年は顔色も変えずにいった。

「ま、そういえばそうだ。では、まともに襲撃をかけるか」

ふたりは双手《ふたて》にわかれた。それぞれテラスの横手から高床式の建物によじ登る。同時に両側のサッシ窓のガラスをぶち破ったふたりは、室内へとびこんでいった。海に面した広間にいた長身の男が拳銃を手にすばやく椅子から立ちあがった。が、両側から襲ってくる動きにわずかな錯乱を生じた。かろうじて、近い側から襲った神明に一発だけ弾丸を浴びせたがはずれてしまう。そのときは、すでに少年の腕が首に巻きついていた。少年のすばやい指が大型拳銃をもぎとった。左手だけで頭ひとつ丈高い男を軽々とつるしあげ、床に投げつける。

長身の男は大音響をたて建物をゆるがせ、ころがっていった。そいつは日本人ではなかった。驚みたいな顔つきのアメリカ・インディアンだ。床から無表情な貌《かお》で、立ちはだかる少年を見あげる。

少年は右手の拳銃の銃口を、床のインディアンにむけた。

「動くな！」

鋭く英語で命令した。

「女はどこだ？　答えろ」

インディアンは、寄木細工の床に仰向けにころがったまま、目だけを右手のドアに動かした。

「寝室の中か？」

インディアンが目でうなずく。

「見張りはきさまひとりだけか？」

「そうだ。おれだけだ」

インディアンが重々しく答えた。

「見張りは三人のはずだ」

「おれだけだ……」

インディアンが主張する。

「こいつのいうとおりかもしれんぜ。他に見張りがいるなら、匂いぐらい残ってるはずだ」

神明がいった。鼻孔をぴくつかせて、部屋の空気中の匂いを吟味していた。

「だが、青鹿さんはたしかに、ここにいる。たぶん、寝室だろう……それにしても警戒が手薄すぎるのが気に食わんな。西城のいったとおり、三人は手練《てだ》れが必要だ。いよいよ罠の匂いが濃厚になってきたぜ」

神明は顔をしかめるようにして笑った。

「起きろ、インディアン。寝室のドアを開けてもらおうじゃないか。罠がしかけてあるんなら、おたくがまっ先にあの世行きだ。そいつをじっくりと考えてみるんだな」

インディアンはそろそろと立ちあがった。顔は相変わらず木彫のインディアンそのままに無表情だった。が、汗が激しく流れている。

「おれたちのことは知ってるだろう？　おれたちが不死身人間だってことを……つまり、なにか恐ろしいことが起きても、死ぬのはおまえさんだけってことさ……わかるかい？」

インディアンは無言でうなずいた。顔はうつろで、目はかたい石みたいだ。

「よし。ドアを開けろ！」

インディアンの巨大な手が、ドアの把手をつかんだ。無造作に手前へ大きくひきあける。神明の髭に埋れた顔がほころび、少年の顔は紅潮した。

「青鹿さん！」

神明は思わず叫んだ。

青鹿晶子は、部屋の絨氈の上にじかにすわっていた。部屋は空虚だった。寝台もなければ椅子ひとつ置かれていない。

少年は無言で食いいるような視線を青鹿に注いだ。

青鹿晶子の顔はなにかぞっとするほど空虚だった。蠟人形のそれのように無機質な感じにこわばっている。目の焦点は合っていない。少年を視ているようでもあり、見ていないようでもあった。

青鹿晶子は、ふらりと散漫な動きで床から立ちあがった。髪は乱れほうだいに乱れ、部屋着の肩から胸に落ちかかっていた。ベルトが解けているので、しどけなく部屋着の前が開き、裸の皮膚が白々と露出する。両手を部屋着のポケットにさしこんだままだ。肌を見せてしまったことに、まったく無関心だった。

少年と神明の顔に、驚愕と疑惑の表情が雲のように湧いた。青鹿の精神に異様な荒廃が生じていることに勘づいたのだ。それが、ふたりの背筋に悪寒を走らせた。こんな自堕落な青鹿を見たこともない。精神の自律がまるで感じられないのだ……

「青鹿先生」

少年の声音は緊張していた。かつて経験したことのない、異様な冷気を身裡《みうち》に感じていた。身体の深奥から凍結してくる無気味な恐怖感であった。

なんという目のうつろさ、暗さだろう。仮面の目の部分にあいた穴に似ていた。虫に喰い荒された孔を想わせた。

これは、かれの知っている青鹿晶子ではなかった。ひたむきなはげしい情熱を魂に秘めた、あの若い女ではなかった。精神の内部に得体の知れない空洞を蔵した、見知らぬ女だった。生と死のはざまで、熱い心を触れあった青鹿晶子という女の、少年が生まれてはじめて愛した人間の、無残な抜殻《ぬけがら》にすぎなかった。

少年ははげしく動揺した。全身にふきだす気味悪い汗がとどまることを知らない。恐ろしい認識が、死神の骨だらけの手のように、少年の肉体を這いまわった。

青鹿晶子は、生きている死人だった！

神明の顔色も変わっていた。海千山千のトップ屋としての体験が、青鹿の身に生じた異変の原因をさとらせたのだ。骨がらみの麻薬で荒廃しきった、悲惨な中毒患者を、かれはあきるほど暗黒街で見てきたのだ。

異常な戦慄のあとに、煮えたぎる鉛のような怒りが神明のはらわたを灼きこがした。かれは手をのばすと、長身のインディアンの右腕をとらえた。右肘の上あたりをつかみ、青鹿のいる部屋の中へひきずりこんだ。

「いうんだ。きさまら、この女になにをした？」

神明は歯ぎしりしながらいった。激怒でうまく声が出ない。歯の間から奇妙なかすれ声が漏れ出る。腕をねじあげるにつれて、インディアンは前へ傾き、床へ膝をついた。耳のうしろに激しく汗を流している。だが、苦痛の声は出さない。茶褐色の皮膚は灰色を呈している。

「いってみろ。麻薬を使ったろう？」

神明の顔は凶暴だった。

「おれは知らん……見張りを命令されただけだ」

インディアンはうめいた。

「おれは、この女になにもしていない。麻薬を使ったのは、支部長のドランケだ。ドランケは変態なんだ……麻薬でも使わないと、まともに女とやれない……」

「この女をなぐさみものにするために、麻薬中毒にしたというのか……」

神明は異様な声でいった。

「おれは手を出してない。死人みたいな女を相手にする気はない……」

インディアンは、床の絨氈に額を押しつけ、あえぎながらいった。

「きさまら、みんなブッ殺してやる！」

神明は逆上していた。激怒のあまり我を忘れてしまっている。

「ドランケとかいうくそ野郎はどこにいる？　ＣＩＡの日本支部はどこだ？」

髪が逆立っていた。両眼は凄絶な青い光を噴いた。本気でＣＩＡへなぐりこみをかける気だ。はらわたが炎の縄みたいに、きりきりよじれる狂おしい内臓感覚だった。

「いいか。おれはいまどうにもならない気分なんだ。正直にしゃべらないと、きさまはここで死ぬことになるぞ」

神明は歯をくいしばった。口もきけないほどの怒りが、変態をうながしはじめていた。

青鹿晶子は茫然と立っていた。なにも見ず、なにも聞いていないようだった。部屋着のポケットにさしこんだ右手は、ポケットライターほどのサイズの、プラスチック製の小函《こばこ》のようなものを握りしめている。十センチほどの細いビニール被覆のコードと、前面にプッシュボタンの突起をそなえている。

その小函は、無線のリモコンボックスだ。プッシュボタンを押すと、指令電波が発射される。部屋の天井裏にセットされた受信装置が電波をキャッチすると作動し、天井の支持架にしかけられた爆薬を発火させる。

爆発自体は小規模なもので、建物全体を爆破するほどではない。部屋の天井だけを、すぱっと切り落すのだ。そのかわり、天井裏には二万キログラムにおよぶ鉄材やコンクリート塊が積みこまれているのだから、部屋に人間がいるかぎり、惨事は必至だ。落下する天井の重量は、下の人間をピザパイのように押しつぶしてしまう。人間の頭蓋骨は卵の殻みたいに粉砕されるだろう。不死身人間といえども、致命的な打撃を受けかねない。

しかも、掩護物《えんごぶつ》になりそうな、丈夫な家具類はすべて取りはらってある。巨大な圧延機にかかったようにつぶれてしまうはずだ。

この吊り天井の罠の巧妙な点は、作動のプッシュボタンを押すのが、青鹿だということだった。いかに不死身人間どもが用心深く抜け目なくとも、これには完全に意表をつかれるだろう。

青鹿は自動装置なのだ。なんの感情もなく意志も持たない。西城に命じられたとおり、犬神明の顔を見るなり、機械的に反応し、プッシュボタンを押すことになる。この人間のロボット化が、ナルコティック800の効果なのだ。

この罠の巧妙さ邪悪さは、まさに悪魔的だ。女を救出しにきた馬鹿どもは、当の女本人にみごとに裏切られる。やつらの注意が、インディアンのチーフスンに集中している間に、女の親指は、リモコンボックスのプッシュボタンにかかる……

西城は、みずからの奸智のすばらしさに酔いしれていた。残忍な鮫の口をして笑っている。期待にうずうずしながら、波打ち際の建物を凝視する。

「もういい。やめてくれ、神さん……」

少年の声はわなないていた。

「そいつを殺したって、なんにもならない。復讐してみたって、どうにもなりゃしないんだ……青鹿先生をこんなにしてしまったのは、おれの責任だ。おれが悪いんだ」

少年は小刻みに身体をふるわせていた。苦悶するように頭をふった。

「すまない、先生……このつぐないをいったいどうしたらいいのか……」

血を吐くようにいった。

「くそっ、おれはいやだ！　あまりにもむごすぎるじゃないかっ」

神明は絶叫した。牙がカチカチぶつかりあって鳴った。

「あまりにもみじめすぎるじゃねえか！　それじゃ、神も仏もありゃしねえじゃねえか！　いやだ。おれはもうひっこんでいないぜ！　もう我慢できねえ。相手が悪鬼なら、こっちだって悪魔になってやる！　おれたちがその気になったら、どんなに恐ろしいか、骨の髄まで思い知らせてやるんだ！　こうなったら戦争だ！　ドランケとかいう野郎は絶対に生かしちゃおかないぜ……」

「神さん……」

「耐えて耐えて耐えぬいて、あげくのはてにこのしまつだ。こうなったら、人間どもに宣戦布告だ！　おまえがいやだというんなら、おれひとりでやってやる。復讐は我にあり、いざ報《むく》いなむ、だ！」

神明は、腕をねじあげていたインディアンを荒々しく床につきとばした。

「起きろ、下種野郎！　ドランケのところへ案内するんだ」

インディアンはしびれて用をなさなくなった右腕を左手でつかみ、よろめきながら立ちあがった。顔は脂汗で濡れていた。神明の異様に変貌した顔を見るなり、口があんぐり開いた。絞め殺されるような悲鳴が喉を漏れた。意味不明のインディアンの言葉で絶叫する。恐ろしい恐怖にかられた絶叫だ。

インディアンの悲鳴が、青鹿の鈍く凍《い》てついた心を刺激したのか、暗い穴のような目の奥になにかが動いた。

おそろしく緩慢《かんまん》に顔をふりむけていく。うつろにみひらかれた目が、少年の祈るようなきびしく光る目に一瞬とまる。

「先生……」

少年が叫び声をあげた。青鹿が正気をとりもどしたように思ったのだ。が、青鹿の目は無感動にふたたび動きはじめ、神明にすえられた。獣人の顔を食いいるように凝視する。脂肉のように白くかたい頰の筋肉がぴくりとひきつった。

「犬神さん……」

唇が動き、感情のこもらぬ声が漏れ出た。懸命になにかを模索する表情があらわれた。

「先生！」

少年は青鹿の肩をつかんだ。薄くとがった肩の感触が、少年の胸に熱いものを走らせた。

「犬神さん……？」

問いかけの調子がわずかに混った。

「僕はここだ、先生。ここにいる」

少年が肩をゆする。

「ああ……」

当惑の表情だった。目は不審そうに、神明に吸いつけられている。

「犬神さん、なのね……」

弱々しい、かぼそい声だ。

「でも……犬神さんは、死んだのよ……もう、いない……」

「おれは死んじゃいない！　生きてるんだ。このとおり、生きてるんだよ、先生！」

青鹿の目は、一心になにかを思いだそうとしていた。眉がひそめられた。弱い光が瞳の奥にまたたいた。

「でも……あのひと、は死んだのよ……」

けげんそうな、うつろなやさしい声でつぶやいた。部屋着のポケットにはいった手は、リモコンボックスをまさぐっている。

西城の胸中に焦燥がうずきはじめていた。波打ち際の建物には、なんの変化もあらわれない。いつしか燃えたつような笑いは口から消えていた。

どうしたわけだ？　なぜ爆発が起きないんだ？　なぜ女はリモコンのプッシュボタンを押さないのだ？

ひょっとすると、遠隔制御装置の故障か？

冷たい疑惑が鎌首をもたげた。

リモコン・システムは、アマチュアの手製品とはわけがちがう。何度も試験をくりかえして、信頼度をたしかめてあるのだ。爆薬をしかけるのは、破壊工作のプロである自分が入念におこなった。万が一にも、齟齬《そご》をきたすはずはない。

とすれば、まだプッシュボタンが押されないということだ。

女が命令に従順にしたがうことにも確信がある。五日間、女とすごして、ナルコティック800の効果を検証ずみだ。女はロボットに等しい存在なのだ。

では、なぜ……

西城の脳裡に、かれの意のままに白い肉体の屈曲する光景がちらついた。あれは、ほんの退屈まぎれに女を犯してみただけだ。いやな後味が残っただけだった。この一ヵ月ばかり禁欲がつづいたので、マスをかくようなつもりで女の体内に精を洩らしたのだが、われながら悪趣味だと思った。なんの反応もない肉体が相手では、屍姦とたいして変わらない。

西城は、砂地に唾を吐いて、不快な光景を脳裡から追いはらった。

額にじっとり汗を浮かべて、計画を再検討しはじめる。口中がカラカラに乾いて、猛烈にタバコが吸いたくなる。

平穏にたたずむ建物に目をすえて、深々と煙を吸いこむ。とほうもなく巨大な肺活量のために、一服でタバコがなかばまで灰になってしまう。

と、があんと頭に一撃食ったようなショックが来た。思わずタバコを口からむしりとって、息を呑む。

とんでもないミスがあったのだ。

西城は、女に、犬神明の顔を見たら、リモコンのプッシュボタンを押せと命じた。だが、青鹿は犬神が生きていることを知らされていないはずだ。女にとって少年は死者なのである。女の潜在意識は、少年が死んだと信じこんでいる。それが女の反応を異常なものにし、プッシュボタンを押させぬ原因になったのかもしれない。

西城の身体はあせりと狼狽でかっと灼熱した。

青鹿の右手の親指は、プッシュボタンの周囲をさまよっていた。まるいボタンの輪郭をさぐりあてては、不決断にはなれ去る。迷っているのだった。目は神明に膠着《こうちゃく》している。どうしても目を放せないようだった。

「先生。おれをよく見てくれ。おれは死ななかった。だから、いまこうして、先生にめぐりあうことができたんだ……」

少年は祈るようにいった。両手で青鹿の顔をはさみ、自分にむけさせようとした。顔は素直にむきを変えたが、目だけは執念をみせて神明を追いつづけている。

「先生……青鹿先生。お願いだ。おれを見てくれよ。なぜ見てくれないんだ?」

少年の声音は、悲痛な響きを帯びてきた。やはり、青鹿は狂ってしまっているのか。

青鹿の表情がゆがんだ。それは彼女の心に生じている不可解な葛藤を物語っていた。

「でも……あなたが……あのひとのはずはないもの……」

と、かろうじてつぶやく。少年の生存を認めまいとする努力が、瞳に鈍く光った。おぼろげな苦悶の表情だ。

少年の喉の奥で、鋭い苦悩のうめきが鳴った。力いっぱい青鹿の身体を抱きすくめて、ゆすった。青鹿の歯が触れあってカチカチ鳴るほど、はげしくゆすりたてた。

「先生！　先生ってば！　目をあけてしっかりおれを見ろ！　見るんだよ、ほら！」

狂おしく叫ぶ。かみしめた歯の奥から慟哭《どうこく》が漏れ出る。

「おれがわからないのかい……おれはこうやって先生を抱いてるんだぜ！　わかるだろ先生！　いってみろ。おれはだれだ？　返事しろってば！」

青鹿は哀《かな》しげにうめいた。大きくみひらかれた目に涙がふくれあがった。

苦痛に似た鋭いよろこびが、少年の肺腑をつらぬいて走った。心の糸は跡切《とぎ》れてはいなかったのだ！

少年は、女の小さな顔に頬ずりした。その顔は濡れていた。少年は歓喜に燃えあがった。

青鹿の右手が、部屋着のポケットから出た。プラスチックの小函が掌中にあった。前面の突起には親指がかかっていた。

インディアンが異様な叫び声を発し、飛び立つ鳥みたいな唐突さで、部屋をとびだそうとした。神明がとっさに足首をつかんでひき倒す。インディアンはべったり腹這いになって、怪鳥のような絶叫を放った。

頭上で生じた爆発が、轟然と建物を震わせた。愕然とふりあおぐ天井に、目にも止まらぬ速さで亀裂がつっ走った。

44

波打ち際の建物は激動に見舞われた。いまにも倒壊しそうにゆれ動く。腹にこたえるすさまじい大音響を四方に放った。西城の立つ足もとの砂地までが大波のようにくねった。

建物のガラスというガラスがのこらず砕け落ち、暗い開口部のすべてから、おびただしい噴埃をもうもうと吐きだしている。遅れてやってきた突風が松林を騒がせている。

耐えがたい焦燥を、一時に切りとばされた快感が西城の全身をつらぬいた。

「やったっ」

西城は思わず喚声をほとばしらせ、腕をふりあげふりおろした。

「やったぞ！　ざまあみやがれ！」

歯をむきだし、意味をなさぬ絶叫をまきちらす。哄笑し、咆えたてる。発狂したかのような歓喜の発作《ほっさ》だ。大金をつかみ、自由を得たのだ。薄汚いやとわれ殺し屋稼業も、これで終わったのだ。

かつて味わったことのない解放感が、西城にしびれるような酩酊をもたらした。理性が蒸発した。これからは、どんな快楽も気のむくままだ。自分を閉じこめていた強固な檻が、一気に消失し、無限の地平に変わった。そのときの西城の脳裡を占めているのは、輝かしい幻想だけだった。

もう、じっとしていられなかった。足もとの砂を蹴立て、狂ったように建物めがけて走りだす。

なかばまで走ったとき、用心深い習性がめざめた。武器を持たないことを思いだしたのだ。不死身人間が生きのびていたら、逆襲をくってやられてしまう。念のために、手榴弾を二、三発投げこんでおかねばならない。

西城は足をとめた。くるりとむきを変え、GTRにかくした武器を取りにひきかえす。

と、建物の裏手から、鋭く激烈な機銃の銃声が夜気をつんざいて鳴り響いた。真紅の火線が数条のびて西城に突き刺さる。

ほとんど間髪を入れず、西城のさっきいた松林からも機銃が吠え、火条が西城の身体を中心に真っ赤な網目を織り成した。

ごわーっと手負《ておい》い獅子《じし》の絶叫を放って、西城の身体はきりきり舞いした。もんどりうってころがる。ぶっ倒れるまでに十数発は被弾していた。全身、穴だらけだ。

英語で、射撃中止を命ずる声が響いてきた。しばらくすると、銃声の響いた双手《もろて》から、七、八人ずつの人影が用心深く接近してきた。岩まじりの砂地に、脚をむしられた虫のようにころがっている西城から十メーターほど距離をおいて足をとめる。

西城は苦悶を見せながら、首だけをもたげた。頭を割られて、血まみれの顔に、目が燐火の光を放っている。

近づいた男たちは、米陸軍の戦闘服に身をかためていた。四人ほどの手に、二脚つきの軽機、重火力ライフルM2が握られていた。銃身の両脇に送弾ベルトが垂れさがっている。他の男たちも全員M16自動小銃を両手にかまえていた。銃口はのこらず西城に狙いをつけている。

男たちが分かれると、ステッキで身を支えながら、すさまじい肥大漢が砂地に足をとられ泳ぐように姿を現わした。

「ドランケ！　畜生！」

西城は口の中の血を吐きだし、憎悪をこめてののしった。

「裏切りやがったな、きさま、ど畜生っ」

顔を伏せると逆流した血にむせて咳こむ。ドランケは冷酷な眼ざしで、苦しむ西城を眺めていた。

「な、なぜだ……おれは任務をみごとに果たした……不死身人間ふたりを罠にかけて、とっつかまえた……ドランケ、きさまは、おれに払う金が惜しくなったたな……汚ないまねをしやがって……この裏切り野郎が……」

西城はぎりぎりと歯がみをした。

「裏切者はきさまだ、西城」

ドランケは冷然といった。

「一ヵ月前、きさまは、こともあろうに作戦行動中の特殊部隊を襲った。不死身人間の秘密を一人占めしようとしてだ」

「なにをぬかす。なんの証拠があるというんだ……」

「証拠はあがっている。かくせぬ裏切りの証拠がな」

ドランケは苦労して手袋をぬぎ、息をはずませながら、外套《がいとう》の内側をさぐった。芋虫みたいに白く肥った指先で、つまみだしたものを顔の前にかざした。西城の目が火を噴いたみたいだった。

「これを見ろ。貴様の鋼鉄製の義歯だ。これが現場近くで発見されたからには、貴様の弁解なぞ聞く余地もない。あの夜、きさまのやったことは、すべてわかっておるのだ」

ドランケは息切れした笑声を放った。

「裏切者のきさまをすぐに始末せず、いままで泳がしておいたのは、きさまの不死身に対する気ちがいじみた執着ぶりを利用するためだった。きさまが有能なエージェントだということを認めるにはやぶさかでない……みごとに任務を果たしてくれたな、西城。だが、称賛は称賛として、きさまの裏切行為を帳消しにするわけにはいかぬ……有能な工作員を失うのは残念だが、刑は減免できん」

哄笑が肥大漢のたれさがった贅肉を波打たせた。象のトランペットをおもわせる奇声だ。

「貴様の魂胆は見えすいてるぜ、ドランケ」

西城は地鳴りするような声を出した。

「不死身人間の秘密を狙ってるのはきさまだ。その醜悪な、肉のずた袋みたいな身体から逃げだすためだ……不死身人間を手に入れたら、ワシントンのやつらに内証でちょろまかす気だろう……」

「そんな卑小な考えは毛頭持っておらんよ。たしかにワシントンのお偉方が、不死身人間を入手する機会はないだろう。なぜなら、不死鳥作戦は、かれらのためのものではないからだ。わしは、不死鳥作戦を推進するグループの一員なのだ。われわれグループは、不死身性を身につけた後、すべての有色人種を地球上から一掃する。きさまたち有色人種はきたならしいドブネズミだ。むやみに繁殖して、美しい地球を食い荒すしか能のない害獣だ。どうあっても駆除してしまわねばならん……ドブネズミどもが死滅した後に、われわれは清らかな白人だけの王土を建設するのだ」

言語を絶した毒々しい表情が、ドランケの風船のような顔をいろどっていた。それは、ナチス・ドイツの指導者の顕著な特性だった。傲岸で熱狂的で獰悪な、すさまじいばかりの優越意識だった。

「きさまたち低級な猿ども、猿人まがいの害獣どもは、それにふさわしい扱いを受けるべきだ。いかに思いあがろうと、所詮猿は猿、それを思い知らせてやるための〈P計画〉が、まもなく動きだす。貴様たち有色人種が、いかにあがいても、人間たることを証明できない時代が到来するのだ……」

「畜生、そうだったのか……」

西城の形相はものすごいものになった。目が爛々と緑色に燃えあがり、その無気味さにドランケをはじめ男たちがひるみの色を顔に走らせたほどであった。

「そういうわけで、西城、きさまは不死身人間に近づきすぎたから、死なねばならん。そのあとでインディアンのチーフスンも始末する。では、死刑を執行する……」

ドランケは戦闘服の男たちにうなずいてみせると、大急ぎで足をひきずって遠ざかろうとした。西城の人間ばなれした異常な眼光に肝を冷やしたのであろう。

「そう簡単にくたばってたまるかっ」

怒号とともに、西城の身体が地表から大きくはねあがった。絶対に、瀕死の重傷を負った者の体力ではなかった。手負い獅子の壮絶な逆襲をおもわせた。

「きさまらこそ皆殺しだっ」

咆哮しつつ殺到する。あわてふためいて軽機と自動小銃が火を噴いたが、西城の気ちがいじみた猛進をはばみそこねた。さらに十数発の弾丸を叩きこまれながら、猛烈なスピードは落ちなかった。またたく間に戦闘服の男たちの中へおどりこんでいた。筋骨のひしゃげる音がし、血しぶきが飛び散った。凶器と化した西城の四肢が一瞬にして数名を殺戮していた。

軽機が西城の手に移った。

西城の軽機が鋭い閃光を吐きだすのと、松林側の一団がいっせい射撃をくわえるのと同時だった。恐慌につかまれた味方の乱射をくって、西城の周囲にいた四、五名の男が、血と肉をもぎとられて吹きとばされた。鈍い無気味な音を発して身体に食いこむ弾丸に屈せず、西城は歯をむきだし、しゃにむに軽機を射ちまくった。悪鬼の形相だ。

十名近い男たちは、あっという間に全滅してしまった。全員即死である。全身に無数の被弾を受けて、なお屈しない西城がただひとり、幽鬼のような姿で立っているだけだった。

他の生き残った者に、岩の間で腰をぬかしているドランケがいた。手からステッキを飛ばしてしまい、這い逃げようとぶざまにもがいている。

西城は片手に軽機をぶらさげ、よろめきながらドランケの後を追った。五〇発以上弾丸を叩きこまれたせいか、身体が異様に重い。肉が爆《は》ぜて、全身どこもかしこも、ぐしゃぐしゃに醜くつぶれている。苦痛も激しいが、それより出血多量で目がくらみ、意識が薄れかけていた。歯を咬み鳴らし、気力をふるいおこして、よろめき進む。ドランケは、気球に似た巨体をゆすり立てて、懸命に這っている。

西城は、ドランケの周囲に、軽機の弾丸を五、六発射ちこんだ。ガーッと機銃が吠え、岩の破片が飛び散り、弾《たま》がはねる。ドランケは頭を両手でかかえこみ、気球そっくりに身体をまるめて、死にそうな豚のキイキイ声で悲鳴をあげつづけた。巨大な肉の塊だ。西城がその厖大なズボンの尻を蹴とばす。

ドランケは四肢を空にむけた河馬そっくりにひっくりかえった。

「さ、西城、きさまは……」

ドランケの灰色の目玉は突出した。信じがたい驚愕で風船面《づら》が細長くのびたみたいであった。

「そうさ。てめえの手下はのこらずくたばっちまったぜ……生きているのはてめえとおれとふたりっきりよ」

西城の弾痕でくずれた顔のあたりから、奇怪な笑声が漏れてきた。衣服の破れた部分は、生肉を露出させている。身体中、蜂の巣である。

「きさまは、なぜ死なない……」

ドランケは顎をかたかた鳴らしながらわめいた。

「まさか……まさか貴様は不死身……」

不信にまみれた声をしぼりだした。

「そのとおりだ。驚いたか、ドランケ。おれは不死身よ。一ヵ月前、きさまのくりだした、特殊部隊のやつらをブチ殺して、不死身人間の血清をいただいたんだ……ざまあみやがれ。おれを消そうったって、そうはいかねえ。よくもおれに一杯食わせようとしやがったな。このお礼はたっぷりしてやる。覚悟しやがれ……」

「ま、待て、西城。金ならほしいだけやる。早まるな。わしが悪かった！　あやまる！　おまえは貴重な不死身人間だ。もうおかしなまねはしない。大事にしてやる。できるだけのことはする。おまえの気のすむようにする」

ドランケは肥った尻でいざりながら、死にものぐるいでしゃべりつづけた。

「不死鳥グループの幹部にも推薦する。他の有色人種が全部絶滅しても、名誉白人として残れるようにする。新《ノイエ》ナチスにも話をつける。だから、な、思いとどまってくれ。われわれが新世界の主人になる日は間近だ……」

「ふざけるんじゃねえ。このおれが、腐れ白人どもの陰謀に手を貸すと思うのか。おれは薄汚いスパイで、やとわれ殺し屋だ。だが、おれは白ん坊どもの尻の穴をなめるまでおちぶれちゃいねえぞ！　おれはな、日本人だ！　てめえらが、ジャップ、黄色猿《イエロー・モンキー》とさげすんでる日本人だってことを忘れたか。やい、白ん坊！　こうなったからには、てめえらの不死鳥作戦とやらを、おれは徹底的に叩きつぶしてやるぜ！　不死身人間はひとりだって、てめえらには渡さねえ。いまにみやがれ。有色人種をのこらず不死身にして、白ん坊の豚どもを地獄の底に叩きこんでやる！」

　西城の両手にかまえた軽機が毒々しい舌なめずりをはじめた。四百連のベルト弾倉の、残り二百発をあまさずドランケに叩きこむ。頭と顔が消しとび、胴体も肉片となって粉砕されていく。すさまじい連続発射音が天地をどよもした。

　全弾を射ちつくしたとき、ドランケの厖大な肉塊は跡かたもなくちぎれとび、おびただしい岩の破片とまざりあっていた。

　西城の手から機銃が落ちた。全身の血液がそっくり流出してしまったような脱力感にむしばまれている。耳鳴りが激しく、視野がしぼられたように薄暗い。立っていることすら、困難なほどだ。

こんなはずはない……

不信の念がわいてくる。

おれは不死身なんだ。これくらいの傷でへたばるはずがない。たかが五、六〇発弾丸をくらったぐらいで……

気力をふるいおこし、ゴムみたいに軟くなった膝を立てなおす。

西城は、蹌踉《そうろう》と波打ち際の建物によろめき進んだ。岩角に足をとられただけで、他愛なく転倒してしまう。努力をはらって身を起こす都度、急速に無力化するのがわかった。恐ろしいほどの衰弱ぶりだった。

「畜生……これくらいでくたばってたまるか……おれは不死身なんだ……くたばらねえぞ……」

譫言《うわごと》のように口走りつづける。世界を乗っ取ろうとしている白人どもへの憎悪をかきたてる。白ん坊のくそったれどもに、不死身人間を渡してたまるか……おれがこの手で、やつらに一泡も二泡もふかせてやる……畜生、いまに見てやがれ……

「どうした、西城? だいぶボロボロになっちまったじゃないか」

いきなり声が頭上から降ってきた。西城はうなり声を発して立ちどまり、前後左右に身体をふらつかせた。首をもたげると、平衡を失って仰向けにぶっ倒れてしまう。必死にあけた目も焦点が合わない。

建物のテラスから海へのびる桟橋の上に立って、神明は西城を見降ろしていた。神になんで立った犬神明は両腕に青鹿晶子の身体を抱いていた。それが西城には幾重にもダブッて見える。

「仲間割れというわけだな。ずいぶん派手に殺しあったもんだ」

神明の瘦せた顔には、きびしい嘲笑と侮蔑の表情があった。

「ま、好きなだけ殺しあうといい。しかし、見たところ、おたくも早く手当を受けないと長生きできそうもないな。建物の中にインディアンが伸びてる。息を吹きかえしたら、おたくを病院にかつぎこんでくれるかもしれん……いや、あまり望みはないな。たぶんおたくを見すててズラかっちまうだろうからな」

待ってくれ、といおうとして西城は懸命に口をぱくぱくさせた。だが、出てくるのは、意味をなさないうなり声だけだ。必死になって、不死鳥グループの陰謀を告げようとする。

「吊り天井とは、また大時代な仕掛けにこったもんだな」

神明は冷やかにつづけた。

「だが、誤算があった。狼人間の反応速度を過小評価しすぎたことだ。それに、インディアンも最後の瞬間に心がくじけた。それにしても、西城、おたくのように邪悪な人間もめずらしいぜ。殺してもあきたりないくらいだが、そのぶんだとどうせ助かるまい……地獄へ墜《お》ちていけよ、西城。積悪のむくいというやつだぜ」

西城はわめこうとしたが、もう声にはならなかった。ヒュウヒュウと笛のような音が鳴るだけだ。

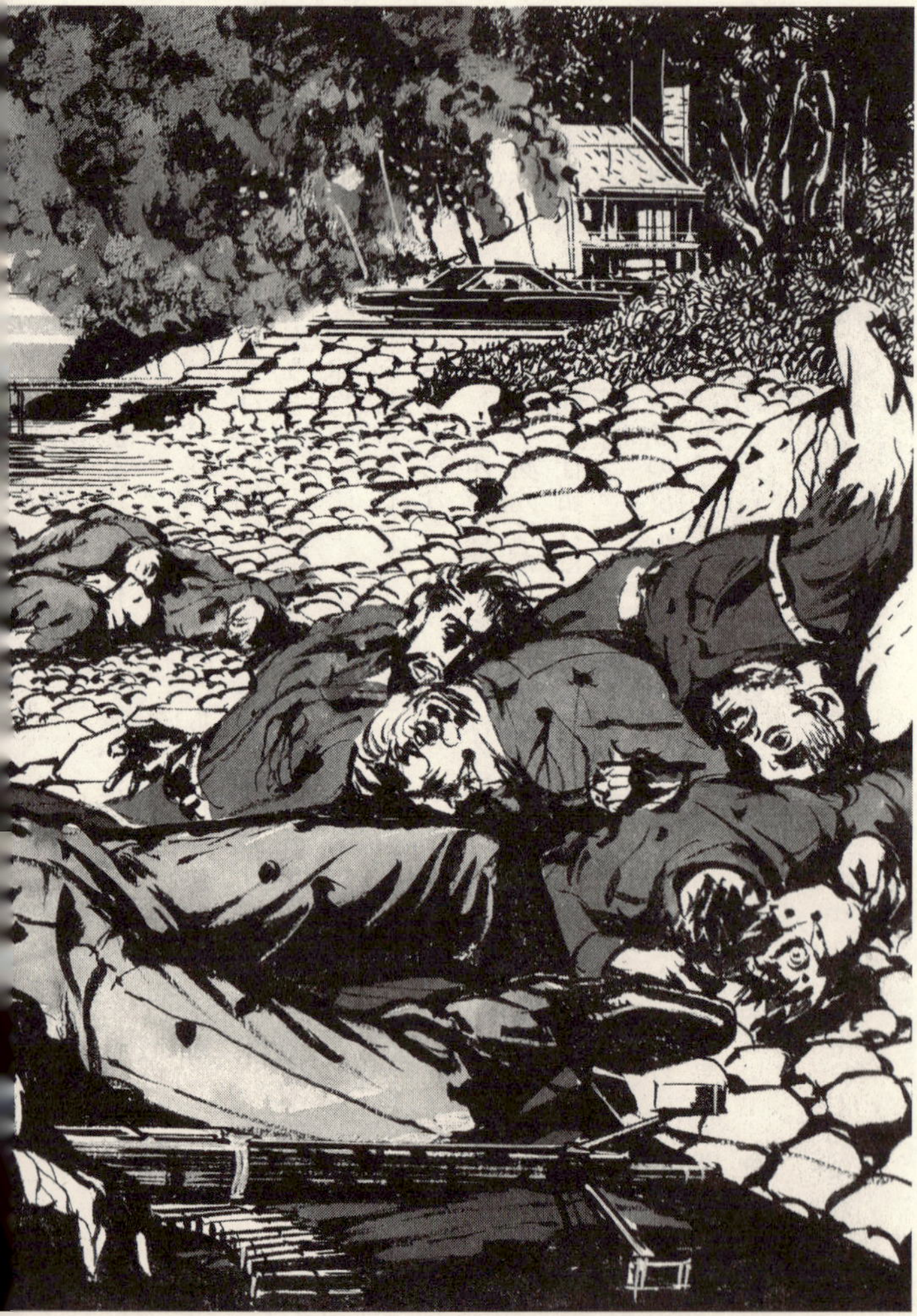

「うまいぐあいに、桟橋の先にモーターボートがつないであるのを見つけた。ぬけ目のないおたくのことだから、非常事態にそなえておいたんだろうが……われわれはそいつでおさらばさせてもらうよ」

神明はうなずいてみせた。

「あばよ、殺人鬼」

少年をふりむいた。

「行こう、犬神明」

足音が桟橋の突端へと遠ざかっていった。西城は恐ろしい努力をついやして寝返りをうった。海へむかってじりじり這っていく。

馬鹿野郎、馬鹿野郎と、腹の中でわめきつづける。いったい、どこへ行くというんだ。おまえたちの行き場所など、もう世界のどこにもあるもんか……この世の終わりが来るまで、地球が水爆の業火《ごうか》の中で溶けるまでさがしつづけたって、おまえたちに安住の地が見つかるはずはないんだ……

西城の胸に奇妙な悲哀感が湧いた。生まれてはじめて味わう悲痛な情念であった。

おれだってそうだ、おれだって……

モーターボートのエンジンがかかり、爆音が轟いた。

西城の身体は、磯から海中にころげこんだ。どっと全身を押し包む海水の冷たさも、もはや感じない。ほとんど意識すらもない。暗黒とかぎりない淋しさを感じているだけだ……

モーターボートの爆音は、急速に桟橋をはなれた。鎌首みたいに艇首を空にもたげたモーターボートは、ようやく白みかけた水平線にむかって疾風のように突進していく。

賞賛・抗議・感動・批判・要望・失望・共感・反撥
無関係・憤激・誤解・その他・メタメタ・狼たちの合唱
〈1972年1月　ハヤカワSF文庫版あとがき〉

青鹿晶子という女教師が、わりとトータルな人間像として提出されているのがいいと思いました。生身の肉体を持った女という感じがしました。犬神明に対して欲情しちゃうなんてとこが特によかったです。でもこんなセンセは現実にはいないでしょうね。（これはイラストを見た感想です）

東京都杉並区　AN（17）

狼の紋章は、悪徳学園より暗いイメージがします。何か、重くよどんだ、悪くいえばグロテスクなムードです。SFというよりむしろ、サスペンス、怪奇という感じです。何かおもしろく、楽しめるのだけど、なじめない——

東京都杉並区成田東　HN

所々気にいらないところがあります。「悪徳学園」に比べて犬神明の心理が前面におし出されすぎる。青鹿晶子をマンションから追い返した後の部分などで、声に出していわせるのは不必要だ。第二部以降は、神明をもっと前面におし出してほしい。大人の狼男としての魅力を十分出してほしい。それから「狼男だよ」「狼の紋章」でもずい分と拷問シーンだとか残酷シーンが出てきたが、僕のような繊細な読者にはアクが強すぎます。

追伸・「狼男だよ」の犬神明に、先生が、「リオの狼男」をかくまでは、生き埋めの苦痛を作者への恨みにすりかえて、なんとか生きぬくように頑張れとお伝え下さい。

福岡市田島　ＨＭ

必死になって買いました。良かった。しかし犬神明を殺したのは、惜しかった。十巻ぐらいの大長編にしてください。それにしても犬神明は惜しいことをした。「狼男だよ」で女の狼男、いや狼女を殺したのも惜しかった。惜しい連中を次々ブッ殺すところなんか、平井和正、悪虐な人間以外の何者でもないと思われるのですが。

東京都世田谷区南烏山　ＭＭ

「人間」が地球の生んだ最大の公害だという論理は、小生、まったく大賛成。異議なしなのです。小生がこういう意識を持ったのは、本田勝一氏の一連の著作にショックを受けて以来です。

この〈狼の紋章〉では、しかし、しっくりしなかったのです。

平井さん、あなたは〈人間〉全部が切腹しなければならないとおっしゃりながら、この〈狼の紋章〉の中で、いくつもの論理矛盾自家撞着をなさっている、そのようにぼくは思えてならないのです。

犬神明が羽黒一党をさして狼ではなく野犬だと叫んだり、木村紀子に、羊め、と侮蔑の声をなげかけたりする……これは論理矛盾だと思うのです。ぼくは、犬神明に、「汚らしい人間どもめ！」と叫ばせたかったのです。野犬は人間の犠牲者にすぎず、羊は弱いからといって、何ら狼に劣るわけではない。犬神明が〈羊〉を侮辱したことに、小生は怒りを感じました。この怒りがあったので、平井さんの「あとがき」が一種の偽善に思われて、この手紙をついに出すことにしたのです。読みちがえていたらごめんなさい。

もう一つ文句をつけるなら、三島由紀夫氏は人間をやはり信じていたといわれる点でして、三島氏は〈大衆〉を侮蔑していたのであって、〈人間〉を信用するなんて、とてもできなかった人だと思うのですが。

大阪市阿倍野区文の里　KY

今まで、僕はSFといえば、ヴェルヌとかウェルズとかバロウズの作品しか読んだことがなく、先生の狼の紋章を読んでぶったまげました。そして翌日にエスパーお蘭を買いに行きました。

兵庫県尼崎市難波町　MN

大体、おまえは〈虎〉でよいのに〈狼〉にまで手を出しやがって、神聖獣〈狼〉の弁護に当たってくれるのには、満腔の感謝を捧げるが、俺にはテメエに書かれると屈辱に感じる。

モンゴルの伝説に狼鹿伝説がある。〈蒼き狼〉《ボルテ・チノ》と〈美しき鹿〉《ゴア・マラル》の子がモンゴル民族の祖であるという伝説だ。はたしておめえは、これを承知で（青鹿晶子という）女教師の名を使ったのか。とすれば由々しい事だ。

俺様はすでに三つのプロットを憎むべきSF売文屋どもに書かれてしまった。（中略）ともあれ、朕のライフワークとなるべき〈天狼〉と〈人間〉を核とする古今未曾有、空前絶後の超大河・巋巍・大説（余の造語、大・小説）、これを人生三十年を費して書き上げるまでは、類似のテーマで書いて欲しくないのだ。

名古屋市南区北頭町　MA

私は、あなたの作品の「狼の紋章《エンブレム》」を読み、痛く感激したものであります。人間なんぞこの地球、いや宇宙に存在すべきものではないのです。まったく、いやらしい、という他に言葉がありません。「狼の紋章」を読んで、人間とはくだらん不要の生き物だと思いました。

P・S　私も人狼に変身できたらいいのに。近くの家の猫が、我家の池をねらうんです。

それにいつもゴミ入れを倒します。その猫をいじめてやりたい。どなっても「フン!!」という顔をするんですもの。

横浜市戸塚区汲沢　MT（女）

三年前貴方の「狼男だよ」を手にして以来、それこそ狼に憑かれてしまいました。平井様の最新作〈狼の紋章〉をたった今、読み終りました。でも批評はお許し下さい。今の私は、あんまり貴方の作品にぴったりくっつきすぎていて、批評する余裕はないのです。あえてやれば自己批判になってしまって、大変見苦しくなると思いますから。
また、後書きの中で「狼男だよ」の続編をお書きになるつもりとか。どうぞぬか喜びさせないで、かつ、すばやくあの高貴なる狼男を八王子の地下からひきあげて下さい。

香川県高松市　KY（女）

ハヤカワSF文庫の前で（本屋へ行っていたんです）足をとめてばあ――とみていますと、〝平井和正〟という名がありました。私は「あれっ？」と思いました。この名前どこかで聞いたことがあるぞ！　と思ってよく考えてみると、ぱっと頭の中にマンガのことが浮び、「石森章太郎」「桑田次郎」などなど次々に名前がうかんできたんです……

神戸市兵庫区　NA（女）

家から勘当され、一人さびしく京都の河原町をブラブラ（ブラジャーをつけていなかったので）していると、なんといつも遅いSF文庫がもう出てるではありませんか。しかも「狼の紋章」。ヤッタ、ヤッタとわめきまわり、5軒も書店をかけずりまわり、一番キレーなのを買いました。その晩は、京都の親類の家にとまり、一気に読んだあとイトコの24にもなる女性と、夜遅くまでワーワーと狼の遠吠えを研究しました。

神戸市東灘区魚崎北町　MN（男）

狼の紋章、たったいま読みおえました。実に面白いですね。僕はこれを待っていたんです。「狼男だよ」がまた実に面白く、いったいいつ、この地下の穴ぐらからでてくるのかなと思っていたのですが、「リオの狼男」で再登場とか。これも実にたのしみ。神明ってルポライターがジャン・ポール・ベルモンドつぶしたみたいな顔してて、ブルーバードSSSに乗ってるってところでもう気づいてもよさそうなものでしたが、ラストのところで、ああこの人「狼男だよ」の犬神明かと思い、ますますうれしくなりました。

練馬区豊玉中　HT（浪人）

2時間足らずで読みおえて、久しぶりにおもしろい小説でありました。しかし〝狼男だよ〟の方が私めにはもっとおもしろかったのですが。その意味で〝狼の怨歌〟期待します。諸物価値上りの折、値段以上のものをと期待します。

先生の今までにお書きになった小説の題名とその発行所をお教え下さい。お願いします。忙しいとは思いますが……体を大切にして下さい。僕たち平井ファンにいつまでも素晴らしい小説を与えて下さい。乱筆でスミマセン。

足立区足立　HS

とてもよい作品ですね。と申し上げたいのですが、残念なことにそういうわけにはまいりません。と申しますのは、この作品はあまりにも悪徳学園に似ています。作家として恥じるべきことではないでしょうか。「狼の紋章」にもひと言おわび、又は註釈を入れていただきたいと思います。私はSFM153号でこの本が出版されることを知った9月25日以来毎日本屋に通い、今日（11月22日）やっとの思いで手に入れたのに、あまり私を失望させないで下さい。

福島県いわき市　AA

それから「狼の紋章」のさし絵ですが、私のような16歳の花もはじらうような？　乙女が読むのには、少々まわりの誤解をまねくようなものがありますね。（中略）でも本音を吐きますと、やはりあなたの作品が好きなのです。

名古屋市昭和区　KT（女）

買って一気に読み切り、その興奮がこれを書いているいまも頭の中に漂っています。

僕は、今までSFといえば外国作品ばかり読んでいたのですが、この本を読んでから日本のSFもみなおしました。これこそ僕の探していたものです。

静岡県清水市三保　MN

拝啓
ぼくは新潟市の小学校6年のりっぱな小どもです。ぼくは超革命的中学生集団を読んで平井先生をすっかりそんけいしました。

今までいろいろな本を読みましたが、こんなにユーモアがあり、現だい的で内ようがしっかりした本は生まれてはじめてよみました。

でもちょっとぎ問があります。

こんなに小どもの心になって、33歳にもなりながら、このような文がでていいのか？ということです。

ぼくはゆめでもみてる気になり足をつねってみました。ひじょうにいたかったです。

ゆめではない。ゆめではない。ゆめではない。と思いながら先生の事を思っているとうれしくなります。ジャイアント馬馬《ママ》とプロレスをしたくなります。だからぼくも先生のようになりたいと思うのです。先生のようになるにはどうやればいいでしょうか？　おしえてください。

それからちょっと質問に答えてください。
①先生のそんけいする人物はだれですか？
②先生は小さい時どんなしょく業につきたいと思っていましたか？
③先生のけいれきをおしえて下さい。
④先生のすきな歌しゅはだれですか？
⑤先生のいままでだした本の名まえをおしえてください。

新潟県新潟市青山　山際秀明

あとがき作家になって下さい。平井さんのあとがきはユーモアがあって、とにかく面白いのです。それに他の作家に比べると長いですし。

諏訪市諏訪　KO

またお手紙を書きます。ずっと前から欲しかった「狼男だよ」が手にはいりました。眼をはなせないでいっきょに読んでしまいました。ちょっとどころか150％エッチだったけれど、非常におもしろかった。もっと書いてほしい、ウルフガイ犬神明の少年時代のエピソードを！

兵庫県加古川市　MS（女）

実をいうと、ぼくはまだ「狼の紋章」を読んでいないのです。それはなぜか……ぼくがSFをかうと、ぼくの手にわたるのは、少なくとも5日あとになるのです。まず無類のSFキチガイMに、次にMの手から直接メリットキチガイのOに、そしてぼくの手にわたった本はミカンのシルがつき表紙も黒くなっている……ぼくはそれを隣席のWにみえないようにカバンの中に入れなければなりません。もしみつかれば、Wの手をへてバローズキチガイのOに、そしてあなたの書くようないなにのSFのすきなAにわたり、まさにボロボロになって私の手にかえるのです。「狼の紋章」今はどこにあるんだろうか。

島根県迩摩郡　SU

今、〈狼の紋章〉を買ってきたばかりです。ぼくは本をうしろの方から読みだす癖があり、といっても推理小説の合理的な立ち読みの癖ではなくて、「あとがき」というやつを読むためですが。〈狼の紋章〉のあとがき（まだこれだけしか読んでいないのですが）まったくもって素晴らしい内容、そして大部なページの使用、これはなんといっても読者への篤いサービス精神でなくしてなんぞや、と感嘆せしめるだけでなく、待ちに待ち、待つこと久しい〈ウルフガイ〉大河小説の第一弾とは……頑張ってください、平井大先生！大先生の「あとがき」は誰がなんといおうとまったく情熱的なのです。これは不思議にもワクワクとさせるのです。今はまだ買ったばかりなので、読破し次第、感想をお知らせしたいと思います。

兵庫県川西市　ＥＫ

最初の手紙を書いてから一時間もたたないうちに書きはじめています。大先生の作品の中で、ぼくがもっとも気に入っている作品の「悪徳学園」は、いわばタフガイ＝超能力をそなえたヒーローの活躍という、もっとも通俗的なそして魅力的なパターンを踏襲していますが、それがとてもいいのです。ヒーローに仮託された、ぼくらの絶望が生産する絶対への指向を、メッタメタに暴発させていて、このうえなく娯楽作用を与えています。だが果たしてこの娯楽的なるぼくらの消費は、体制へのよき安全弁を代行しているのではないか……だが、そんなことは非常にシラケた批判にすぎない。ぼくにとって、狼男が月に向ってガオー！　と吠えるその内的過程がすべてであります。大先生ともに、月に向い狼の叫びを、吠えるといってよいのか、とにかくそのような叫びを、喉の全面解放をもって表現しようではありませんか。

なんとなく感傷的にすぎましたが、ハードボイルドとは、この心情を奥深く埋没させたところから出発したといえませんか。

兵庫県川西市　ＥＫ

なんだ。マンガのウルフガイとそっくりおなじじゃありませんか。

横須賀市田浦　佐藤正明《マチャーキ》

〈狼の紋章〉を読みました。大先生のいずれの長編もそうなのですが、物語の展開に同化させて意のままに読者を操作する読み易さがあって、ぼくなどは簡単に乗せられる者のようで、今回もほんろうされてしまったようです。「虎は目覚める……」の短編群には内宇宙の熱っぽい詩的凝縮があったのに対し、それぞれの長編においては、「人間とはなにか」というごく気まじめなモラリスト的発想の呪縛が大先生を支配しているようですが、〈狼の紋章〉では人間性への救いようのない絶対の壁を外側から攻撃する、救い主の登場がようやく展開してきたように思えました。いわゆる、神聖にして唯我独尊なる狼《ウルフ》の存在です。「スパイダーマン」で描破された人間性の醜悪な情念と魔性の毒そのものに大先生が中毒に陥って、自らその解毒方策《プロセス》として、〈人狼〉の存在が大先生の患部に深く作用しているのではないか。その作品が「ウルフガイ」シリーズになっているのではないかと秘かに臆測しているのですが、如何ですか？

もしも「人類の悪」という言葉がひとつの告発を構成し、次に多くの論証を用意されるとしても、それは告発者の内面とどれだけ内的必然性にしたがっているのか、と考えざるを得ません。類というとき、その類というコトバを発するひとつの個体としての自己、その主体はいったいどこにあるのでしょうか？　告発者は告発する対象とともに破滅せざるをえない、そのような運命にあるのではないか。その告発の対象が自己をも含めた厖大な群の人間であるとするなら、告発の切先は自分を刺さずにはいられない……ぼくにはとても告発することなど不可能な思いがします。

ところで、暴力シーンの描写はほんまによかったで。デモニッシュな世界をほうふつとさせる物凄さがあって、客観的には犯罪に追放されるべき実存の瞬間の描写（文体）は、ハードボイルドというよりも、ひそかな熱っぽさがあります。では、よきウルフたちの神話の創成をめざして、お元気で。

兵庫県川西市　ＥＫ

十一月十九日、かの大江健三郎氏も講演会の話し手として来られたべ平連を中心としたデモの中にいました。朝日新聞はひとことも書いていなかったけれど、一万八〇〇〇人ほどいたようです。ところが集会場を出てすぐ、機動隊によって止められてしまいました。四時間その場にいさせられました。我慢できるものではありません。はねのけて行こうという声はいたるところであがり、犬さん達をニヤリとさせることになったんですが（中略）ワキを通り抜けていくとき、楯や厚々しい防具でかためたゴリラのような腕でぶんなぐっていくのです。寒さもあってかふるえがくるのです。そして恐くてふるえたかと思うと実に寒々と自分がかぼそく感じられてやりきれないのです。（中略）ぼくもマルローのごとくパキスタンの地へ行くべきかもしれません。今のぼくはデモといっても遠足よりも卑近なものに思えてしまうのです。（中略）素手で喧嘩がしたいのです。力量が五分五分か、ぼくが不利なやつと。ぶったおれるまでやりたいのです。今再び生身の人間に会いたいのです。生身の自分自身をとり戻したいのです。この現実に対して、日々ぼくの胸中には、超人が育ちつつあります。この死んでしまったような世界、振りあげた腕のおろしようのない世界に、ぶちあてることのできるのは、もう不可視の世界しかないのでしょうか。

（以下略）

P・S　モンテルランの小説を読みかえして冷静になろうと思いつつあります。

P・P・S　ただいま朝刊がきました。部屋はアパートの四畳半。大学生。長野県茅野市生まれ。22歳。

新宿区喜久井町　SY

＊原文を無断で編集させていただきましたが、できるかぎり原文の調子を保存するように努めました。お詫びとともにお礼申しあげます。

以上は、〈狼の紋章《エンブレム》〉が書店に出た昭和四十六年十一月二十日以後、十二月五日までの約二週間に、読者から僕に寄せられた手紙を抜きだしたものであります。人間はだれしも「出さなかった手紙」を胸中深く秘めているものなのでしょうか。

その間、原稿をうっちゃらかし、重い風邪で寝こんだときもけんめいに返信を書きつづけたのは、読者諸氏の熱情にバッチリ感応してしまったからにほかなりません。原稿用紙にして百枚近く書いたのではないでしょうか。めったにないことでありましょう。

そしてまた僕は、狼のシンパサイザーたるべきホモ・サピエンスの鉱脈を掘りおこしたようでもあります。狼道主義《ルーパシズム》とでもいいましょうか。硬直化したヒューマニズムを捨て去り、さらに高次元の地球共同体に人類を組みこむには、われわれはぜひとも狼に学ぶべきだと思うのです。

僕は決して前衛好みの連中のお気に入りの人騒がせなアジテーション、単なるテーゼの提出が目的で、〈狼の紋章〉のあとがきを書いたわけではありません。その点、読者諸氏が僕の魂の叫びを的確に聴き分けているということがはっきり証明されていると思います。いわば、このあとがきに擬するものは、僕と読者との「狼の遠吠えの合唱」であります。これをお読みになるみなさんも遠吠えコーラスに参加してみませんか。それはきっとすべての人の魂を揺がす歌に発展するはずであります。

〈狼の怨歌《レクイエム》〉を執筆中、ご教示いただいたSFドクター渡辺晋氏に厚くお礼申しあげます。

平井和正

ウルフ・ソング

〈1973年10月「狼の紋章／狼の怨歌」（早川書房）あとがき〉

ウルフガイ・シリーズ、『狼の紋章《エンブレム》』『狼の怨歌《レクイエム》』は、ハヤカワSF文庫に収録ずみの作品です。いまさらハードカバーで対面とは意外も意外。そう感じる読者も少なくないでしょう。実を申せば、作者も同感。

最初ハードカバーで刊行され、それから後おもむろに安価な文庫本へと移るのが、世間一般のコースというものです。その点、常識破りの、きわめて珍しい特異な例になりました。べつに文庫版を廃絶したわけでもなんでもなく、そちらも版を重ねつつあります。ハードカバーでは懐具合とうまく折り合いがつかないと思われる向きは、SF文庫のセクションへどうぞ。

かくも分厚い、昼寝の枕がわりに好適な姿でお目にかかるウルフガイは、「愛蔵版」というしだいです。表紙はちぎれ、ボロボロにほぐれるまで文庫版を愛読してくださった人たちの要望で、『狼の紋章』の映画化を機会に、この企画が実現しました。三文SF作家としましては、「愛蔵版」とは、かなり生意気みたいですな。

ウルフガイ・シリーズは、別巻のアダルト犬神明シリーズと合わせて、想像だにしなかった多数読者の共感を呼ぶことができて、望外の幸せというほかはありません。作家にはその資質により、期待の大物として華々しくスタートしたり、文学賞がらみでにぎやかにジャーナリスティックな光暈をまとったり、さまざまなコースがありますが、押しも押されもせぬ、自他ともに認める三文SF作家である私には、いささか照れくさい感じ。読者に寄ってたかって育ててあげられたシリーズと申しあげたほうがいいでしょう。まさしく、狼の遠吠えの合唱そのものです。

狼の遠吠えは、「おれはここにいる。きみはそこにいるのか?」という問いかけが基調になっているといいます。だからこそ、孤独の荒野で、朗々と唄われる狼の唄は、人の子の心をも打つのでしょう。孤絶して生きることができず、しかも孤立を強いられる者にとっては、根源的問いかけだからです。

悲しいことに、人間の盲目的な圧迫と無差別の虐殺によって、狼の唄を聞ける場所は、急速度で減少の一途をたどっているのが現状です。狼の絶滅は必至ですが、狼を追いつめることによって、人類もまた滅びに至る袋小路へみずからを追いこんで行くのだといえるでしょう。それを感傷と嘲笑《わら》うのは、魂をむしばまれた業つくばりだけです。しかも、この手合は決して少くない。人類の一員であることに恥辱をおぼえるのは、救いようもなく情ないことです。

「人間こそ、外道だ!」

と、少年犬神明が叫ぶとき、私は恥辱にまみれ、みずからの傷を撃っている。醜悪な悪鬼は、私自身の裡にあります。おまえだって人類のひとりじゃないか。矛盾だらけだ。もっと救いが欲しい。そういった一部読者の抗議の声を圧殺するのは苦しい。だが、私自身の裡なる鬼畜を凝視することに耐えなければ、狼の叫びは聞こえてこない。いうまでもなく私は外道のひとりなのです。汚れた手をかくし、いい気になって「人類告発小説」を書く資格などまったくありはしない。明白な自己矛盾を超克することは不可能です。

自己否定をくりかえし、全き自己破産だけにみずからを追いつめて行く。それだけしかないのか……そんな私にとって、多数読者から寄せられた「狼の合唱」ともいうべき手紙の数々は、わずかな救いでした。

「おれはここにいる。きみはそこにいるのか？」

それはひとつの啓示でもありましょう。「狼の合唱」に力を得て、近々「狼の怨歌」に続く第三部にとりかかる踏んぎりがつきました。はたして、どういうことになるのか、いまだに見当がつかないのですが……

だいぶ重苦しくなりました。やたらに深刻ぶるのが本意ではありません。「狼の合唱」にかこつけて、「ウルフ・ソング」をいくつかご紹介しましょう。「狼の紋章」映画化に際し、作詞を引受けたものの、なぜか没になったものも、公開します。無器用者ゆえ、友人の本多雅之に大幅に協力してもらいました。

狼よ、故郷を見よ

一、愛が　あまりにも　苦しいとき
きみは　その愛を　檻に閉じこめ
夜更けの街を走れ！
きみは狼　群れをはなれて
きみは狼　北の故郷《くに》へ旅立て！
だれも気にはしないさ
だれも愛しちゃいないさ
きみは狼　月にむかって吠えろ！

二、愛が　時の流れに　濁《にご》されたとき
きみは　その愛を　小函におさめ
凍る海へ出航《ふなで》しろ！

きみは狼　なにも恐れず
きみは狼　独り生きてゆけ！
だれも憎みはしないさ
だれも信じはしないさ
きみは狼　海にむかって吠えろ！

三、きみは狼　蒼い荒野の
きみは狼　北の故郷へ旅立て！
だれも恨みはしないさ
だれもわかっちゃいないさ

きみは狼　風にむかって吠えろ！
だれも愛しちゃいないさ
だれも信じはしないさ
きみは狼　月にむかって吠えろ！

狼の怒りのバラード

一、まやかしの夜《よる》を
通りすぎる　まやかしの愛
罪もない　けものたちを追いたてた
その科《とが》に　気づかず
人は　まやかしの　くちづけに酔う
もう　たくさんだ！
もう　見たくない！

このまやかしの夜《よる》を　撃《う》て！

二、馴れあいの　褥《しとね》で
夢むすぶ　馴れあいの眠り
永久《とこしえ》の　闇の荒野を吹く風の
その怖《こわ》さ　忘れて
人は　狼の　叫びに怯える

三、明日《あす》のない　街に
また昇る　汚《きたな》い朝日
輝ける　オーロラの土地《ち》を捨てた
その罪の　報復《むくい》に
人よ　狼の裁きを受けろ

さあ　うち砕け！
さあ　駆け抜けろ！
この明日のない街を　砕け！

狼のハレルヤ

一、囚《とら》われのこの身に
赤い星が告げた
三日後の凍る夜
壁に十字架《クルス》彫《きざ》めと
ハレルヤ　狼のハレルヤ
運命《さだめ》信じて　待つ
ハレルヤ　狼のハレルヤ
愛の奇跡　信じて
ハレルヤ　狼のハレルヤ

この身はたとえ朽ちても
ハレルヤ　狼は街に甦《か》える

二、囚われの　この身に
黒い鳥が告げた
三日後の　夜明けを
心鎮めて　待てと
ハレルヤ　狼のハレルヤ
時を　手懐け　待つ
ハレルヤ　狼のハレルヤ
愛が　鎖を砕く
ハレルヤ　狼のハレルヤ

このままたとえ死んでも
ハレルヤ　狼は街を駆ける

三、ハレルヤ　狼のハレルヤ
黒い九月の　風
ハレルヤ　狼のハレルヤ
愛は永遠《とわ》の　祈り
ハレルヤ　ハレルヤ　ハレルヤ

狼のバラード

一、狼よ　お前は　荒野を　めざす
人はみな　心けがれ　憎しみにまみれる
蒼い月は　翳《かげ》り　愛は色あせた
だから　お前は行くのさ

闇の果てまで

二、狼の　さだめは　母を　奪われ
群れより　はなれて　人の世に歯向う
街は血に　染り　お前を呪うが
だけど　気にはしないさ
これでいいのさ

三、狼の　叫びが　荒野を　渡る
風は　すさぶ　哀しみの　地平に
オーロラは　燃えても　心は凍てつく
だけど　お前は待つのさ
短い夏を

四、狼よ　お前は　街へ　帰れ
明日《あす》のない世界へ　血に飢えた廃墟へ
たとえ行手に　お前の死の星が待つとも
帰れ　狼よ　帰れ

その愛のために

（平井和正）

本書には、今日では差別表現として好ましくない用語が使用されています。

しかし作品が書かれた時代背景、著者が差別助長を意図していないことを考慮し、当時の表現のまま収録いたしました。その点をご理解いただけますよう、お願い申し上げます。（編集部）

本書は、一九七二年一月にハヤカワ文庫ＳＦより刊行された作品の新版です。

神林長平作品

敵は海賊・海賊版
海賊課刑事ラテルとアプロが伝説の宇宙海賊匋冥に挑む！　傑作スペースオペラ第一作。

敵は海賊・猫たちの饗宴
海賊課をクビになったラテルらは、再就職先で仮想現実を現実化する装置に巻き込まれる

敵は海賊・海賊たちの憂鬱
ある政治家の護衛を担当したラテルらであったが、その背後には人知を超えた存在が……

敵は海賊・不敵な休暇
チーフ代理にされたラテルらをしりめに、人間の意識をあやつる特殊捜査官が匋冥に迫る

敵は海賊・海賊課の一日
アプロの六六六回目の誕生日に、不可思議な出来事が次々と……彼は時間を操作できる!?

クラッシャージョウ1

連帯惑星ピザンの危機

高千穂 遙

二一六一年、恒星間航行を可能にした人類は銀河系全域に進出し、八〇〇〇におよぶ独立国家の連合体、銀河連合を作りあげていた。その開発の尖兵となったのがクラッシャーと呼ばれる集団だった。依頼があれば、航路の整備から惑星改造にいたる危険な任務まで請け負う宇宙のなんでも屋である。その中でもトップクラスの腕利きであるジョウは、反乱の起こった連帯惑星ピザンへと、王女の依頼で、自らのチームを率いて向かうことになる。

著者略歴　1938年神奈川県生，中央大学法学部卒，2015年没，作家　著書『狼の紋章』『死霊狩り』『サイボーグ・ブルース』『幻魔大戦』他多数

HM=Hayakawa Mystery
SF=Science Fiction
JA=Japanese Author
NV=Novel
NF=Nonfiction
FT=Fantasy

ウルフガイ②
狼《おおかみ》の怨歌《レクイエム》
〔新版〕

〈JA1312〉

二〇一八年一月十日　印刷
二〇一八年一月十五日　発行
（定価はカバーに表示してあります）

著者　平《ひら》井《い》和《かず》正《まさ》
発行者　早川浩
印刷者　大柴正明
発行所　株式会社　早川書房
郵便番号　一〇一 - 〇〇四六
東京都千代田区神田多町二ノ二
電話　〇三 - 三二五二 - 三一一一（大代表）
振替　〇〇一六〇 - 三 - 四七七九九
http://www.hayakawa-online.co.jp

乱丁・落丁本は小社制作部宛お送り下さい。
送料小社負担にてお取りかえいたします。

印刷・株式会社亨有堂印刷所　製本・株式会社フォーネット社

ISBN978-4-15-031312-8 C0193

本書は活字が大きく読みやすい〈トールサイズ〉です。